シャルナロッテ
ヒルダガルデ・
エシャロット・
ドラムルー23世

創造神
佐渡島凍耶
シラユリ
プリシラ

神の手違いで死んだらチートガン積みで異世界に放り込まれました

CONTENTS

神の手違いで死んだら
チートガン積みで
異世界に放り込まれました❹

かくろう

◆第4章　領地発展編

◆第4章プロローグ　神との邂逅再び

「……さ……や……さん」

眠りに落ちたある日、まどろむ意識の中で懐かしい声を聞いた気がした。

「さん、凍耶《とうや》さん」

誰だ？　夢の中で俺に語りかけるのは……

「凍耶さ～ん、ロリコン貴族の凍耶さんってば起きてくださいよ～」

「私はロリコンではないフェミニストです…って誰がロリコンだゴルァ！！！」

謂われのない屈辱の言葉に思わず目が覚める。

目を明けて飛び起きるとそこはなにもない真っ白な空間だった。

上も下も前も後ろも、右も左も。

三六〇度。全てが真っ白ななにもない空間。自分が浮かんでいるのか地面に足をつけているのかも曖昧な懐かしい空間に俺はいた。

「何か随分久しぶりな気がするな。なんでまたここにいるんだ俺は？　もしかしてまた死んだのか？」

「いきなりこんな不可解な空間に放り込まれたのに全く動じてませんねぇ。さすがはロリ島凍耶さんです」

「その不愉快な物言いは創造神か？　どこにいる？　姿見せろや」

俺が苦言を呈すると上空から光りの塊が落ちてくるのが見える。

それは轟々と音を立てて真っ直ぐの俺の頭上に向かって落下してきた。

俺はサッと右に避ける。大爆発と共にもうもうと煙を上げるが、やはり爆風は起こらなかった。

そしてそこには俺の想像した通りの人物、イヤ正確に言うと人ではない。想像した通りの神がいた。

眩しいくらいの黄金の髪。

虹色の輝く後光。

蓮の花をかたどった花飾りを頭に乗せた美少女だった。

「いつもニコニコ這い寄る理不尽。あなたの可愛い創造神、です☆」

「ネタを挟むならもう少し語呂を合わせろよ。リスペクト先に失礼だろうが」

頭の痛くなるような台詞を吐いて折角の美少女が台無しであった。

「お久しぶりです凍耶さん。相変わらず神に対してもその不遜な態度。さすがですねぇ」

「そう思うならもう少し神らしくしろってんだよ。俗っぽ過ぎるんだよお前は。それよりなんだっていきなり現れてるんだ？　まさかまた手違いで死なせたとかじゃないだろうな」

「あははははは、そんなわけないじゃないですか。今回はお礼をと思いまして」

「お礼？」

「はい。約束通り魔王を倒してくださったじゃないですか。まあ、まさか奴隷にまでして自分の女にしてしまうなんてさすがに想定外でしたけどね〜」

「成り行きだ。後悔はない。それともあれだと本当の意味で倒したことにはならないのか？」

「いえいえ、大丈夫です。ちゃんとバランスを崩した脅威は去り世界の秩序は元に戻りました。今日はそのことでお礼を言いにきたんです」

「魔王を倒してからもう一ヶ月くらい経ってるぞ。お礼を言いに来るなら少し遅いんじゃないのか？」

「神が一人の人間に干渉するのって手続きが面倒なんですよ〜。申請から受諾されるまでが長いんでここまで時間かかっちゃいました。本当はすぐにでも来たかったんですけどね」

「相変わらず役所仕事みたいだな。っていうかお前創造神なんだろ？　一番偉いんだからそういう所融通利くんじゃないのか？」

「一番偉いからこそ秩序を守るためにルールは守らないといけませんからね。それに私があまり長く現世にかかわると宇宙軸のバランスへの影響が大きいので」

「よく分からんが大変なんだな神ってのも」

「分かっていただけてなによりです。実は今日はお伝えしたいことがあって出向いたんですよ」

「伝えたいこと？」

「はい。私のお渡ししたチートスキルの成長で見事に破壊神に覚醒したみたいですね」

「ああ、確かに一時的に破壊神になるスキルは手に入れたな。っていうかあの創造神の祝福ってちょっとサービス過剰じゃないか？　まあ今更不満はないが」

「いえいえ、実はあのチートってただ単にぼこすこ成長するだけじゃないんですよ。願いの強さとその人の徳によって効果が変わるんです」

「ん？　どういう意味だ？」

「つまり、願いの強さとは思いの強さです。強く願えば願うほど力強い成長をもたらします。逆に適当な願いしかなければ適当に叶えるだけです。それでもそれなりの効果はありますけどね」

言われてみれば、最初の龍の霊峰で死にかけた時も必死になっていたからこそ死にたくないって思いは強かったかもしれないな。

「そうだ、お前に言いたいことあったンだった。お前のおかげで酷い目にあったぞ！　なんだよあの龍の霊峰って所は。死ぬかと思ったじゃないか」

「はっはっは。あれくらい必死になれば強く発願するんじゃないですか？」

「くっ、一応理屈は通っているから言い返せねぇ。まあ今更いいか。それで？」

「はい。つまり凍耶さんはいつだってなにかに対して強い思いで願っていたからこそそれだけ強くスキルも発現するんです。加えて殆どの願いを『誰かのために』行うからこそそれが徳となって強いスキルが作成されるんですよ」

「んん？　つまりどういうことだ？　徳ってなに？」

「徳というのはその人がどれだけ善行を積んだりとか、他者の成長を助けたり、その人を幸せにしたかで決まります。凍耶さんの願いって殆どが愛奴隷の女の子達を幸せにするためのなにかではありませんか。『誰かのために』っていうのが一番大きく徳が積めるんです。自分のためにじゃなくて他人のためにってところがポイントですね」

「そうか？　俺って結構欲望に素直だと思うのだが」

「あっはっは。それくらいはイイじゃないですか。総合的にってことですよ。その証拠に凍耶さんがもっと利己的な人間でしたらザハークには勝てなかっただろうし、ハーレムもあんなに皆幸せいっぱいにはならなかったと思いますよ」

確かに俺は皆と仲良く幸せに暮らしたいと思っている。スピリットリンクのおかげで女の子同士が仲良くしてくれるのでケンカや修羅場というのが生まれないのはとても大きいからな。

「スピリットリンクが発現したのも凍耶さんが皆と幸せになりたいって強く願っているからこそできたスキルですからね」

「修羅場はイヤだからな。結局は自分のためだ」

「それでも結果的に人のためになっていればそれでオールOKですよ。話が逸れましたけど、これで凍耶さんの異世界でのお役目は果たされたことになります。だから後の人生はどうか幸せに生きてください」

「ああ…………イヤ待て」

「どうしました？」

「そのこととさっきの破壊神になった話とつながっていないぞ」

「へっへっへお気づきでしたか。実は凍耶さんには次の破壊神になっていただこうと思いまして」

「なんだと？　どういうことだ？　破壊神になるだと？」

「そうです。宇宙というのは創造、維持、破壊、そしてなにもない虚空という時期を経て新たな宇宙が創造されるというプロセスを何十億回と繰り返しているんです。実はそろそろ今の破壊神が寿命を迎えるのです。とは言ってもあと一〇〇億年くらい先の話なのですが。それで凍耶さんが見事に破壊神に覚醒することができたので、折角ですから次の破壊神になっていただこうかと」

「いやいや待ってくれ。そんないきなり破壊神になれだなんて言われても。猫の神様にでもなれってのか？」

「大丈夫です。姿形は自由に変えられるようになるので今の姿を保つこともできますって。それから破壊神になると言ってもいきなりなる訳じゃないです。今の人生を終えてもあと一〇〇億年の間は生まれ変わりを繰り返すことになるので、その間魂を磨いて神様としての格を上げてほしいんですよ。今の凍耶さんは言わば生まれたての神様ですから」

「なるほどな。っていうか一〇〇億年も先のことを今言われてもな」

「そうそう。だから気にせず今の人生を目一杯楽しんでください。破壊神になるかどうかも今決めなくていいです。どうせまだ一〇〇億年もありますし、次に生まれ変わった自分に選択を委ねるのもありですよ。どっちにしても運命を背負った神というのは最後は結局神になる選択を選ぶことになります」

「なんだよ。じゃあ俺が次の破壊神になるって決定事項なのかよ」

「そういうことになりますね。実感湧かないでしょうから今言っても仕方ないってことです」

「始めからそれが目的だったのか？」

「半分はそうです。神になれる資格というか、因子は持っているのは始めから分かっていましたから。それを踏まえて成長度を思いの強さによって変えられるチートスキルを差し上げたんですよ。それがまさか破壊神の因子だったとは想定外でしたけどね。っていうか凍耶さんって実は色々規格外なんですよ。普通は神が管理ミスで一人の魂を死なせてしまうなんてあり得ないんです。なんたって私は全知全能の創造神ですからね。不可能なんてないンです」

「部下も碌に御しきれないくせに全知全能とか笑わせるんじゃねぇよ。人を手違いで死なせておいて不可能はないとかよくも言えたもんだな」

「そこですよ。普通はあり得ないんです。私創造神ですよ？　部下の行動なんて千里眼で全部把握しているんですよ。でもあの部下だけはできなかったんです。それも凍耶さんが死んでしまう時期の前後だけ存在を認識できなくなってそれに一切気が付くことがなかった。普通はあり得ません。でもね、それが破壊神覚醒のための運命だったとしたら納得できるんです。私が生まれた時もそうだったから」

「なに？　じゃあお前も人間だった頃があるのか？」

「勿論です。もう数えるのも億劫な位昔ですがね。それで、大きな運命を背負った神の因子を持った魂は、魂を成長させるための試練を受けるんです。多分それが起因しているんですよ」

「なんかよく分からなくなってきたな。要するに俺は破壊神になるためのイベントで異世界に始めから転生する運命だったってことか」

「そういう言い方もできます。破壊神は私と同格クラスの神なので、凍耶さんとその周りの運命は読み切れなくなっているところがありますからね。未来視っていう力もあるし、ある程度は分かるんですけど、今あの異世界の運命線って凍耶さんが覚醒した辺りから不確定になってしまっています。だから、もしかしたらなんですけど、これから想定外の不確定要素が出現する可能性は否定できません。凍耶さんが破壊神に成長する運命なら、それをうながすイベントが必ず起こります」

「なんだそりゃ？　魔王が倒れたから今度は大魔王が出てくるとか？」

「そういうこともありうるかもしれません。これに関しては私から教えることができないのです。創造神と破壊神は対をなす存在ですから、その運命を知ることはある程度できても教えることで成長を妨げることは許されないのです。教えるかどうか悩んだのですが、今このことを教えるのも結構ギリギリです」

「また戦うことになるのか。できれば平和に暮らしたいのだが」

「そうですね。でもこればっかりは私ですらも運命に操られているので。私にできることはできるだけ凍耶さんが死なないようにするための措置をするしかないんです。だから凍耶さん」

「なんだ？」

幼女神は俺を見つめると飛び上がって首に手を回し押し倒しながら唇を重ねた。

「んぐぅう!?」

神速で飛びかかってきた幼女神に反応することができずまたも唇を奪われてしまう。

「んふぅ♡　んちゅぅううう、じゅるるるるるるるるるる、ず、ずずずずずずず」

「んぐうううッ!?　んっ、んんがぁんんッ！！！！」

強い強い!!　吸い過ぎだろ！

相変わらずものすごい力で締め付けられて全く振りほどけない。

幼女神はジュルジュルと唾液を吸い上げて舌を差し込みねぶり回す。

俺は全く抵抗することを許されず、強制粘膜接触によって否応なしに勃起させられてしまう。

軽くレイプされている気分だ。見た目が美少女なのでそれほどイヤではないが、それでも全く抵抗できずに好きにされてしまっていることに言い様のない気持ちが湧いてくる。

悔しい、でも、ビクンビクン……てな感じだろうか。

「ぷはぁ♡　あ〜やっぱり凍耶さんの唇はデリシャスですね〜。柔らかくてプリプリしてて、それでいて男

らしくしっかりと弾力があって。濡れちゃいますよ♡」

「ええい離せ！」

「おやおや凍耶さん。感じちゃいましたか？　やっぱり凍耶さんはロリ島凍耶さんなんですね」

「あれだけ激しく吸われれば性癖とか関係無く反応するに決まってるだろ！」

「おかしいですねぇ、私が創造神の祝福と一緒に仕込んだ『ロリコンの因子』が働いているハズなのに」

「やっぱり異世界に行ってからのロリ趣向はお前の仕業か!!」

やたらとロリに対する執着が強くなっていたのはやっぱりこいつの呪いのせいだったのか。

「ちょっとした神の悪戯ってやつですよ～」

クソが。まあティナやミシャのことを愛しているのは間違いないから今更文句を言うつもりもないが。

「今凍耶さんには創造神の祝福をパワーアップさせる因子を組み込みましたから、安全性は高くなっていくと思います」

確かに頭の中に更なる何かが流れ込んで来た感触があった。

あの奇蹟をたたき売りするようなはっちゃけスキルが更に暴走するのか。

想像するだけで恐ろしいな。

「それじゃあ凍耶さん。そろそろ時間が来てしまいました。また折を見て様子を見ておきますから、頑張ってくださいね。とりあえずは普通に生きてもらうだけで大丈夫ですから」

「はぁ、分かったよ。一応聞いておくがもう隠し事はないだろうな」

「……（にやにや）」

「おいてめぇ」

「それじゃあまたお目にかかりましょう、さよなら、さよなら、さよなら～」

どこぞで聞いたような挨拶が脳内に響き渡り俺の意識が文句の言葉を紡ぐ前にフェイドアウトしていった。

「そうそう、そのうち現世にも遊びに行きますからね〜」

なにやら不吉な台詞が聞こえたような気がしたが俺の口は動かず意識は微睡みに沈んでいく。

「あとおまけで『超ロリコンの因子』も仕込んでありますからね〜」

なんてことしてくれるんだ！！！

突っ込みを入れながら俺の意識が強制的にブラックアウトさせられた。

◆第156話　伝説のXランク冒険者誕生

「オメガ貴族、佐渡島《さどじま》凍耶。これへ」

「はっ」

俺は女王の元へ近づき恭しく膝を突く。

「度重なるこの国への貢献。そして、魔王を討伐せしこと、誠に大義であった。これを以ってSランク冒険者佐渡島凍耶を伝説の遺失ランク、Xへと昇進するものとする。異存はあるや？」

「謹んで拝命いたします」

俺は女王から招集を受け、現在遺失ランクとされている伝説の勇者のみが有していたというXランク冒険者へと昇進した。

今日はその授与式だ。

割れんばかりの拍手が謁見の間を埋め尽くす。

「おめでとう凍耶。まさかこの間まで新人だったお前が伝説の勇者のXランクに昇進するとは」

「まさか本当にXランクになってしまう奴がいたなんてね」

「まったく驚きです」

「凄いよね～、見た目はガキンチョなのにさ～」

一部失礼な物言いが混じっているが、三人の男がそれぞれ拍手をしながら俺に称賛を送ってくれた。

彼らは以前アドバインが言っていたギルドの運営を担っている首脳陣。

それぞれがSランク冒険者だ。

冒険者ギルドの運営はアドバイン、ウルドバイン兄弟の独裁にならないように一〇年ほど前から五人のSランク冒険者による合議制になっているという。

この間までは他国の救援に向かっていたためにドラムルーを留守にしていた彼らがようやく帰ってきたのだ。

そこで彼らは自分達の知らないところで異例の速さでSランク冒険者へと昇進した新人がいると聞かされ屋敷へ押しかけてきた。

まあ見た目は言われたとおり青年に毛の生えた程度のものなので、こんなガキンチョが魔王を倒したなんて到底信じられないのは無理もなかった。

テンプレというかなんというか、彼らは俺に対して挑戦状を叩き付けてきた。

俺としては別にランクにこだわるつもりもなかったので、気に入らないなら剥奪してもらっても構わないといったのだが、これに反対したのはうちのメイド達。

やっぱり主人が嘗められるのは我慢ならなかったらしく、どうしても剥奪したいなら私達を倒してみろと言われこれに激昂した男達はうちのメイド達に勝負を挑んだ。

しかし神のチートによって限りなくレベルが跳ね上がっているうちのメイドに普通の冒険者が敵うはずもなく、パチュとジュリによる一〇歳コンビにすら赤子の手をひねるように瞬殺され、『御館様は私達が一〇〇人いたって敵わない位強いよ～』と言われショックで一人は気絶。一人は激昂、一人は失禁してしまった。

一〇〇〇人はさすがに言い過ぎだろうけども、今や俺の戦闘力はかなりとんでもない数値になっている。

基礎値だって一三〇〇万に到達してしまっている。

更にこれらは今まではという話だ。スピリットリンクの恩恵により女の子達とのエッチをする度に基礎値が二％上がっていく仕様になっている俺は一日ごとに強さを増している。

なにしろほぼ毎日夜伽があるからな。

今の俺の戦闘力はこんな感じだ。

――『佐渡島凍耶　ＬＶ５７００　基礎値１３００００００（＋２０００００％）＝２６０００００００端数繰上』

二六億である。ザハークを倒した時から、レベルは変わっていないのに端数繰上という一定以下の数値を全部ゼロをそろえて繰り上げてしまう仕様のせいで、二五億から一でも上がると二六億に上がるようになってしまった。

以前まで大体三桁か四桁くらいだったのが気が付けば八桁も繰り上げるという正にお化け仕様だ。

それは俺が破壊神に覚醒したのが切っ掛けの一つだろう。

あの時から他にも元々持っている様々なスキルの基礎能力が地味に上がっているのだ。

例えば攻撃スキルのオーラブレード改。

瞬間攻撃力三倍という仕様だったのが四・五倍になったり、他にも数値が若干上がっている。

黄金の闘気など三分が六分に延びて三倍が七倍になっている。

若干ではないか。かなり上がっている。

俺自身が強すぎるせいでこれらの攻撃スキルを使うことも殆どないのだが、最近ではちょっと事情が変わった。

実はアイシスの能力がパワーアップして、俺達の戦闘力を見た目だけじゃなくて実際に封印してパワーダウンさせることができるようになった。

　つまりレベルとステータスを意図的に抑えることで魔物と対等に戦うことができるため、戦闘経験をちゃんと積むことができるようになったということだ。

　今までの俺はあまりに高いステータスのため殆どの敵との差が開きすぎて互角の戦いができたことが無かった。

　無くはなかったが、それでも普通の冒険者に比べればステータスはあっても経験値は圧倒的に少ない。

　そこでそれを補うのが邪神の至高玉によって手に入れたザハークの数千年に及ぶ戦闘経験値だ。

　これを手に入れたことによって俺に様々な戦法、戦術、戦略の知識が入ってきた。

　しかし今の段階ではあくまでも他人の記憶を知っているだけでそれを活かすためにはこの経験値を俺自身になじませなければならない。

　結局それには実戦経験が必要な訳だ。

　だが普通に戦ったのではステータス差がありすぎて戦いにすらならない。

　そこでアイシスが提案してくれたのがステータスを抑えることで弱くなって敵と互角の戦いをすることができるようになる能力だ。

　更にその間に手に入れた経験値は経験値ストックによって蓄積させておくことができる。

　つまりいざとなったらそれらを突っ込むことで急激なレベルアップも可能になるということだ。

　しかも、アイシスによると一〇二三倍だった経験値倍率が二〇四六倍に上がっているらしい。

　またぞろえげつない倍率になったものだ。

　だがこれらの仕様も創造神が言っていた不測の事態というものに備えるために積極的に活用していこうと吹っ切れたのも事実だ。

　話がそれたが、冒険者ランクがXになったことで変わったことと言えば、実はそんなに無い。

今までだってSランクでも足りない位の強さであるという噂は立っていたのだ。なじみの深いドラムルーのギルドメンバーにとっては今回のX昇格はある意味で、『ああ、やっとか』って感じに思っているらしい。

とは言え、これから俺は世界中で注目されることになるだろう。なにしろ一〇〇〇年も現れていなかった伝説の勇者と同格なのだ。

俺を直接見たことがない奴だってXランクと言われれば注目せざるを得ないだろう。

「さて、世界の危機を救ってくれた英雄凍耶よ。そなたには女王として恩賞を与えねばならぬ。しかし、地位、権力、名誉、宝。こちらが与えられるものはこれまでの功績によって全て与え尽くしてしまった。もはやこちらが出せるものはそれほど多くない。なにか望むものはあるか？」

「身に余る光栄の数々をこれまで与えていただきましたこと、感謝しております。であるならば、この国のために戦い散っていった英霊達の家族に安寧の暮らしをお与えください。魔王は散った。されど、その爪痕は今だ癒えず。困窮している民のために女王陛下のお力をどうか」

「見事なり。相分かった。では民達の笑顔を取り戻す尽力を約束し、そなたへの恩賞としよう」

割れんばかりの拍手が鳴り響く。

さて、何故いきなり民だのなんだのの話が出てきたのかというと、実はこれも女王との打ち合わせ通りなのだ。

はっきり言って元々見返りを求めていた訳ではないのは事実だ。

だから別にXランクとか金やらアイテムやらも特に必要無いのだが、他の貴族との兼ね合いもあってこれまでは受けてきた。

女王の顔を潰されることになるのが一番やっかいなのだという。

政治というのは面倒なものだが、俺もオメガ貴族という貴族の最高峰へ昇ったわけで、ここまで来ると逆に恩賞は断ってそれを民のために使ってやってほしいと宣言することで俺への印象をよくしようということらしい。

今までの立場でそれをやると上の立場にいる既存の貴族達が立場がないとかなんとか言っていたのでやむを得ず受けてきた。

まあ、今では領地に人も増えてきて新しい商売も始めたことだし、今更文句もないのだがな。

こうして俺は伝説の勇者と同格扱いとなり各国から英雄として称えられることになるだろうということだった。

俺としては女の子達といちゃいちゃしながら静かに暮らしたいのだがなぁ……。

◆第157話　佐渡島家の商売

さかのぼること数ヶ月前。

事の始まりはしばらく前のこと。俺が女王から王印の魔法の指輪を下賜され領地運営を本格的に始めてしばらく経った頃だ。

運営と言っても基本的には静音《しずね》が回してくれており俺は殆どNOタッチだ。

下手にかかわるよりもプロに任せた方がいいと思っている。

そんなある日のこと、静音が折り入ってお願いがあると言って俺は彼女に呼び出された。

「よう、話ってなんだ？」

静音に呼び出された中庭に行くとマリア、ソニエルと共に静音が椅子に座って紅茶を楽しんでいる最中だった。

「お兄様、お待ちしておりましたわ。実は折り入ってご相談したいことがありまして。領地運営に関してですわ」

「ああ、基本的にはお前に任せるが、なにか俺に力になれることがあるのか？」

「ええ、お兄様にしかできないことです。実は貴族として領地を運営するのと同時に、このドラムルー王都、ひいては王国やいずれは周辺諸国を相手に商売を行い外貨を獲得できればと考えております」

「さすがはコーポレーションの社長令嬢だな。規模がでかい。んで？」

「はい。それに当たって商売の母体となる商会を立ち上げようと思っていまして。お兄様にはその代表取締役。つまり社長になっていただきたいのです」

「おいおい、俺は企業の歯車でしか無かった平社員だぞ。只のサラリーマンに社長が務まるのか？」

「大丈夫ですわ。基本的な運営はわたくしにお任せを。しかし、異例の速さで大出世した新鋭のオメガ貴族であり、現在このドラムルー王都で時の人となっているお兄様が商会を立ち上げたとなれば、尻馬に乗っかりたい貴族がスポンサーとなり立ち上げに必要な資金を集めるのが容易となります。向こうからお願いしてくるのでかなり強気な交渉が可能ですわ」

「早い話が客寄せパンダか」

「有り体に言ってしまえばその通りですわ」

なるほどな。魔王を倒せばこの異世界での目標を失うことになる。

そのための商売だと思えばいいのだろうか。あまり難しいことは分からないが客寄せパンダくらいはやってもいいかもしれん。

「それからご主人様」

「どうしたソニエル？」

「その商会の立ち上げと同じく、ご主人様が代表となる冒険者クランを立ち上げたいと思っています」

「クランっていうと、冒険者チーム同士が集まっている組合みたいなやつか？」

「はい。現在ドラムルー冒険者ギルドには四つの大きなクランがあります。殆どがＳ級冒険者が代表を務めているチームの集まりですが、かなり冷遇されているチームが相当数存在しています。その殆どが女性冒険者チームなんです」

冒険者というのは身体一つで金を稼ぐ職業であるため必然的に体躯に恵まれた男がなり手になることが多い。

女性がなる場合はどうしても男性よりもなり手が限られる。

アイシスによると魔法使いや斥候など、力を必要としない非戦士系の職業が殆どでソニエルのように女性でありながら直接攻撃系の職業をこなし、かつＡ級でトップをひた走る存在というのは非常に稀だと言う。

まあ、だからこそソニエルにはファンが多いんだろうな。

「それならソニエルが立ち上げた方がいいんじゃないか？　人気者だし」

「いいえ。女性が立ち上げるとどうしても妨害が入ります。冒険者稼業というのは男性優位の職業であるため女性が代表を務めて目立つことを極端に嫌う傾向があるのです。アドバイン様やウルドバイン様が代表を務めるドラムルーでは比較的マシな方ですが、やはり人間のありようというのはどこの国も大差ないようで。お二人もかねてよりこのことに頭を悩ませておいででした」

「わたくしも世界中を旅してきましたが女性の冒険者というのはやはり肩身が狭いようです。先輩やわたくしも二人だけで旅してきたのもそういう背景があるからですわ」

男性優位の職業で女性が身を立てていくにはどうしても男に頼らなければならない時が出てくるのだと言う。

冷遇されるだけならまだしも酷い時には身体を要求されることも珍しくない。

「分かった。ソニエルがそこまで言うならいいよ。要するに冷遇されている女性冒険者達の救済をしたいんだろ？」

「はい。佐渡島家のメイドは全員女性奴隷であり、その代表となるご主人様なら、女性冒険者チームが優遇される冒険者クランを立ち上げることに反対する因子も簡単には文句が言えなくなります。悔しいですが、女性が代表となるとどうしても嘗められるのです。これはギルドのグランドマスターであるウルドバイン様たっての願いでもあります」

「あいつも苦労しているみたいだからな。分かった。それじゃあ俺の名前を好きに使ってくれていいよ」

「ありがとうございますご主人様。優秀な逸材は直接チームメンバーに迎え入れることも検討してよろしいでしょうか」

「ああ、いいよ。ソニエルがやりたいようにしてみるといい」

「ありがとうございます」

「マリアも何かあるんじゃないのか？」

「さすがは御館様。見抜いておいででしたか」

「なんとなく二人と同じ空気を纏っているように感じたからな。何かお願いがあるんじゃないか？」

「はい。実はここ最近、というより以前からずっとなのですが、この屋敷で働かせてほしいという者が毎日のように面接を求めてやってくるのです」

「そうなのか？　別に人を募集している訳じゃないんだろ？」

「はい。ここの仕事は主にお屋敷の管理と御館様へのご奉仕ですから、余計な異分子を入れるのはどうかと思い門前払いしていたのですが」

マリアの話では貴族が娘を奴隷として差し出したいという申し出が後を絶たなかった。

それだけではなく、平民の間でもこの屋敷で働くことは一種のステータスと認識されており、うちの女の子達は街の女性の間では憧れの職業についているという認識を持たれているようだ。

そのため下町に食材の買い出しに行った時などに声を掛けられることも多いのだという。食材の買い出しに関してはどっかの商会に直接持ってきてもらえば良さそうなものだが、マリアは自分の目で食材を見極めて料理を作るポリシーがあるため未だに商店街に買い出しに行っている。

それにルカなどの料理が得意なメイド達がそういった食材の審美眼に意外な才能を発揮しているらしく、人材育成の意味でもこのスタイルを続けているそうだ。

幸い荷物はストレージに放り込むだけなので手がかからない。

「今までは全部断ってきたのですが、これから商会を立ち上げて行くに辺り人手が必要になってくる場面が出てくるかと思います。それに今まで断ってきた中にも逸材となり得る優秀な者は沢山おりまして、不敬ながら、実は少しもったいないと思っておりました。スピリットリンクで繋がっていない状態でも御館様への忠誠心がかなり高い者が何人かおりましたものですから」

マジか…そんなことになっているとは。こんな凡人のなにがいいんだか。

まあスケコマシスキルの恩恵だろうけど。

――『いいえ、凍耶様本人の人柄が評価されてのことのようです』

驚きだ……。

「それに、商会の重役をすべてお兄様の奴隷で固めてしまえば企業にありがちな裏切りや分裂を防ぐことができますわ。実は貴族の間ではそんなに珍しくないんですのよ。こういう雇用関係は」

う～ん、確かに商売をする上で大事なのは信頼関係だ。

そういう意味で奴隷というのは決して裏切れない雇用関係ということになるな。

少なくともうちの奴隷の女の子達が従業員だと仮定すると安心はできる。

うん、確かにイイかもしれないな。

「よし、分かった。全部お前達の好きにやって良いぞ。俺の名前を使いたい時や直接出張った方がいい時は言ってくれればいい」

「さすがはお兄様ですわ」

「広きお心に感動いたします」

「ますますの忠誠を」

「大げさだって。皆が頑張ってるのが見てて嬉しいだけだよ」

三人はとても嬉しそうに笑う。

俺はこういう皆の顔を見るのが大好きだ。

だからある程度のことは許容できてしまうんだよな。

◆第158話　佐渡島商会

商会が発足してしばらく経った。

ちなみにうちの商会の名前、『佐渡島商会』というのだ。

日本企業みたいだし恥ずかしいからやめてほしかったが、静音、マリア、ソニエルたってての願いでこの名前になった。

三人が懸命に『お願い』してくるから断れなかったんだよね。

……気持ち良かったなぁ。

商会の商売はかなり軌道に乗っていて飛ぶ鳥を落とす勢いだ。

その一端を紹介しようと思う。

うちには現在二つの目玉商品が存在する。

一つはマナポーションという魔力の回復アイテムだ。

◆　◆　◆

商会を立ち上げた日のこと。

「それで、どういう商売をするんだ？」

「はい、まずは貴族相手と一般向け、両面から考えていますわ。わたくし達には異世界の知識という誰にも負けない大きなアドバンテージがある。これを活かさない手はありませんわ。もっと言うなら、必ず売れる商品を提案することができます」

「へえ。静音がそこまで言うなら相当良いものなんだろうな。一体何を売るつもりなんだ？」

「マナポーションですわ」

「マナポーション？　魔力回復用のアイテムか」

「ええ、一般に売られているものもありますが、どれも高価な割にはそれほど回復量が多くないのが実情ですの。せいぜい全体の二〇％といったところですわ。それでも魔力の枯渇は死活問題ですから需要は絶えません」

そうなのか。俺は魔力やスキルパワーの回復は全部自動回復のスキルでまかなえてしまっているから、今までそういうことに意識を向けたことはなかった。

静音はメイド服のボタンを一つ外し胸元から一本の小瓶を取り出した。

「なんて所から出しているんだありがとうございます」

俺はその小瓶を手に取って中の液体を覗いてみる。

ちなみに瓶はほんのりと温かかった。後で匂いをかごうと密かに決意する。

「それはわたくしが制作したマナポーションですわ」

「へえ、マナポーションって自作できるんだな」

「ええ、しかし、わたくしでは一本を作るのに一時間かかります」

「一本で一時間か。商品としてどうなんだそれ？」

「通常のマナポーションの作り方は国家が機密情報として秘匿しているため明らかになっていませんが、わたくしは独自に材料の調合実験を繰り返しながらレシピを見つけることに成功しました」

「凄いじゃないか。さすがは魔法の勇者」

「ありがとうございます。しかし、二〇%を回復させるマナポーションを作るのに必要な材料はかなり高コストでして、あまり効率の良いものではありませんわ。一つを作るのにグランドカイザークラスの魔結晶数個相当の魔力が必要になります」

「そうなのか。魔結晶なら有り余ってるけど」

「ええ、しかし、実はマナポーションには材料を調合するのとは別のもう一つの生成方法が存在しますの」

「へえ、どんなのだ？」

「お兄様、これを」

静音は再び胸の谷間からもう一つの小瓶を取り出した。

勿論温かかった。心なしか花の香りがする。俺はその香りを密かに胸いっぱいに吸い込む。

「それはマナポーションの素体となる普通の飲料水です。お兄様、その水に魔力を込めていただけませんか？」

「魔力か。付与系の魔法を掛けるようなイメージで良いのかな」

「はい、それで大丈夫ですわ」

「どれ…」

俺は小瓶に向かって魔力を入れ込むようにイメージして注ぎ込む。

すると透明な水が淡い緑に光る別の液体に変化した。

「し、静音さん、それは、まさか」

「ええ、マナポーションってじつは、単純に魔力のこもった水でもあるんですわ。この世界のあらゆる物質には精霊が宿っている。実はその精霊に大量の魔力を供給して変質するのがマナポーション生成の過程で必要なことだったのです。しかしその量があまりに膨大なため普通の人には作ることができない。ですから素材が必要になるのですが、単純に魔力を込めた方が純粋なマナポーションができあがり回復効果が高いのです。お兄様、どのくらいの魔力を込められましたか？」

「五万くらいかな」

「なるほど、そんなに必要であるなら普通の魔法使いには生成は不可能ですね」

「でしょう？　桁違いの膨大な魔力を持つお兄様だからこそできた所業ですわ。お兄様、これが答えですわ。お兄様ならこのマナポーションを一瞬で量産することができる。国家しか作り得ないマナポーションを作ることができるアドバンテージがどのくらいがお分かりいただけますか？」

「そうだな。それくらいは俺にも分かる。でも、同時に危険ではないのか？　国やそれを実際に販売している大きな商人を敵に回すことになるんじゃ」

「そこは勿論抜かりありませんわ。女王陛下やいくつかの大きな商会に話はつけてあります。このマナポーションの販売は国が主体となって行います。それを卸すのが佐渡島家なのですわ。元々は国家が制作していたものですから、製造元にライバルはいません」

「なるほど。国が取引先なのか。それは安泰な商売だな」

「はい。加えてそれを冒険者ギルドも買い取っていただけることが決まっていますわ。国家が許可証を発行したマナポーションを佐渡島家の紋章を刻んで販売すれば商売の拡大は容易ですわ。既に佐渡島家の紋章と王家の紋章がパッケージデザインに刻まれることが決定しています。女王陛下にこのことを話したら大喜びで食いついて来ましたわ。制作コストが大幅に削減できて国庫も潤うでしょう」

「でもさ、国が制作していたといっても、材料とかを提供していた商会とかもあるんじゃないか？　そういう奴らも敵に回すことになるんじゃ？」

「問題ありませんわ。元々商売なんて競争ですから、ある程度は仕方ないことですし、それに、実は女王陛下の話ではそのマナポーションの材料を卸す商会というのが最近材料費の高騰とか色々理由をつけて不当に値段をつり上げてきていたんですの。ですからそろそろ切りたいと思っていたところだそうですわ。わたくしの方でも裏は取ってありますす」

静音の手腕はほんとに凄いな。

話をもってくるまでの段階で既にこれだけのことを済ませてしまっているなんて。

「それからもう一つ。貴族相手に需要のありそうな商品を既に開発しています。これは使い方とメリットを理解すれば確実に需要があり、必ず売れます。それこそ貴族は必死になって買い求めるでしょう。実はマナポーションはそのための資金稼ぎに過ぎず、こっちが商売の本命ですわ」

「そうなのか。一体何を開発したんだ？」

「うふふ、実は既にお兄様の目の前にその商品がありますわ。今日のわたくし達を見て何か感じませんか」

「胸だな」

「さすがはお兄様。その通りですわ」

そう、俺は気が付いていた。静音、マリア、ソニエルのおっぱいがいつもより若干上向きになっていることに。

それで合点がいった。

この世界になくて、俺達の世界に当たり前に存在していたもの。

そして異世界人である静音が絶対の自信を持って提供するという商品。

それすなわち……

「なるほど、その商品とは、ブラジャーなんだな」

「もったいつけてお見せする予定でしたのに。わたくしの立つ瀬がありませんわね」

そう言いながらとても嬉しそうに笑う静音はとても魅力的な笑顔で俺に迫ってきた。

「お兄様、それでは、まだ試作品ですが、ごらんになり『勿論ですおねがいします』うふふ、それではどうぞ」

ゼロコンマ一秒で頷いた俺に満足そうに微笑んだ三人は、それぞれ椅子から立ち上がり俺の元へと迫ってくる。

俺はまず静音のメイド服のエプロンを肩から外し胸の前のボタンを外しにかかる。

静音の見事な双球がいつもより大きく上向いていることには始めから気が付いていたが、その奥に隠れている豊かな膨らみ。

その谷間がいつもより更に深くなっている。

五つ構成になっている胸前のボタンを一つ一つ外していくと、懐かしいものが姿を徐々に現していく。

肩から胸部に掛けての紐につるされた白のレースをふんだんにこしらえた花柄の布地。

それはまさしく、まごうこと無きブラジャーである。

静音職人により細かいレースがあしらわれており、男の煽情的欲求を限りなく高めてくれる素晴らしいデザインだった。

「これ作るの大変だったんじゃないか？」

俺は自分の眼球が充血していくのを実感しながら静音に尋ねる。

現代日本のような生産技術があるわけでもないこの異世界において手作業でこのレースやフリルをデザインするのはなかなかに大変な作業ではないかと思う。

「ええ、仰る通り量産にはほど遠いほどの労力がかかりますわ。一着作るのにわたくしでも一週間かかりました。まあ、試作品で一番最初に見てもらうのがお兄様なので飛び切り最高の品を作るという前提でしたけど」

「もしかしてマリアとソニエルも？」

「はい、静音さんに試作品を頂いて実際につけてみたのですが、その効果に驚きました」

俺はマリアとソニエルの胸のボタンも外してみた。

静音と全く同じデザインで見事なレースをあしらった煽情的なブラが身につけられている。

ソニエルは少し興奮した様子でブラジャーの着け心地について語る。

最初はつけるのに苦労したが、そのバストアップ効果にマリアや静音に比べれば控えめであるソニエルの胸部は見事な谷間ができあがっていた。

ソニエルは自分の胸に深い谷間ができたことに感動し初めて着けた日はむせび泣いたという。

異世界においても女性の胸に対する思いというのは変わらないようだ。

「このブラジャーをまず貴族の女性達に提供します。情報共有のスピードが商人並みに早い方々。そして自らを着飾ることに執念を燃やす貴族女性達にとって、これほど魅力的な商品はないでしょう。まだ量産ができないためかなりコストがかかるので非常に高額にせざるを得ませんが、こちらは完全にライバルのいない独占市場を作ることが可能ですわ」

なるほどな。

静音が語る貴族女性達への商売的アプローチの話も興味深くはある。

量産体制が整うまでは完全オーダーメイド制にするとか、最初は大物貴族の見栄っ張りでおしゃべりなご婦人に提供するとか、色々な作戦があることを語っていた気がするのだが、しかし俺にはその話よりもまず優先すべき項目があり彼女の言葉も半分くらい入ってこなかった。

「うふふ、御館様にとって今重要なのは、目の前の光景のようですね」

その通りだ。俺にとってそれをどうやって売るかは正直どうでも良い。

「静音に命じる。まずはこれを屋敷の愛奴隷達に着用させる分の生産を最優先にしろ。貴族女性への販売用はその後で良い」

「クス、勿論そのつもりですわ。わたくしの能力は全てお兄様のために存在しています。まずはマナポーションで資金を作ってブラジャー製作に必要な工房の製作資金に充てましょう。今のお兄様の財産でも十分製作が可能ですが、こういうのは回転資金からまかなった方が後々のためになります。わたくしのやることはこのブラジャーを量産するためにお兄様の奴隷の方々の中から手先の器用な方を選出して職人として育てます」

静音の計画はその職人を育て、いずれは専属の職人として下着制作メーカーとして独立させる。

更に、実は佐渡島家のメイド服というのはちまたでコピー品が出回るほどデザインが優れているらしく、このメイド服の型紙を譲ってほしいと大物貴族からの依頼が殺到しているらしい。

「実はこのメイド服の制作メーカーも並行して立ち上げようと考えていますの。かなりの大物貴族の方々から熱烈なラブコールをいただいていますから、必ず売れますわ」

商会が立ち上がってもいないのに既に未来のビジョンができあがっている静音の先見の明には頭が下がるな。

「さすがは静音だな。だが今はそれよりも……」

「きゃッ♡」

俺は静音、ソニエル、マリアを一斉に抱きしめる。

「この光景が世界中で俺だけのものであるこの瞬間を噛み締めさせてもらおうか」

俺がこの晩、猛烈にハッスルしてしまったのは言うまでも無い。

◆第159話　街は発展していく

魔王軍撃退から早二ヶ月。

領地開拓は順調に進んでいる。元々第一期の移民はドラムルー王国周辺の家を失った人達を優先的に集めていたのだ。

どういうことかというと、今までの魔王軍襲撃の際に家や田畑を失いその土地に住めなくなった人達が沢山いた。

これまではドラムルーの貧民街に流れ込んで来たり奴隷に身売りしたりしていたものが多かったが、それも需要がいっぱいになりすぎて王都から溢れた難民が出始めていたのだ。

女王はなんとかしようとしていたのだが、いかんせん国の予算も無限ではない。

困り果てていた所に出てきたのが俺という新鋭の貴族。しかもどこで調べたのか金をしこたま持っていることも知っていた。

ここぞとばかりに俺に土地を与えそこを開拓させる労働力としてその難民達をあてようとしたのだ。

実はここら辺のことは女王と静音で既に話がまとまっているらしく、俺の知らないところで既に事は動いていた。

具体的にどういうことかというと、まず、行くところに困った難民達に無料で馬車を手配し、ドラムルー王都北にある空いた土地に移民村を作った。

元手の資金に関しては俺のポケットマネーを使った。

正直あまりまくっていたしこれといって使い道もなかったため、ここで大盤振る舞いをしてしまおうと思ったのだ。

屋敷の維持費はギルドからの素材の定期収入でなんとかなる。

人件費はゼロだから食費とか雑費とかその辺の維持管理費だけなので大したお金はかからない。

何故人件費がゼロなのか？

それはメイドや奴隷の女の子達は給料を受け取ろうとしないのだ。

最初は払おうとしたがマリア始め全員がこれを頑なに拒否した。

『御館様へのご奉仕活動にお給金を頂くなどできません』

口をそろえてこういったのだ。

子供達もいるので小遣いとかいるンじゃないかと思ったし、年頃の女の子達がおしゃれしたり遊びに行ったりするお金は必要なんじゃないかと言ったのだが、それは自分達が冒険者をする収入で充分まかなえているため必要無いということだった。

複雑な気分であったが後で聞くとそういったお金はマリアが屋敷の収入から全部まかなってくれており、彼女も俺と同じように最初は給金として払おうとしたという。

しかしこれを奴隷全員が拒否。さらに冒険者として稼いだお金も全部俺への上納金として納めようとすらしたという。

さすがにそれを聞いて俺は全員と話をした。そんなことをする必要はないし俺は奴隷に対してそういう扱いをしたくないと伝えたところ、ではマリア、ソニエル、静音の屋敷運営のブレインが全員の収入を一括で管理し、資産運用のための資金として使ってはどうかという話になった。

もうけが出れば全員にキャッシュバックするシステムを作り、使いたければ使えばいいし使い道がなければそのまま運用に再び回してもいい。

領地経営のための資金も増え、一石二鳥であると彼女達は喜んだ。

これで御館様のご奉仕にますます力を入れられると。

俺は当初の話と大きくずれたことに戸惑ったが、彼女達が嬉しそうなのでもう好きにさせることにした。

話を戻すが、移民村を作った場所。そこはかつてルーシアの村があった龍の霊峰の麓とソイレントの街の中間地点。

ミトラ平原からさほど遠くない開けた場所に第一移民を住まわせた。

勿論あらかじめ魔物などの危険要素は可能な限り排除してある。

現在人数は約三〇〇〇人ほどになっている。

マーカフォック王国からの移民、それからドラムルーから移り住んだ人達を合わせると五〇〇〇人にも上った。

さしあたって問題なのは……。

「材料が足りない？」

「はい。田畑などの農地で必要な土地は問題ないのですが、建築物の資材やそれらを運ぶ馬、つまり運搬手段が圧倒的に足りませんわ」

俺はマリアの入れてくれた紅茶をすすりながら静音の報告を聞いていた。

「ドラムルー王国も復興のために人手や資材を取られています。それらを供給している商会から仕入れていくにも、向こうも足りていない状況です。多少色をつけるから譲ってくれないかと提案したのですが、出すものがそもそもないため無理だと言われましたわ。彼らも信用商売ですから先に予約をしていたドラムルー貴族との取引を反故にするわけにはいかないでしょう」

「なるほどな。だとするとどうするか。精霊の森からの材料供給も追いついて無いんだろ？」

「そうですわね。魔力を供給する代わりに森の恵みを与えてもらえることになっていますが、そもそも精霊と会話できるのがティナさんとティファさんだけですし、あのお二人はあまり商売っ気のある話はできませんから」

「それはまあ、元々は森の民だしな。無理もないだろう。魔力をもっと供給すればもっと分けてもらえないかな」

「そうですわね。わたくし達もパワーアップしていますし、できるかもしれませんわね」

「っていうかさ、魔力を供給するなら俺が出向けばいいんじゃないか？」

「お兄様が？」

「そうそう。俺の魔力って自動回復スキルで空っぽでも二分もすれば全快してしまうから使い道がなくて有り余ってるんだよね。数値もアホみたいに高いし」

二六億もの魔力なんてなかなか使い切れるものではないし、使い切っても秒単位で回復し始めて二分で全快してしまうから実質無限と言っていい。

「さすがはお兄様ですわ。早速ティファさんやティナさんに相談してみましょう」

◆　◆　◆

「ん…分かった。ならトーヤはティナと一緒に精霊の森に行く。そこで精霊王と話をするといい」

俺はティナ達に森の精霊に魔力をもっと供給すれば資材を沢山分けてもらえるかどうかを聞くことにした。するとティナの口からなにやら新しい話が出てくることになる。

「精霊王？」

「はい。精霊には魔物のカイザー種と同じように上位の存在がいるんです」

「それが精霊王か」

ティファの説明に俺は頷きながら聞いていた。彼女達の話では元々エルフの村があった場所から更に奥へと進んでいくと精霊達の集まっている吹きだまりみたいになっている場所があるらしい。

らしいというのは彼女達は結界があったので村から殆ど出たことがないからだそうだ。

たまに食料の調達に出かける以外は結界の外、しかも離れた位置にはあまり出向かなかったという。

「分かった。じゃあ精霊の森の奥地へ赴いてみるとしようか」

「それがいい。ティナが一緒に行けば精霊達も話を聞いてくれる」

「そうですね。それじゃあいきましょう」

「ティファ、どうして一緒に行こうとする？　ティナ一人で十分」

「そういってサラッと凍耶さんと二人きりになろうとするのやめてくださいお姉ちゃん。魂胆見え見えですよ」

「チッ」

「仲良くしようね君達。そうだ。折角だから皆で一緒に行こうか。ついでに探検しよう」

そういえば精霊の森には奥の方に古代の遺跡とかあるんだったな。

実はいつか探検したいって思っていたんだ。

「それでしたらご主人様、丁度ギルドの依頼に古くからある精霊の森の古代遺跡調査の依頼があります。難易度が高い割に報酬が低いのでずっと放置されているものですが、この機会に受けてきましょう」

「分かった。じゃあ準備ができたらメンバーを選び出そう。皆といってもさすがに何十人も一緒に行くわけには行かないからな」

実際に資材となる植物を見て回るためにエルフの村の面々もついてくることになった。

さて、それじゃあ精霊の森に探検に行くとしますか。

◆閑話　ピチピチになったメイド長をいただきますしよう

精霊の森に出かけることになった俺は出発に備えて就寝の準備をし、風呂上がりに寝室へと向かっていた。

「お、なんか良い匂いがするな」

俺が屋敷の廊下を歩いていると厨房の方から食欲をそそるスパイシーな香りが漂ってくる。

こっそりとのぞき込むと厨房で台座に乗っかり小さくなったメイド長マリアが鍋をかき回してスープらしきものを作っている最中だった。

「あ、御館様、どうなさいました？」

マリアはこっちを向かず鍋をかき回したまま俺を呼ぶ。

「よく俺だって分かるね」

「それはもう。御館様の足音を間違えるハズがありません」

マリアは鍋をかき混ぜていたお玉を脇に置いてこちらを向いた。

「済まないな。邪魔をしてしまったか？」

「いいえ、そろそろ一段落つくところでしたから。明日の仕込みは終わりましたので後は一晩寝かせておくだけです」

「いつもありがとうマリア。お前の料理は最高の楽しみだよ」

「ありがとうございます御館様」

マリアは頬を赤らめて照れてみせる。片手を頬にあててほんのり恥じらってみせる仕草がめちゃくちゃ可愛い。

マリアの姿は以前と打って変わって非常に若く小さくなっている。

肌の張りも以前より増しているようだ。体つきも更に引き締まっているな。

しかし彼女のメイド服を押し上げている膨らみは相変わらずの超級サイズである。

いや、もっと言うなら、以前に比べて角度が若干上向きになっているな。

これまで手が大きさを覚えるほどマリアの胸を揉んできたのだ。

その形を再現すると大きさ、角度、張り具合もよく分かる。

明らかに以前よりも角度が上向いている。

「お、御館様、そんなに見つめられると……」

「おっと、済まん」

俺は無意識にマリアの胸をガン見していた。

「お触りになりたいなら言っていただければ」

むにゅん♡

「うひゅん♡　そ、そんないきなり♡」

ハッ……いかん。瞬間的に理性がかなたへと旅立ったらしい。

だが俺は若干の冷静さを取り戻した思考とは裏腹に手と指の方はマリアの双球を夢中になって揉みしだいている。

むむっ、やはりそうだ。最近思っていたが、そうだな、魔王戦以前に比べて角度が約一・三四度上向いている。

まだ服の上からだが張りに関しても肌年齢がやはり若返っているな。

「ん……はぁあ、お、御館、様ぁ、はぁ」

俺は以前のマリアと今のマリアを比べるようにして過去のおっぱいデータを引っ張り出しながら比較実験を繰り返し試みた。

胸から手を離してプリプリの唇に手を添える。

艶のある線をなぞっていくとプルルンと震える彼女の唇が弾むように揺れた。

頬に添えた俺の手にそっと触れるマリアの瞳は既に潤み始めている。

上目遣いに見つめてくるマリアの唇に思わず吸い付く。

インプットされてる感触と比べてみても、元の熟れた果実のような感触の良さを十全に残しつつ、更にそこへ若さ独特の弾むような弾力が加わり更にキスの気持ちよさが増している。

「ん、んん、ふぁふ、御館、ふぁま、ん、んちゅ、る」

プルプルの唇に夢中になってむしゃぶりつくように吸い、舌を絡ませる。

柔らかく肉厚な唇は充実感が非常に強い。濡れて弾むぷにぷにとした感触が俺の下半身に直接響くようだ。

ヌラヌラと濡れた口元から二人の唾液が滴り落ち、銀色の糸が二人の間に橋を作った。

「はぁはぁ、んぅう」

再び覆い被さるように唇を塞ぐ。

若く小さくなった身体はそれでも肉感が強くて抱き心地が良い。小さくなった分だけ俺の身体に丁度フィットする抱き枕のようだ。

夢中でキスをしながらメイド服を押し上げている膨らみに手を添えた。

「ん、んぁ♡　御館様、それ、はむ、ちゅ、らめぇ、あん」

その間俺の手はずっとマリアの果実をこね回しながら先端のサクランボをメイド服の上から摘まみつつ、時折親指の腹でさするように円を描いた。

ビクンビクンと快感を味わいながらまたをもじもじとさせ俺の身体にすり寄ってくる。

両腕を俺の腰に回しぬくもりを求めるようにまさぐった。

欲情しきった表情は赤く、背が低いので背伸びするようにつま先で立ってみせる。その仕草がたまらなく可愛い。

「んん、ん、ちゅ、あん、御館、様、んぐぅ、ダメです、い、イク、んんんんん」

そしてとうとう我慢できなくなったのか大きく痙攣し、直後にクタリと力が抜ける。

俺はマリアを支え受け止めた。

脚に力が入らないのか俺に身を預け荒く息を弾ませながらしなだれかかってきた。

「胸だけでイッたみたいだな。そんなに気持ち良かったのか？」

「ハァ、ハァ、ハァ、は、はい……頭が弾けて、何処かへ飛んでいってしまったような……申し訳、ありません」

「謝らなくて良い。感じてくれて嬉しいよ」

「ありがとうございます御館様。今度は私が、ご奉仕いたします」

「……イヤ、それより服を脱げ」

「はい、仰せのままに」

マリアは一秒も迷うこと無くその場でメイド服を脱ぎ始める。

しかし俺はマリアの表情に強い羞恥が混じっていることを知っている。

スピリットリンクを通すまでもない。マリアはとても恥ずかしがりながらも、俺の命令には一秒だって迷ったりはしないのだ。

だがマリアは肩にかかったエプロンを外しセパレートタイプに改造されたメイド服をボタンを外しながらゆっくりと脱いで行く。

ボタンを外す時に布が擦れる音ですら淫猥に聞こえるから不思議だ。

忠実でありながら恥じらいは決して忘れない。

男心のくすぐり方のツボを押さえている。正確に言うなら俺のツボだが……。

俺はもどかしく感じつつもそのもどかしさにある種の快楽を得ていた。

気持ちが急いて身体が今にもマリアを押し倒しそうになる。

マリアは決して抵抗しないし、むしろ喜ぶだろう。

しかしそれを意志力総動員でグッと堪えるのだ。

焦ってはいけない。

マリアの恥じらいをじっくりと眺めつつ、ある種の視姦プレイを楽しむ。

彼女自身も早く襲ってほしいと思っている。

だが俺はあえてそうしなかった。そうすることによってマリアも焦らされているんだ。

やがてマリアがメイド服を脱ぎ終わる。今の彼女はヌードにメイドカチューシャ。そしてガーターベルトに真っ白な着圧のニーハイストッキングという出で立ちだ。

俺は彼女に「服を脱げ」とだけ言った。そしてマリアは脱ぎ終わった時にこの姿になれということを知っているのだ。

マリアに限らず俺の恋人達の裸体は芸術に等しく美しい。

オールヌードも良いだろう。女性の裸体とは素晴らしいものだ。

だが、俺はそこにあえてアクセサリーをこしらえることでその芸術にスパイスを加える。

喉がゴクリと鳴るのが分かった。俺は陶酔感にも似た興奮を覚えマリアに襲いかかろうと手を伸ばした。

マリアの瞳に期待の炎が宿るのが分かる。

しかし、俺の視線があるものを捕らえた瞬間、その手が止まった。

それはマリアが脱ぎ終わったメイド服。

地面に落とされたそれにかさなるようにして脱ぎ落とされた客前に出ることを考慮して美しいレースとフリルをふんだんにあしらったメイド服用のエプロンだった。

マリアは普段ビクトリア調のロングメイドを着用している。

足下まで隠れるロングスカートのメイド服はマリアの雰囲気にピタリと一致するほど様になるのだ。

そのエプロンの長さはマリアの身長だと膝の下が僅かに隠れるくらいの大きさである。

俺の脳裏に強烈な電流が走るのが分かった。

そして脳内シナプスが一瞬にして様々な計算を行い一つの答えを導き出す。

俺は空中に手を伸ばしストレージに手を突っ込む。

あるはずなのだ。俺は知っていた。静音は俺という人間の思考を熟知している。

それを踏まえた上で様々な『こんなこともあろうかと』というアイデアを実現させるアイテムをストレージにしまっているのだ。

その彼女が俺のこの閃きを予見できなかったハズはない。

俺は中空の亜空間に手を突っ込み目的の『ブツ』を取り出した。

「こ、これは、御館様……」

俺はストレージからミニスカートタイプのメイド服用エプロンを取り出した。

当然こちらも豪華なレースとフリルが惜しげも無くあしらわれている。静音職人による自慢の逸品だった。

その大きさは太ももの上部が僅かに隠れるくらいの大きさだ。

普段これを着ているのは身長が割と小さめの子達だ。

俺はマリアの眼前にそのエプロン突き出す。無言で訴える俺の意思をマリアはすぐに察知しそれを受け取った。

俺が何故あえてマリアが着ていたエプロンをそのまま使用しなかったのか。

それはマリア用のエプロンだと肌に合わせるには大きすぎるのだ。

それ自体は逸品ではあるがサイズが合っていないと野暮ったく見えてしまう。

肩を通し、腰に巻いた紐をキュッと蝶結びにする。

胸部を彩る二つの膨らみはレースの端からこぼれ落ちそうなほど押し上げており、先端の突起が硬くしこって布地を押し上げている。

ガーターベルトにニーハイストッキング。そしてメイドカチューシャ。

そしてエプロン。

そこには神の芸術が完成していた。

顔を真っ赤にしたマリアは、

「お、御館、様……あの、えっと……め、召し上がれ♡」

「クロスアウッ《脱衣ッ》!!」

そこから先のことはよく覚えていない。

一瞬にして全裸となった俺は一匹の獣と化した。

「うひゃぁあうううう、いきなり深いぃいい♡」

身体の小さなマリアの片脚を持ち上げてレースの入った純白のパンティを横にずらし、そのまままいきり立った剛直をねじ込んだ。

既にじゅくじゅくにぬれそぼり熱で湯気すら立っているマリアの割れ目は、俺の怒張したモノを一切抵抗なくヌルリと受け入れてしまった。

「あふぁあああああ、あ、ああ、はぁあうああ、おやかた、しゃまぁあ、強いぃ、あ、ああん、いい、いいれすぅ、もっと強くぅ♡」

ジュップジュップと激しい水音と肌同士がぶつかる音が厨房に鳴り響いた。

俺はマリアの手を食材を乗せておく用の台の上に突かせ、蝶結びに結ばれたエプロンの紐が締め付けられている美しくくびれたウェストをがっちりとつかんで思い切り突き入れた。

「ひぃいいい、ああん、ああ、あああ、ふ、ぁあ、ふあぁあ、ひゃうん、んん、んぁあ♡」

バツンバツンと尻の肉が打ち付けられる度にプルプルと揺れた。

安産型の色っぽい形のお尻を強くつかんでこね回す。

肉ヒダに絡みつかれた肉棒が膣圧にぎゅうううっと締め付けられ射精感が高まる。

「ぐうう、あああ、マリア、マリアぁあ」

「ああ、ああ、あ、あああ、あ、あああ御館様ッ、御館様ァ♡　気持ちイイ、れすぅ、あ、もっと、もっと突いてぇ♡　あああ♡」

ギチギチに締め付けられエラを擦られた肉棒は俺の射精感を容赦なく押し出そうとしてくる。

俺はそのすさまじい勢いの噴火を感覚に逆らうことなくマリアの肉壷に噴射させる。

脳髄が痺れるほどの快感が脳細胞を焼き焦がす。

口をあんぐり開けて放心したようにしばらくマリアの膣圧を楽しんでいると、ヒクヒクと蠢く肉の壁が俺のペニスを撫で擦る。

再び充填された俺はマリアの身体を反転させて台の上に寝転がした。

幸い食材は何も乗っていない。

俺はエプロンに押し上げられたマリアの双球を乱暴にこね回す。マリアはその巨乳を搾り取るようにして強く揉まれるのが好きだ。

俺の掌が肌に吸い付く。そのたびにマリアの膣圧は強く締め付けられて射精をうながそうと蠢いた。

俺は再びマリアの秘部に肉棒を突っ込んだまま腰を前後に激しく振る。

「んあぁああ、御館様ぁ」

「マリア、綺麗だよ、うぐうう、締まる」

「嬉しいぃ、マリアのオマ◯コ、いっぱいいじめてくださいぃ。御館様の剛直チ◯ポでマリアのドMマ◯コをいじめてぇ♡」

「いいぞ、マリア、また出すよ。中に全部出すからな！」

「来てぇ、来てくださいぃ♡　御館様の濃厚精液、マリアの中に全部ドクドク注入してください♡」

ビュクッビュルルル、ドビュ、ぶびゅるる……

管を通った精液が亀頭の発射口を大きく膨らませるのが知覚できるほどの大量の白濁がマリアの膣内を白く染め上げていく。

俺はまだまだ物足りなかった。

「まだだ。まだ全然足りない」

「はいぃ、御館様ァ、もっとください。御館様のおち○ぽ、もっとマリアのちびマ○コに突っ込んでほしいですッ」

小さな身体を抱きしめて復活したペニスを更に奥へと差し込むと、溢れた精液がごぽごぽとこぼれて台を汚す。

「は、んぁあああーーー♡　また、硬くなってェ、マリアの奥にゴリゴリあたって、んんんっ!!」

マリアの甘い喘ぎ声にペニスの硬さはドンドン増していく。

血液が入り過ぎて痛みを伴うくらい興奮した俺は衝動に任せるままに再び腰を使い始める。

「奥ゥ、広がっちゃうぅ！　お腹いっぱいになって、幸せいっぱいに広がっちゃいますぅ」

パンパンに張り詰めた勃起ペニスが窮屈な膣道を強烈に締め上げる。

マリアの潤んだ瞳が俺を見つめ、背中をそらせながら快感を訴える。

俺はマリアの小さくなった身体を抱きしめてキスをする。背中に回された彼女の腕に力がこもる。

舌をねじ込まれたマリアはそれを歓喜して受け入れ、自ら奉仕するように腰をくねらせながらディープキスに酔いしれた。

「あふぅ、んんんっ!!　ちゅ、れる、じゅるるる……んっ、ふぁ……おやかた、しゃまぁ♡　ん、好き、大好きィ」

　身体が小さくなった分だけ精神もそっちに引っ張られているのか年端もいかない少女のように甘えた声を出すマリア。

　普段の大人然とした彼女も素晴らしいが、このように猫なで声を出しながら快感を求め甘えてくる姿もグッとくるものがある。

　たまらなく可愛い。

　マリアの可愛さに下半身も一層硬さと凶暴さを増して腰を動かす速度が速まる。

「マリア、好きだよ。大好きだ。ちっちゃくなってもお前への愛は変わらない。ずっとずっと俺だけのメイドでいてくれよ」

「はいっ♡　マリアは御館様のものですぅッ!!　ずっとずっと御館様の専用メイドなのぉ♡　あ、あ、あぁん、イク、イッちゃいますっ、またイクぅうう」

「マリアッ!!」

　痙攣した瞬間マリアの足が強烈に絡みつく。

　唇を重ねたマリアの身体を更に強く抱きしめて愛おしさでたまらなくなった心を満たす。

「んっ、んんっ、ふはぁ、ん、御館様ぁ、もっとぉ」

「ああ、まだまだ全然足りない。お前をとことん征服し尽くしてやる」

「嬉しぃ……マリアを支配してください♡　身体も心も、魂さえも」

　俺はマリアを求め尽くした。

　身体を持ち上げて駅弁スタイルで射精したり、台の上で種付けプレスで射精したり、床に這いつくばらせてバックから押し込むように射精したり……。

俺はマリアに四時間にわたって膣出しをし続け、その間、厨房からはマリアの嬌声とそれを襲う獣の咆吼が鳴り止むことはなかったのだった。

◆第160話　精霊王

「それではいってらっしゃいませ」

「ああ、留守を頼むよマリア」

「はい。お任せください」

マリアはいつも通りのすまし顔で庭で集まる俺達を見送った。

その顔は色艶がましておりツヤツヤと輝いているように見える。

昨晩厨房で仕込みをしているマリアに欲情し長時間の激しい情事を行った。

裸エプロンの魔力は危険だな。あらがうことは非常に困難だ。興奮しすぎて一部の記憶が欠落している。

俺はマリアをぐでんぐでんになるまで厨房で犯し抜き、その後お風呂で汗を流している最中もムラムラきて襲いかかってしまった。

腰砕けになってしまったマリアを寝室まで送り寝かせてから俺も就寝したのだが、それでもマリアは俺が起きて朝食に向かう頃にはしっかりとメイド服を着こみいつもと変わらない様子で仕事をこなしていた。

しかも精霊の森に出かける俺達のために全員分のお弁当や数日分の料理をストレージに入れ込んでいた。

『御館様に喜んでいただきたくて……』

だそうだ。

さすがはマリアだ。

思わずまた襲いかけたがさすがに自重した。

マリアはちょっと残念そうだった。

マリア他メイド達に見送られて俺達は精霊の森に出発するため、聖天魔法の『悠久の翼』を発動させ空へと飛び上がる。

「それではお兄様、商会の運営でわたくしは参れませんが資材の調達をお願いしますわ」

「ああ、任せといてくれ」

俺は精霊王と直接交渉することで精霊の森から供給してもらえる建築材料となる植物を大量に手に入れるため、精霊王が出現するという精霊の吹き溜まりに行くことにした。

既にその場所はアイシスによって割り出されており、俺達は精霊王との話がついたら更に奥地に存在するという古代の遺跡に調査に向かうことにした。

今日一緒に向かうメンバーは、ハイネスエンシェントエルフであるティルタニーナことティナ。

七一九歳という長寿であるが、身長が一二〇センチしかないちびっ子エルフ。

シルクのような手触りの金髪ロングヘアにビスクドールが意志を持って動いているのかと錯覚するほど透き通るような美しさをもった異世界の至宝のような女の子だ。

しかも長寿のエルフは死の直前までその若く美しい姿を失うことは無いという。

全国のロリコンは歓喜の渦に身を沈めるであろう。

しかもその見た目に反してベッドの上ではかなりハードプレイ好きだ。

縛りに目隠しは当たり前。

しかし俺はハードSMは苦手なのでとにかく思い切り力強く抱くことを所望される。初めての夜に発動した創造神の悪戯心によって付与されたスキルが原因で俺が暴走してしまった時にドMに目覚め、それ以来彼女はとにかくハードなプレイを要求するようになった。

同じくハイネスエンシェントエルフでティナの妹、ティファルニーナことティファ。

姉とは真逆で甘めのフェイスに爆乳というテンプレ仕様の女の子。しかしエッチの時は意外と小悪魔な性格が垣間見える。

正にギャップ萌えだ。

ザハーク。元魔王だが、その出で立ちはモデルのように切れ長の眉に高身長。超スレンダーでありながら出るところはしっかりと出ている反則級の美女だ。

しかし普段は強気で俺を翻弄するが、ベッドの上では従順な子犬のように可愛らしい一面が垣間見える。

これまたギャップ萌えの極みである。

アリシア＝バルトローナ　元最上級悪魔族。浄化支配のスキルと俺の新たな力『神力』による浄化で煌翼魔天使という新種の天使に進化を遂げた元魔王軍の最高幹部の一人。

同じ二闘神の片割れであった戯闘神のデモンによって性格を改造されうちの愛奴隷達と死闘を繰り広げたが、戦いの末に改心し、俺の浄化を受け入れ今に至る。

彼女はまさしく貞淑な妻という言葉がぴったりであろう。

常に一歩引いた位置から皆を見守るように控える姿は皆に好意的に受け入れられた。

一生懸命にメイド仕事を覚える彼女の姿に既存のメイド達も先輩の意地を見せようとよい刺激になっているようだ。

ちなみに彼女は熾天使の聖天魔法に加えて悪魔族の頃に使っていた魔法も一通り取り戻しており、その中に転移魔法があった。

今回連れて行くのもその転移魔法の試運転を兼ねている。

ちなみに俺も彼女に一通りの魔法を使ってもらい創造神の祝福発動によって派生魔法は全て習得することができた。

簡単に言えばル〇ラのような瞬間的に場所から場所へ移動する魔法も習得でき、これから先一度行った場所ならいつでも簡単に訪れることが可能となったわけだ。

生島美咲《いくしまみさき》、異世界から転生召喚された俺の元カノ。静音と共に俺よりも四年前にこの世界に転生し、勇者として世界中を旅しながら俺を捜し回ってくれていた。

考えてもみてほしい。

聞いたこともないような異世界で、いるかどうかも分からない一人の人間を捜し続けるのだ。

並大抵の精神力ではできないし、執念を燃やさないと不可能である。

俺はそんなにも俺のことを好いてくれていた彼女達の想いに感動したものだ。

ハーフアップにした茶色がかった髪に鈴の付いたヘアアクセサリーをつけている。

あの髪飾りもステータスアップ系の付与がなされたアイテムらしいのだが、美咲の雰囲気によく似合っていた。

細くて健康的に引き締まった脚はミニスカートから見えるスパッツのような布地がピタリと張り付いていて、健康的であり、且つ艶めかしい。

「凍耶、人の脚、見過ぎ…」

ちょっと照れた様子で文句をつける美咲。

しかしその感情は少し嬉しそうな波動が伝わってくる。

こっそり見ていたことはバレバレらしい。

「昔から脚好きなんだから…」

ポソリと呟く美咲の言うとおり、美咲の脚線美は極上だ。

眺めているだけでご飯三杯はいける。

加えてティナが住んでいた村のエルフの面々を引き連れて、俺達は精霊の森上空までやってきた。

「さて、とりあえず目的地まではやってきたが、あの湖がそうなのかな」

――『肯定します。精霊王とおぼしき強い反応があの湖から発生している模様。敵性反応ではありませんので危険度は低いと思われます』

「よし、じゃあ行ってみますか」

俺達は目的地である吹き溜まりに到着し、その中心地である湖に降り立った。

綺麗な場所だ。それに空気も他とはちがう感じがする。

「それじゃあ精霊に呼びかけてみる」

ティナは湖の前に立つとおもむろに着ている服を脱ぎ始め、あっという間に美しい裸体を晒した。

「おおう、なんで服脱いでるんだ？」

「精霊王ともなると本格的に力を行使しないといけない。身体全部を使って精神体と接触するから服は阻害要因になる」

「なるほど。精霊王とは男なのか？」

「心配しなくて良い。精霊は概念的な存在だから性別は存在しない。ティナの裸はトーヤだけのもの」

ティナはちょっとだけ嬉しそうに笑った。

「よし、安心した。じゃあ頼むよ」

「任せる」

例え精霊であっても男だったら計画は中止だったな。

ティナがその至宝の裸体を湖の前で晒し、両手を掲げてなにやら聞き慣れない言語を唱え始める。

『全種族言語理解』スキルのおかげで単語は聞き取れたが文章の意味は分からなかったので恐らくなにかしらの呪文なのだろう。

するとティナを中心とした周りが眩い透明な光に包まれる。

不思議なことにその光りには色がなかった。光を認識できるのに色が付いていないという不思議な感覚を覚えたが、俺はこの光に見覚えがあった。

創造神と邂逅したあの真っ白な空間。

あそこを満たしていた光に近い。やがて視界がはっきりしてくると、俺達は全員が真っ白な空間にいた。

やはりそうだ。幼女神とやりとりをしたあの空間によく似ている。

あっちの方が透明度がより高かった気がするが。

「ここは一体」

アリシアが不思議そうに辺りを見渡す。ザハークも美咲も同じようにキョロキョロと見回している。

「ここは精霊達が存在している意識空間。どうやらティナ達の存在を感知してここに招待してくれたらしい」

俺達は全員いつの間にか全裸で立ち尽くしていた。

身体全体がぼんやりと光っている所を見ると、恐らくこれが精神体としての干渉なのだろう。

その証拠に俺の股間にはいつもそこに鎮座しているハズのムスコの姿がなかったのだ。

他の皆も身体のラインは分かるが乳首や性器といった具体的な所は分からなくなっている。

要するに具が具体的では……イヤ、なんでも無い。

ファンタジーでよくある光景だ、うんうん。

「我に干渉しうるほどの魔力の持ち主か。ハイネスエンシェントエルフなぞ久方ぶりに会ったな」

目の前には大きな光の塊があった。

それは透明ではあるがより存在が濃いのか周りの空間とはちがう何かが存在しているとはっきりと分かる程度に色が見える。

「精霊の王よ。ハイネスエンシェントエルフのティルタニーナという。あなたに契約をお願いしたい」

「契約か。それに相応しい魔力波を感じる。しかし、我が精霊の森を管理する全てを統括せし精霊の王、その中でも最高位に位置するものと知っていてそれを持ちかけるのか」

「へえ、精霊の王にも上と下がいるのか。ということは複数いるってことかな？」

「その通りだ。む、汝は人族か？　それにしては存在が色濃い気がするが。何故だ、汝の存在を感知しようとすると正確に行えぬ」

「精霊王よ。それは当たり前。何故なら凍耶はあなたよりも遙かに高位の存在だから。言わば格が違う」

「バカな。人族が我よりも高位の存在だと？」

「あ、俺一応神族だよ。なりたてだけどね」

「にわかには信じられぬな」

「ならば精霊王よ、トーヤと力比べをするといい、一瞬で理解できる」

「なるほど。道理。では人族、いや、神族か」

「凍耶でいいよ。ややこしいから」

「ふむ。凍耶よ。では、汝の魔力を見せてもらおう。だが覚悟せよ。神族とはいえ並の魔力では我には勝てぬ。そして」

「精霊王、ごちゃごちゃしゃべりすぎ。早くする。一秒で理解できるから」

ティナちゃんってば仮にも精霊の王にちょっと不遜過ぎませんか？

「よかろう。後悔しても知らんぞ」

俺は自分の心の中に侵入してくる何かを知覚した。

それは俺の魂を包み込み染みこむように侵食し始めた。

なるほど、これは下手をすると心を飲み込まれて廃人になるかもしれん。

俺は侵入してくる異物を追い出すように魔力を全開にした。

「え、ええええ？　いや、ちょ、これ、ちょ、ちょ、ま、あああ。あああああああああああああ」

んん？

「あああ、ああああ、ら、らめぇ、死ぬ、死んじゃうぅぅう」

何故だか精霊王がもだえている。まるでアノ時の女の子みたいな声を出しているがいかんせん中性的な機械音みたいな声なのでいまいち萌えなかった。

俺は直感的にマズいと思い解放した魔力を収めて気を静めた。

◆　◆　◆

「いやぁ、お見それしました。名のある神とは知らずとんだ御無礼を。それにしても我が神もお人が悪い。まさか上位神が地上にご降臨されているなんて」

のべつ幕なしに喋り倒す目の前の小さな妖精らしき生き物が小さな羽をピコピコ動かしながら浮いている。

先ほどの魔力比べにおいて俺は精霊王に圧勝できたらしい。

すると先ほどまでの真っ白な空間から湖へと景色が戻り、俺達の目の前には小さなフェアリーが浮いていた。

どうやらこの小さなフェアリーがさっきの精霊王の肉体次元での活動体らしく、手乗りサイズになった精霊王はさっきまでの荘厳な喋り方はどこへやら。

やたらと媚びへつらうキャラへと変貌を遂げた。

正直違和感ハンパないが、まあ……

「ん？　なんだ我が主。我の顔に何かついているか？」

ザハークとしゃべりかぶってたからいいか。

◆第161話　貞淑な妻

精霊王は俺から供給される魔力によって様々な植物を提供してくれることになった。

いや、正確に言うなら提供ではなく……

「是非とも我が神に森の恵みを上納させていただきたく存じます」

いきなり媚びへつらうキャラへと変貌を遂げた精霊王は、俺の膨大な魔力に完全に降伏し精霊の森に住まう全ての精霊はあなたに従います。とまで言われてしまった。

「いや、上納とか、タダでもらうなんて悪いからさ。一応魔力の提供によるギブアンドテイクでいこうよ」

「さすがは我が神。なんと広い懐でしょうか。それではこの森にあるものは全てあなたの自由にしていただいて構いません」

「うん、じゃあありがたく使わせてもらうよ。とりあえず今までと同じような規準で良いから建築に使えそうな植物を分けてもらおうかな」

精霊の森の面積はなんと日本の本州が二つばかりすっぽり入ってしまうほどの広大さを誇っており俺の領地を賄うには充分過ぎる恵みを手に入れたことになる。

さらに精霊王は森の最深部にしか実ることがない特上の果物類を毎週俺の屋敷に上納してくれることになった。

長寿を得ることができるという伝説の果実らしく（実際には健康になるだけ）、世界中の冒険者が血眼になって探しているらしい。

その際に運搬をするために俺と精霊王は奴隷契約を結びストレージを共有状態にして納入してくれるってことだ。

ちなみに、概念的な存在である精霊には本来性別というものが存在しないのだが、俺の魔力に触れた際に創造神の祝福が発動し精霊王の存在次元を上昇させ一種の神に近い存在に昇格させたため受肉した際に性別を有するようになったらしい。

この手乗りサイズになった精霊王は見た目まんまファンタジー小説に出てくる妖精族そのものだ。

ミニサイズの人間に羽根が生えているような姿と言えば伝わるだろうか。

そういえばソニエルの元侍女のミウが妖精族だったな。

あいつは人間サイズだが、妖精族も色々いるみたいだ。

ちなみに精霊王は女の子である。

こんな見た目だがかなりの力を有していて、下手な軍隊なら一人で壊滅できるほどの力を有しているらしい。

森の精霊を従えている証拠に、火の精霊や水の精霊、木、土、光、闇の精霊と。ありとあらゆる種類の精霊を操るところを見せてくれた。

しかも俺と契約を結んだことで補正値の恩恵を受けることになったもんだからかなりスゴイことになったと彼女自身も興奮していた。

この森に住んでいる精霊は彼女だけではないのだが、意思を持って人間とコミュニケーションを取れるほど存在が濃いのは彼女だけなのでなにかお願いする時は彼女を通して行うことになりそうだ。

静音と直接話してもらえば必要なものもスムーズに分かるだろう。

俺達はとりあえずエルフ村の面々とティナ、ティファに建築資材の選び出しとストレージにしまう作業を頼み、その間俺達は更に奥へと進んで遺跡の探検をすることになった。

とりあえず三日間かけて森にある建築資材の運び出しを行う。

ちなみに運搬などは全て精霊王が森の動物達を使役してまかなってくれるので、必要なものを予め伝えておけば今後はここにいちいち出向かなくてもよくなるらしい。

その辺もアイシスがやってくれることになった。何故だか精霊王はアイシスと話し始めた途端に俺への態度が更に仰々しくなりまるで殿様に平伏する家臣みたいな態度に変貌した。

なにがあったんだろうか。

つまり俺は精霊の森をまるごと手に入れたことになる。

これで建築資材の不足に悩まされることも無いだろう。

ついでに精霊王は森に自生している木の実やキノコの類いも献上の品として提供してくれることになった。

「しかし、そんなにスコスコ植物抜いてしまっても良いのか？」

「問題ありませんですよ。我が神の魔力供給さえあれば一日で元に戻ります」

「そういうものか」

「植物の生長は自生している精霊が元気かどうかで早さが変わります。極端な話、森の植物が全滅しても精霊さえ元気を取り戻せばそのうち元に戻ります。我が神の魔力なら精霊の森全土を一週間で元に戻せる量がありますからね」

「なるほど。問題はなさそうだな」

ついでに言うと、森に生息している魔物の中にも食用になる奴はいるらしい。

その辺も後で選別する手筈になっている。精霊サイドとしても魔物の存在は迷惑なので間引いてくれるのはありがたいらしい。

◆　◆　◆

「というわけで精霊の森の自然はまるごと俺のモノになったみたいだから建築資材には困らなくなるよ」

『さすがはお兄様ですわ。まさか精霊王を従えてしまうなんて』

『その果実ですが、確か一〇〇年前に先代の女王へ献上されていた品のハズです。私も一度だけ味わったことがありますが、パイ生地に包んで焼き上げると極上のパイが作れます』

「そりゃ楽しみだな。じゃあ精霊王から届いたら早速作ってくれ」

『かしこまりました。お任せください』

「それから、森に生えているキノコや木の実、食用にできる植物は自由に持っていって良いらしいから当面の食糧問題もなんとかなりそうだ。その辺の選び出しはエルフ村の皆に頼んでいる」

『それは僥倖ですわ。移民達に提供する食料もなんとかなりますわね。『例の作物』が育ちきるまでにはまだかかりますし、ドラムルー復興組との兼ね合いもありましたから』

「以前から気になっていたんだけど、静音の言う例の植物ってなんなの？」

実は静音は領地の移民で農家の人達を集めてとある作物を育てる実験をしているらしいのだが、それがどんなものなのか一向に教えてくれないのだ。

一応麦類や芋、野菜類は一通り網羅しているが、特別栽培をしているらしく、俺もそこへ近づくことを禁じられている。

『後少しで第一期の収穫ができますから楽しみになさってくださいませ。お兄様に必ずお喜びいただける品になるはずですわ』

「うーん、そうか。そこまで言うならこれ以上聞くのは野暮だな。じゃあ楽しみにしているよ静音」

『はい、お任せください』

一体どんなものなのか。静音が自信を持って言うならきっと良いものなんだろう。

下手にあれこれ想像するより来るのを待った方が良さそうだ。

◆　◆　◆

さて、とりあえずここに残る組はエルフ村の面々と転移魔法を使えるアリシアになった。

元々遺跡の調査は少人数で行うつもりだったし、あまりぞろぞろと行っても意味はないだろうしな。

メイド達も仕事が残っているからあまり屋敷を留守にするのもよくないそうだ。

「よし、じゃあ引率は頼んだぞアリシア」

「はい、お任せください凍耶様」

アリシアは妻が夫を見送るような態度で粛々と一礼をし、遺跡へ出発する俺達を見送った。

「アリシアって、凍耶の奥さんみたいだよね」

「ん？　そうか。まあ確かに人妻っぽい雰囲気はあるよな」

「そういうことじゃないけど、まあいいわ」

美咲はなぜだか歯切れが悪い。伝わる感情には何故か焦燥感が混じっているようだ。

なんだろう。

「……我が主、すまないが我もここに残ってもよいか？」

「ん？　どうしたザハーク。お腹でもいたいのか？」

「そうではないが、少し野暮用だ。ここでの作業を手伝って先に屋敷に戻りたい。遺跡の調査は勇者ミサキと二人で行ってくれ」

ははあ、なるほど。こいつ、意外に気の利く奴だな。

「分かった。じゃあ遺跡へは俺と美咲の二人でいくからここでも作業の指揮を任せて良いか？」

「うむ。任せよ」

「(後で可愛がってやるからな)」

「(ふ、ふん。それよりやることがあるだろう。まさか気が付いて無いとは言わせんぞハーレム王)」

「(分かってる。お前良い女だな)」

「(早く行け愚か者)」

照れた様子で俺を追い出すように背中を押すザハークを可愛いと思いながら俺は美咲と一緒に飛び上がり遺跡の調査に向かうことにした。

「よかったの凍耶?」

「まあ、元々俺が探検したかったってだけだし、逆に付き合わせて悪いな」

「いいよ、ダンジョンの攻略もアイシス様がいれば問題無いんでしょう?」

「それはそうだけど、今回はアイシスの力はなるべく借りないで自力である程度攻略してみようと思ってるんだ。俺今までまともにダンジョン攻略ってしたことないからな。先輩冒険者の知識を貸してくれよ。二人で冒険しようぜ」

「そ、そうね。強いばっかりで経験のない後輩にはしっかり教えてあげなくっちゃね」

美咲は二人っきりということを思い出したのか途端に上機嫌になった。

そう、美咲はアリシアに嫉妬したんだ。スピリットリンクは愛奴隷同士の気持ちをつなげて意識を共有するが、個人の考えを操る訳ではない。

アリシアの俺に接する態度はまさしく亭主を立てる妻の姿そのもの。

美咲は結構古風なところがあるから、そういうのに憧れを持っている。

彼女自身が「そういう性格ではないから自分には無理」とか思ってるんだろうな。

俺に言わせれば美咲も結構、夫を立てる貞淑な妻ってこなせると思うのだがな。

俺自身が大した存在ではないので立てられたところで美咲の満足できる立派な夫になれるとも思えん。

そういえば、生前の美咲とは結婚とかそういう話になったことはないな。

付き合った期間は二年くらいだったが、お互い三〇を超えていたし、俺も真剣に考えないといけなかったんだが、いかんせん童貞で女の子と付き合ったことがなかったからその辺の気持ちを汲んでやれなかった。

結婚か……。

こっちでは重婚は当たり前らしい。

特に貴族や金持ちは跡取りを残す意味合いでも妻と子供は沢山作った方がいいとされている。

完全に余談だがヒルダガルデ女王のおつきであるジークムンクの爺さんには六人の妻がいるらしい。

しかも一番最後の妻は二一歳だという話だ。日本ではほぼ考えられん。

うちの女の子達を妻にするなら。

まあ迷うこと無く全員だな。勿論本人が望めばだが。

俺の女は全員俺の嫁！　うん。いい響きだ。

話がそれたが、問題は誰を第一夫人にするかってことだ。

ルーシアは俺のお嫁さんになるって夢を諦めていないらしい。

美咲はその辺のことをどう考えているんだろうな。

「なあ美咲……」

「あ、見えてきたわ。あれが例の遺跡じゃない？」

美咲が指さす方向には確かに古めかしくシダ植物が絡みついたような遺跡が見えている。

タイミングを失ったな。

まあ、そのうち真剣に考えよう。今は冒険を楽しむとしましょうかね。

俺達は悠久の翼を解除して地上へと降り立った。

◆第162話　幼馴染みの2人

遺跡の入口はシダ植物がびっしりと絡みついていて上空からだと分かりにくかったが、地上に降り立つとその様相はまさしくファンタジーのダンジョンそのものだ。

思えばダンジョンっていえば龍の霊峰以外は殆ど行ったことが無いな。

フェンリル事件の時の銀の霊峰は山頂まで飛んでいったし、アロラーデル帝国戦争時にレベル上げで行った獣の霊峰はほんとに魔物を狩りに行っただけだから、まともなダンジョン攻略ってこれが初めてってことになる。

それじゃあアイシス、今回は見守っててくれ。

――『了解しました。しかし本当に命の危険が高い時は手を出させていただきます』

ああ、それでいい。頼りにしてるよアイシス。

――『はい。お任せください』

「よし、それじゃあ行くとするか」

とりあえずはこの絡みついたシダ植物をなんとかしないとな。

「この絡みついたツタみたいなのって焼き払えばいいのかな」

「そうね。とりあえず入口っぽいところだけ取り除けば大丈夫よ」

「よし。それじゃあサラッと焼きますかね。ファイヤバレット」

俺はてっとり早く火魔法でシダ植物を焼き払う。

しかし思いのほか強くしすぎてしまったのか入口どころか門全体に絡みついている所まで焼き払ってしまった。

「きゃあああ、このおバカ！」

「す、すまん」

俺が放ったファイヤバレットは遺跡の入口に絡みついた植物をまるごと焼き払い、全体を覆っていた外観がはっきりと見えるまでになった。

美咲は顔を真っ赤にして俺に説教を始める。

「古い遺跡は植物に支えられていて崩れたところが崩壊することもあるんだから慎重に取り払わないといけないのに。ほんとにそんな基本的なことも知らないのね。Xランクが聞いてあきれるわ」

「面目ない。返す言葉もございませんです。はい」

「はあ。幸い崩れる様子はないみたいだし、もう少しステータス抑えてもらった方がいいわね。今のあんたでも強すぎるわ」

「そうだな。アイシス、悪いけどステータスをもう少し抑えてくれないか」

――『了解しました』

俺の身体に少しだけ重みが増したような感覚が走る。

どうやら抑えられたみたいだ。

「もう、私も悪かったわ。火魔法じゃなくて地道に刃物で切り払った方が良かったわね」

まあ美咲も少しおおざっぱな所あるしな。いちいち刃物で切るってのも面倒かったのだろう。

俺達はとりあえずダンジョンに入ることにした。

◆ ◆ ◆

遺跡のダンジョンはＲＰＧに出てくる古代遺跡そのもので、そこかしこにゴーレムやらの魔物が跋扈していた。

生物系の魔物は奥へ行くほど少なくなり最後の方はゴーレムやリビングアーマーなどの不死系の魔物だけで構成されるようになっていく。

俺達はなんだかんだコンビネーションで戦いながら奥へと進み、徐々に低いステータスによる戦闘にも慣れてきている。

自動回復もあえて行わず、回復魔法やアイテムの使い方も学んで行った。

俺に関していえばザハークの戦闘経験が身体に徐々になじみ、身体の動きにキレが増している。

そして、その精錬された動きができるようになってきて初めて美咲のすごさが分かった。

豪快な力業が多いように見えるが、実はかなり繊細に気を配って武器を振るっている。

相手の攻撃の軌道や隙を決して見逃さず、確実に会心の一撃を加えられるように高度なやりとりをしながら敵と戦っているのだ。

美咲の勇者としての称号スキルに『武神闘鬼』というものがある。

あらゆる武器や防具を一流以上に使いこなすことができるスキルで、今の美咲はいつものデカい斧ではなく、普通の片手剣を使っている。

愛用の黄金の斧はアリシアとの戦闘で壊されてしまい修復は不可能だということだ。

伝説の武器で自己修復機能が付いているから刃こぼれなどは平気だが、ああまで徹底的に壊れてしまうともうダメだったらしい。

そういえば俺はアイテム生成系のスキルはまだ手に入れてないな。

そのうち手に入れて壊れた美咲の愛用武器も復活させてやりたいもんだ。

――『創造神の祝福発動　【クリエイトアイテム】【アイテムエボリューション】を取得しました』

ご都合主義先生お疲れ様っす！

【クリエイトアイテム】　魔力、スキルパワーを物質化しイメージしたアイテムを作り出す　また特定の材料から作製もできる
【アイテムエボリューション】　既存の武器を自己進化させる　殆どが上位互換になる
よし、これで美咲の武器を復活させてやれるな。

後で作ってサプライズプレゼントしてやろう。

普通の武器を使う美咲はそれでも惚れ惚れするような流麗な動きをしながら敵を屠っていくので、その姿に見とれてしまうこともしばしばだった。

そのたびに『ボケッとしない！』と檄が飛ぶ。

厳しくも温かい指導を受けつつ、俺も徐々に戦いに身体がなじんでいった。

「ふう、そろそろ一息つきましょう」

「ああ、そうだな。腹減っただろ？　飯にしようぜ」

俺は少し広くなっている部屋でストレージからシートを取り出して机を並べる。

折角なのでマリアの作ったお弁当をここで食べることになった。

◆　◆　◆

「ん～美味しい。やっぱりマリアさんの料理って最高♡」

美咲はマリアお手製のドラゴンサンドを頬張りながら幸せそうに笑っている。

「それにしてもこの遺跡って、なんのために作られた施設なのかしら？」

「そうだな。どことなく龍の霊峰の遺跡に雰囲気が似ている気がするんだよな。手に入る宝のレベルやアイテムの系統も似た感じがする」

「ああ、あんたが最初に放り込まれたって所だったわね。私もあのダンジョンは挑戦したことあるけど、魔物は強いし標高は高いから環境は過酷だし補給はできないしで、五合目で断念したわね。あんな所の山頂に放り込まれてよく無事だったものだわ」

「俺もそう思う。一応それなりに理由はあってな。俺のギフトの恩恵を最大限に活かすためにあの場所が選ばれたらしい。そうで無ければ俺もあんなおっかない目にあうのは御免こうむりたいね」

「そうね、霊峰の帝王ってこの世界に、少なくともこのカストラル大陸に存在するダンジョンのボスでは最強って伝説の存在だから、私も一時期目標にしてたことがあったわね」

「らしいな。どうやら最凶星って魔法は狂気に狂う代わりにレベルが極端に下がるって欠点があの当時はあったらしいから、まともなレベルの霊峰の帝王と戦ってたら勝てたかどうか分からないな」

余談だが、魔王軍全滅後、アリシアの案内でデモンの研究施設を探索した際にデモンの死体と共に奴の研究資料も大量に発見している。

それらはアイシスによって全て詳しく解析され、どうやら霊峰の龍族やフェンリル達の悲劇はデモンが行っていた『凶星魔法』の実験だったらしいことが分かっている。

どうやら奴はかなり前からこの世界にやってきて今回の一連の騒動の種まきをしていたらしい。

その後遺症としてかは分からないが、現在世界中でエボリューションタイプの魔物が頻繁に出現するようになってしまった。

幸い俺達が戦ったような超強力な個体は多くないそうだが、S級冒険者でも対処に困るような奴が時折現れては俺達のクランに指名依頼が入る。

「それでも伝説の大ボスを倒したんだから大したもんだわ。しかも言ってしまえばニューゲームからでしょ？　普通に無理ゲーよね」

「ははは。まあそうだな」

俺達は久しぶりに語り合った。昔はよく缶チューハイ片手にこういった他愛のない話で過ごしたものだ。

幼馴染みということもあり付き合いも長い分、気心が知れていて話していると全く気を使わないですむ。

ほんと。なんでこんな良い女と別れてしまったんだろうな。

まあ、俺の力不足もあったわけだが。

「さて、そろそろ行きましょうか」

「よし。ゴールまで後どのくらいか分からんけど、回復もしたし張り切っていくとしますか」

「多分そろそろ最深部が近いわ」

「分かるのか？」

「まあ、色々理由はあるけど、大体は経験による勘ね」

「なるほど」

「納得しちゃうんだ」

「今までの美咲を見ていたら信頼できるなって思ってな」

「調子いいんだから。ほら、行くわよ」

俺達はシート一式を回収し更に奥へと進んでいく。

と、その前に…。

「美咲、ちょっと待ってくれ」

「どうしたの？」

俺は先ほど覚えたクリエイトアイテムのスキルを発動させる。

同時に覚えたアイテムエボリューションで美咲が持っていた黄金の斧をイメージしてもっと強力な武器となるように進化させてみた。

「よし、できたぞ」

「え、それって」

「アリシアとの戦いで愛用の武器が壊れちゃっただろ？　同じものじゃないけど作ってみた」

「いつの間にそんなスキル覚えたの？」

「さっき、かな」

「相変わらずデタラメね。でも、ありがとう。大切に使うわ」

嬉しそうに笑う美咲。どうやら喜んでくれたらしい。

俺達はそのままダンジョンの探索を再開する。美咲の言ったとおり、今いる部屋からしばらく進んだ所に、いかにも最深部に続いてますって感じの長い廊下にさしかかった。

「あー、いかにも最後って感じの場所だな」

「そうね、多分セオリー通りボスもいそうなかんじだわ」

「古代文明の遺跡だから、やっぱゴーレム系のボスかねぇ」

「どうかしら。意外と封印されたドラゴンとかかもしれないわよ。そういう所結構あったしね」

「そうなのか。お、ここが最深部っぽいな」

俺達が会話しながら走っていると機械じみた雰囲気の大きな扉にさしかかった。

扉の奥からかなりの気配を感じる。どうやら生物系の魔物っぽいな。

ガタンッ…ギギギギギギ
軋むような音を立てて目の前の扉が開き始める。

まだ触ってもいないのに勝手に開いてしまった。

「構えて凍耶。開いた瞬間に不意打ちしてくる奴もいるからね」

「おう」

大きな扉が開ききる。

俺達は慎重に中へと足を踏み入れ様子をうかがった。

ガタンッ
「お？」

俺達が中へ入ると、ある意味セオリー通り扉が閉まり出られなくなる。

突如として部屋全体が赤い照明に染められサイレンらしき警告音が鳴り響く。

なんだ一体？

『侵入者確認　侵入者確認　これより迎撃モードへ移行　宝物殿への侵入者確認　これより迎撃モードに移行』

けたたましいサイレンと共に機械みたいな声が鳴り響き、広間になっている部屋の真ん中には巨大な魔法陣が現れた。

「ボスのお出ましね」

「ああ」

魔法陣が眩く光り、徐々に巨大な体躯があらわになっていく。

大きな身体。角、翼、巨大な顎。

身の丈二〇メートルはあろうかというドラゴンだ。

「美咲の言った通りドラゴンだったか」

「そうね、ん？　まって、凍耶のも当たってたみたいよ」

「なに？　あっ」

そのドラゴンをよく見ると真っ赤なボディにメカニカルなパーツを含んだ、サイボーグみたいなドラゴンであることが分かった。

【機龍王　ＬＶ２２２　９００００】

「なるほど。メカドラゴンか。ファンタジーの古代文明ッぽくて燃えるね」

「私も久しぶりに冒険者の血が騒ぐわ。凍耶、気合い入れなさい」

「応よ！　行くぜ！」

俺達とメカドラゴンの戦いが始まった。

◆第163話　似たものカップル

『キュオオオオオオン』

笛の音のような鳴き声を響かせて機龍王が飛びかかってくる。

俺達は左右に分かれて俺が電撃系の魔法で牽制。

ひるんだ所を美咲が剣で攻撃した。

ガッィイインン
「硬いわね。凍耶、武器を斧に切り替えるわ。時間を稼いで」

「任せろ！」

俺は再び雷撃の魔法で機龍王の気を引いた。

奴はこちらに向かって火の玉を吐くとその勢いで突進してきた。

どうやら火の玉は牽制だったようだ。

だがこの位なら既に見切ることができる。俺はザハークの戦闘経験が身体にすっかりなじみ、相手がどういう行動を取るのか手に取るように分かるようになった。

前足で殴りかかってくる機龍王の攻撃を避けながら奴の足下に回り込み関節の柔らかい部分に剣の切っ先を押し込む。

「サンダースピアッ！」

『ギュウウオオオオォン』

金属が身体の中へと入り込み、そこから電撃を流し込まれた機龍王は悲鳴のような叫びをあげながら膝から崩れ落ちる。

俺は手に持った武器を引き抜き機龍王から離れた。

「美咲ッ！」

「任せてッ、撃殺両断!!」

美咲が高く飛び上がる。先ほどプレゼントした新しい斧を両手に持ち、思い切り振りかぶった。

スキルパワーのこもった斧が眩く光り、光刃となった切っ先が思い切り振り下ろされた。

美咲の一撃は機龍王の眉間にクリーンヒットし、そこにあった大きな宝石らしき球をたたき割る。

さすがの威力だな。

スピーカーにノイズが走った時のような音を響かせて機龍王は地面に横倒しになった。

俺達は油断なく構え動かなくなった機龍王に近づいた。

叩いたり軽い電撃を与えたりしてみたが、ピクリとも動かず、やがて鳴り響いていた駆動音のような音がやむと辺りに静寂が訪れた。

「ふう、どうやら倒したみたいね。凍耶、関節を狙ったのはナイスね。まさかそこから体内に電撃を流す所までやれるとは思わなかったわ」

「ザハークの戦闘経験値がかなりなじんできたからな。この相手にはこの動きが、みたいな直感的な閃きが身体を動かしてくれたよ」

「なるほど。私の『武神闘鬼』と似た感じね。私も始めは武器と身体がなじまなくて扱い切れなかったな」

「なんにしても結構あっさり終わったな。もう少し苦労するかと思ったが」

「まあ作戦の勝利ってところね。本来ならもっと苦戦してもいいはずだわ。攻撃が的確だったからあっさり倒したように見えるだけよ」

◆　◆　◆

「それにしても、この機龍王って奴、どっかで見たことあるような」

「なに？　こいつと戦ったことがあったの？」

「いや、そうじゃなくて、似たような奴を見たことがあるんだよな」

――『身体的特徴、角の位置や骨格などの比率が霊峰の帝王とほぼ一致します』

「ああ、そうか。こいつ霊峰の帝王とそっくりなんだ。見たことあると思ったんだよな。あいつも赤い龍だったし」

「へぇ、もしかして霊峰の帝王って古代の龍族の生き残りか子孫なのかもね」

「どういうことだ？」

「ほら、ゲームによくあるでしょ？　ボスキャラのコピーみたいな奴」

「ああ、なるほど。確かに、ブロスとかゾンビで後から出てくるパターンがあるな。今回はメカだったが。確かになにか関連があるのかもな。あそこにも遺跡があったし。特徴も一致する。どうだ、アイシス、この遺跡と龍の霊峰の遺跡、似てると思うんだが」

――『恐らく関連性は高いと思われます。構成されている壁や床の素材が一致しました。同じ技術で建造されたもので間違いありません』

「よし、ちょっとわくわくしてきたな。宝物殿とやらに行ってみよう。お宝があるかもしれん」

俺達は機龍王をストレージにしまってそのまま奥へと進んでいった。

「おお、すげぇ」

「スッゴーいッ!!　お宝の山ね」

宝物殿はやはり龍の霊峰の遺跡にあった宝物殿とほぼ同じ作りであった。

あそこと同じようにＲＰＧおなじみの宝箱が縦列している。

数百はあるな。

俺が空《くう》を手に入れた場所だ。

「やっぱり向こうの宝物殿とそっくりだな。となると、ここにも龍の霊峰の遺跡と同じ文明の宝が眠っているのかもしれん…って美咲？」

「凍耶凍耶、見てほら。こんなに古代金貨が沢山!!」

美咲は目の色が変わったように宝箱を開けまくる。

「おいおい、罠が混じってるかもだから気をつけろ、って聞いてねぇな」

――『罠や敵性反応は確認できませんので危険は無いかと思われます』

「それならいいけど。あいつあんなにお宝好きだったっけ？」

美咲は俺が手をつける暇もなく宝箱を片っ端から開けまくりあっという間にストレージを埋めていく。

俺はその間美咲がストレージに放り込んだ宝を項目ごとに眺めることで暇を潰していた。

◆　◆　◆

一通り宝箱を開け放って満足した美咲はほくほく顔で戻ってきた。

「ごめん凍耶、夢中になっちゃった」

我に返って恥ずかしくなったのか顔を赤らめ始めた美咲はちょっと可愛い。

「お前って守銭奴キャラだったんだな」

「い、言わないでッ、恥ずかしいから。守銭奴じゃないもん。金貨が好きなだけだもん」

あんま変わらない感じがするけど、まあ可愛いからいいか。

「一通り宝箱は回収したな。前と同じパターンだとまだどっかに宝が眠っているかもしれないから探してみようぜ。アイシス、ちょっと俺達で探してみるから、答え合わせは後で頼む」

――『了解いたしました』

俺達は宝物殿の中を調べ始めた。

さすがに空《くう》や頂天の宝玉はないだろうけど。

「ねえ凍耶、奥にまだ部屋があるわ」

「お、やっぱりあったか。罠があるかもしれないから気をつけろ」

「分かってるって」

奥へと入ると、そこは立派な装飾が施された台座がおいてあり、その上に大事そうに鎮座している一つの腕輪のようなアイテムがある。

「一見普通の腕輪だけど」

「アイシス、あのアイテムを鑑定頼む」

――『了解……解析完了。詳細を表示します』

――『【ブレイブリングウェポン】　相手の意思に反応して形状を変える武器。持つものの最も強いイメージを具現化し、思いの強さに応じて攻撃力が変わる。感情がシンプルであるほど攻撃力が高くなる　破壊不能属性』

「これ、なんだろうね」

「特徴的には空《くう》と同じだな。破壊不能属性って空《くう》の最大の特徴だし。でも思いの強さってところが美咲にぴったりな感じがする。感情がシンプルであるほどってところが」

「なによ、私が単純だって言いたいの？」

「純粋ってことだよ。直情的とも言うけど」

「結局単純ってことじゃないッ」

「そうとも言う」

俺達は二人で笑い合った。

こういうやりとりは学生の頃から変わっていない。俺がからかって、美咲が突っ込んで、俺がまた返す。

とりとめの無い会話のラリー。そしてそれがなんとも心地良いのだ。

「懐かしいな。こういうの」

どうやら美咲も同じように感じていたらしい。

――『相思相愛のヴァイブレーションを感知。隠し部屋への通路を開放する条件が整いました』

部屋の中に響き渡る機械的な声に辺りを見回す。先ほどの警告音と同じ声だ。

「どうやら偶然にも更なる隠し部屋にいける条件を整えたらしいな」

「あんななんでも無い会話でなの？」

「ヴァイブレーションっていっていたから、心の問題だろうな。ほら、人間の感情って音波みたいに相手に伝わるって学説があるだろ？　長年連れ添った夫婦が似たもの同士になるのもそのヴァイブレーションの波長が段々同調していくかららしいぞ」

「知らないわよそんな知識。いつもの厨二病知識でしょ」

「いや、結構真面目な……まあいいか。とにかくあれは美咲が持っていた方がいいな」

「うん、でも、せっかく凍耶がプレゼントしてくれた武器があるし……」

少し逡巡している美咲。こいつこういう顔するから可愛いんだよな。

「斧は斧で使えば良いじゃないか。せっかくのオールラウンダーなんだからさ。でもそう言ってくれるのはすごく嬉しいよ」

「うん。凍耶がそういうなら、そうするね。ありがと」

嬉しそうにはにかみながらブレイブリングウェポンを美咲が台座から外し、腕に嵌める。

すると少しぶかぶかだったサイズが縮まり美咲の手首にピタリと張り付いた。

「と、取れなくなっちゃった」

――『生体反応に感応して形状を変化させるタイプのアイテムのようです。侵食などの危険は無いと思われますので安心してください』

「そ、そう、アイシス様がそういうならそうなのかな」

――『加えて既存の武器を融合させ持ち歩くことも可能であるようです。斧をベースにして普段は腕輪型のアイテムとして持ち歩いてはいかがですか？』

「あ、そうなんだ。よかったぁ。うん、そうします」

「最近、不思議に思ってたけど、なんで皆アイシスのことを様付けで呼ぶの？」

「えっと、それは」

――『凍耶様、それより奥への扉が開いたようです。今回は音ではなく制限時間があるタイプの部屋である模様。お急ぎください』

「お、おう、そうか。よし、とにかく奥へ行ってみようぜ」

「う、うん」

俺達はアイシスにうながされるまま部屋の奥へと入って行った。

◆第１６４話　悪夢？　再び

隠し部屋は俺が頂天の宝玉を手に入れた部屋と同じように四畳半くらいの大きさでなんの飾り気もないシンプルな構造だった。

そしてそこには……。

【頂天の宝玉　Ｍａｒｋ２】　生物の頂天のその先を目指した古代の神々が残した遺失物。限界を突破した生物は森羅万象の頂天に立つ。

ものすごくイヤな予感がするアイテムが鎮座していた。

そしてお約束は絶対に外さないのが異世界クオリティ。

今度は下手に触れまいとストレージにしまおうと思ったのが運の尽き。

俺が近くによっただけで触れること無く宝玉が俺の元へ飛び込み瞬く間に吸収されていく。

――『【頂天の宝玉Ｍａｒｋ２】を吸収しました。

頂天の宝玉Ｍａｒｋ１と融合

種族　神族↓超越神族に進化

【絶倫の王者】が【絶倫の神】に進化

【精力無限】が【精力リミットブレイク】に進化

【賢者の証】が【欲望の権化】に進化

【性欲コントロール】が【性欲の化身】に進化

【褥《しとね》将軍】が【褥《しとね》大将軍】に進化

【快感付与】が【絶対絶頂極上快感付与】に進化

【雄の頂天】が【雄の神】に進化
【雄のフェロモン】が【歩く受精卵製造機】に進化』

「むしろ退化しとるわ！！！　なんで賢者が欲望の権化になっちまうんだ！　性欲の化身ってコントロールできてねぇよ！　あと最後の単なる悪口だろ！！！」

俺は膝から崩れ落ちまたもや己のうかつさを呪った。

古代人とやらが現代に生き残っていたら絶対絶滅させてやりたい気分だった。

「はあ、全く。もう今更突っ込みを入れるのも疲れるだけだな。手に入れてしまったものは仕方ない。どうせ取り出せないんだろうし。なあ美咲」

「あ、近寄らないでもらえますか？」

「いきなり辛辣!?」

「女の敵」

「むしろモテなくなってる!?」

「冗談よ。なんか、今までよりもちょっと幸福感高いかも。名前は最低だけど、幸福感付与のスキルもパワーアップしてるんじゃない？」

美咲の感覚を信じるなら本当に今までよりもパワーアップしていて進化といっていいレベルで幸福感が増しているらしい。

とりあえず俺達はアイシスにこれ以上の宝はないことを確認して部屋を出ることにした。

◆第165話　満天の星空に誓う一つの決意

俺はパワーアップ？　したスケコマシスキルの数々にゲンナリしながら頂天の宝玉Ｍａｒｋ２があった小

部屋を出た。

「さて、ここでやることも終わったし、そろそろ帰るとするか」

「ね、ねぇ、凍耶……」

「どうした美咲？」

「あのね。もう少しだけ、ここにいたいな、なんて」

「どうした？」

「だって、二人きりになることなんて、最近無かったし。折角の冒険がもう終わっちゃうのももったいないっていうか。もうちょっと、凍耶を独占していたいっていうか、ああ!!　やっぱりいい。帰ろう」

「あほ。素直にもっと一緒にいたいって言えばいいだろ」

「だって、そんなことしたら皆に悪いし。独占しちゃうのは、ルール違反っていうか」

「そんなルール決めてたのか？」

「いや、別に厳密なルールがあるわけじゃ……」

「お前日本人的な倫理観に引っ張られ過ぎだぞ。まあ、俺も人のことは言えんが。スピリットリンクで分かってるだろ？　そんなことをしても怒る奴はいないって」

「分かってる、けどさ」

「よし、ならこうしよう。俺がお前を独占する。今から俺は美咲とだけいちゃいちゃしたい気分だから二人きりで今夜一晩過ごそう。俺はお前の主人だから文句は言わせん。あっても受け付けません」

「も、もう、なによそれ！」

俺はごちゃごちゃうるさい美咲を抱き締めながら転移魔法の亜空間ゲートを開いた。

「おら、行くぞ」

「ど、どこ行くの？」

「どこだっていいだろ？　二人きりになって邪魔が入らない所だ」

俺は美咲をお姫様抱っこで抱えて亜空間ゲートへと飛び込んだ。

アイシス、皆には今夜は帰らないからって言っておいて。

――『了解いたしました』

◆　◆　◆

俺は美咲を伴ってアムルドの街にやってきた。

「よし。デートするぞ」

「ええ!?」

「とりあえず宿だな。汗を流して服を着替えて、武器をしまって普通のデートだ」

俺がニヤリと笑いながら美咲を見ると、彼女も吹っ切れたのか笑顔を見せてくれた。

「もう、こうなったら思い切り楽しんじゃおう」

俺達はまず宿に行き冒険者然とした服を脱ぎ去った。

俺も陰者の衣と古代人の装束を脱ぎ、平民が着るのと同じ服装に替える。

俺は美咲の着替えを覗いたり野暮なことはせず風呂と着替えをする美咲を外で待った。

こういう待ち合わせデートってのもこっちに来てからしてなかったな。

屋敷の女の子達とデートに行く時はもっぱら屋敷から馬車で出発することが殆どだった。

あるいは空を飛んでいくか。

どっちにしてもこういう普通のデートってあんまりしてないな。

「お待たせ凍耶」

「おう、おお！」

「ど、どうしたの？」

着替え終わった美咲は水色のワンピースに薄手のカーディガン。編み込みのサンダルといった非常にシンプルなおしゃれ着に着替えていた。

「いいな。可愛いぞ美咲」

「そ、そうかな。ありがとう凍耶」

初々しい反応の美咲に思わず押し倒したくなる位の衝動を覚えるが理性のブレーキをフル出力で踏んで押し留まる。

「美咲、ほら」

俺は美咲の一歩先を歩いて片手を差し出した。

すると美咲は俺がなにを言いたいのか察して、おずおずと指を絡めるようにして身を寄せて片腕にしがみつく。

いわゆる恋人繋ぎというやつだ。

美咲は更にそこから腕を組むようにしてしがみつくのだ。

美咲はこの繋ぎ方が好きである。俺も美咲の色々がそこかしこに当たって好きである。

まあ、そういうゲスいのを抜きにしても、二人の世界に没入できるこの繋ぎ方は世の中の非リア充達のヘイトを集めるには威力抜群だろう。

その証拠に夜の出店で賑わう商店街は恋人達のメッカである。

そしてそこを歩く男子達の視線は美咲に釘付けだ。

通り過ぎる度に美咲に見とれ、俺を見て嫉妬の視線を浴びせかける。

リア充ですらも美咲に目を奪われパートナーに頬をつねられている。

それくらい美咲は注目を集めるほどの美少女なのだ。

今日の美咲は特に飾り気のある格好ではない。非常にシンプルな普段着だ。

少々おしゃれをしている程度である。

それでもどうだろう。街ゆく男子諸君は例外無く美咲の美貌に目を奪われるのだ。

そして腕を組みつつ指を絡め手を繋ぐ俺へ射殺すような嫉妬光線を目から発射するのである。

俺はその優越感にある種の快感を感じながら美咲とのデートを楽しんだ。

出店のおばちゃんに新婚さんと勘違いされ、屋台の親父にからかわれ、親子連れの子供に指さされ『あのおねーちゃんきれー』と言われ照れる美咲。

そしてその美咲を見て萌える俺。

付き合いたての中学生のようなデートを思い切り楽しんだ。

現代日本でもしてきたような、いわゆる「普通のデート」だ。

美咲も最後には完全に吹っ切れてずっと俺から離れようとしなかった。

それでも、終わりは近づいてくる。

出店も終わり、商店街の灯は落とされ、街は眠りの時間へと移行するのだ。

「そろそろ宿へ戻らなきゃね……」

少しだけ寂しそうにそういう美咲を見て、俺は彼女の膝を抱えてお姫様抱っこする。

「と、凍耶……？」

俺はそのまま人目を気にせず空中へ飛び上がりあっという間に星空輝く空の上へと飛行していった。

「綺麗……すっごく素敵♡」

雲の絨毯を下に見下ろし、満点の星空を二人だけで独占する。

「ここなら、誰にも邪魔されないだろ？」

「うん」

俺は空中で椅子の形になり美咲にあえて飛行させず膝の上に座らせ落ちないようにしっかりと抱き締める。

「……」

「……」

俺と美咲はなにも語らず、しばしの静寂を楽しんだ。

誰にも邪魔されない、二人だけの空間を独占し、言葉すらも邪魔になるくらい心地良い静寂を二人で頬を寄せ合って時折、口づけを交わしながら、ただただ黙って楽しむ。

俺は美咲の髪を撫でながら頬を寄せる。

甘えた子猫のように目を細めながら、美咲も俺に頬を寄せて肌をすり寄せてくる。

どれだけ経ったか。

しばらくすると、意を決したように美咲が口を開いた。

「ねえ、凍耶」

「どうした？」

「私ね、結果的にってことだけど、転生してよかったたって思うんだ」

「どうしてだ？」

「だって、向こうだと、私、別れたまま五年もうじうじしてた。それが異世界に転生して、いろんなことがあって、やっと凍耶に会えて、ずっとずっと言えなかったことも言えた。そのためにずっとこの世界を旅してきた。今度は後悔したくないから」

美咲は俺を真っ直ぐ見つめ、強い意思のこもった瞳でそう言った。

それを見て、俺も意を決した。

そうだ。美咲は、こんなにも俺を想ってくれているんだ。

だから、俺もけじめつけなきゃな。

「うん。俺もそうだ。だから、今度はちゃんとするから」

「え、それってどういう……んん」

俺は美咲を抱き寄せて口づけをかわす。

始めは驚いた美咲だが、すぐに身体の力を抜いて俺に身を預けてくる。

「美咲」

「うん」

「俺達、結婚しよう」

「え、ええ？!? け、けけけ、結婚って、ハーレムの皆はどうするの!?」

「勿論、全員俺の嫁だ。一人残らず嫁にする。例外はない。拒否権もない。一人の例外無く俺のチートスキルでもって幸せいっぱいの人生にしてやるんだ。今そう決めた」

「チートスキルが前提なんだ」

「当たり前だ。俺なんぞそんな大した器じゃない。現世じゃお前一人だって幸せにできなかった。その程度の男だ。そんな男がハーレムなんて作っちまって皆に愛してもらえてるんだ。反則だろうとなんだろうと、使えるものは全部使って、全員幸せにするんだ。だから俺と結婚しろ」

「脈絡ないよ！　こんな最高のシチュエーションで史上最低のプロポーズがされるなんて想像できなかったよッ！」

呆れを通り越してむしろ笑っている美咲は俺の胸に顔を埋めながら俺の腹を叩く。

そして『でも』と付け加えた。

「嬉しい。やっぱり、私もバカだ……」

美咲はうれし涙を流しながら俺を強く抱き締める。

ちょっとあばらがミシミシいっているが、スピリットリンクを通した美咲の感情は今にも昇天してしまいそうなほど歓喜に満ちあふれているのでよしとしよう。

俺は密かにキュアリカバリーを唱えながら美咲としばらく抱き合った。

そうだ、今こそさっき手に入れたスキルの出番だな。

「(クリエイトアイテム)」

俺は心の中で密かにスキルを発動し、強いイメージを頭の中に思い浮かべる。

二人の絆を永遠につなぐイメージで。

そして俺とハーレムの女の子達全員が繋がるように。

皆仲良く。

全員が俺の嫁。

そして生涯最後まで笑顔溢れる人生でありますように。

いや、生まれ変わったその後も。

俺を愛してくれる全ての皆が極上の幸せを味わえるように。

俺の掌に一つのリングができあがる。

丁度指に嵌められる大きさのリング。

【極上の至福を貴女に《レイディアントプレシャスリング》】

『スピリットリンクを強化する。魂の根源レベルでお互いが繋がり神力を通して幸福感を共有し、神の至福を手に入れるリング』

随分とご大層な名前だな。

しかもクサい。英語の文節合ってるのかこれ？　直訳すると逆にならないか？　俺の学歴のなさが露見するな。

「美咲」

「なに？」

俺は美咲の手を取って左手の薬指に【極上の至福を貴女に《レイディアントプレシャスリング》】を嵌め込んだ。

「あ……」

「まあ、こっちだとこういう文化あるのか分からないけど。前世の分も幸せにするからさ……だから……？

……美咲？」

美咲は指輪を見つめながらうつむいてそのまま固まってしまった。

あれ？　もしかして重かったか？

スピリットリンクから伝わってくる感情はかなり混乱している。

え？　まさか、俺、この局面で間違えた？

「う……」

「み、美咲さん？」

「うぇええええええええええ、ええ、えああああ、あああん、凍耶ぁああああ」

美咲は何故だか突然大声を上げて泣き始め、顔をぐっちゃぐちゃにしながら俺の胸元を涙と鼻水でぬらした。

「お、おおう、どうした美咲、やっぱ嬉しく無かったか？」

美咲は頭を思い切りぶんぶん振りながら否定する。

「〃う〃れじ〃いいいい、凍耶〃ぁあああ」

どうやら美咲はうれし涙を通り越してパニクっているようだった。

リングの効果なのか美咲本人の気持ちなのか分からないが、ここまで喜んでくれるとは思わなかったな。

「あ、でも、後で皆にも同じもの送るからな」

「うん。わがってる。〝あ〟りがど〝う」

美咲は泣きながら、でも最上級の幸福を噛み締めながら俺と抱き合い続けるのだった。

流れ星が俺達を祝福するかのように帯を引いて瞬いた。

◆第166話　皆一緒に…

美咲とのデートを終えて屋敷へと戻った俺達を待っていたのは愛奴隷の女の子達が大広間で全員が腰砕けになっている大惨事の光景だった。

「ど、どど、どうしたんだ皆!?」

「お、御館様、お帰りなさいませ……」

「お出迎えできず、申し訳ありませ…はぅ」

ビクンビクン
「お、おおう、それは、まあいいんだけどさ」

何故だかソニエルに静音まで、全員がまるでセックスで絶頂を迎えた時のような恍惚顔で痙攣している。

中には涎を垂らして気絶しかかっている子もいた。

「お、お兄ちゃん、これを……」

「ん?」

ルーシアはそういって自分の左手を美咲と俺に差し出して見せた。

「あれ?　それは」

「わたくしにも、嵌まって、おりますわ」

「ティナも…」

「ミシャも、なのですぅう」

「僭越ながら私もです御館様。はぅ♡」

「ご主人様の御寵愛、ん♡　…正に極上の至福です」

皆はヘロヘロになりながらも口々に喜びの声をあげ左手を差し出して見せた。

見やると皆の左手の薬指には【極上の至福を貴女に《レイディアントブレシャスリング》】が嵌まっているではないか。

「それ、どうしたんだ？」

――『凍耶様、私からご説明いたしましょう』

「アイシス？　どういうことだ？」

アイシスが説明してくれたことの顛末はこうだ。

俺が美咲を連れ出してアムルドの街へとデートに出かけ、夜の星空へと飛び上がった辺りで、アイシスは屋敷にいる全員に招集を掛けて大広間に愛奴隷の女の子達を集めた。

何事かと疑問を投げかける皆の疑問に答えるように全員に目を閉じるように言うと、閉じた暗闇の中央に映画のスクリーンのような映像が映し出された。

なんと俺の美咲への（ひいては皆への）プロポーズの様子はアイシスによって生ライブで配信されていたらしい。どうやってプロポーズであることを知ったのかは謎だが……。

そしてそこに創造神の祝福発動。

俺が【極上の至福を貴女に《レイディアントブレシャスリング》】をクリエイトアイテムによって生成し、美咲の左手の薬指に嵌めたのと全く同時のタイミングで全員の目の前に全く同じ指輪が現れたらしい。

しかも全員がそこで左手を前へと差し出すことを直感的に悟り、その通りにすると、まるで俺が皆へ直接指輪を嵌めたように目の前に現れた指輪がゆっくりと嵌め込まれたという憎い演出までついていた。

そして、俺が美咲に放ったプロポーズの言葉はそのまま皆の脳内へ直接響き、俺が皆に直接プロポーズをしたのとほぼ同じ状況ができあがったというわけだ。
ここで全員が腰砕けになったとアイシスは語る。
「んで、この惨状な訳か……」
――『はい……ん♡　……どうやらそのようです』
「アイシス？　なんか声が色っぽい気がするのだが……」
――『いえ、なんでもありません。それより凍耶様、新たな称号スキルによってまた補正値が上昇したようです』
「おおう。これはまたデタラメな上がり方をしているな」
アイシスの言うとおり俺がプロポーズしたことによって補正値がとんでもないことになっている。
――『称号スキル【愛奴隷の婚約者《エンゲージリンカー》】基礎値＋２０％　補正値＋１０００％　スピリットリンクで繋がった者に＋５００％』
これによって俺のステータスはこんな感じになった。
――『佐渡島凍耶　ＬＶ５７００　１６００００００　総合戦闘力　３４０００００００００』
基礎値が一六〇〇万で総合戦闘力が三四億か……。
数字がデカいから数％上がっただけでとんでもなく上がるな。一気に八億も上がってしまった。
インフレってなんだっけ？

◆　◆　◆

――ここは異空間――

凍耶達が屋敷で指輪について盛り上がっている頃。

遠いようで近い。それでいて限りなく遠いこの空間で、一人の少女がその様子を眺めていた。

その姿は煌めくような黄金色の髪を腰の下まで伸ばし、淡いエメラルドグリーンをした蝶の髪飾りで髪を結わえている。

透き通るような白い肌、折れてしまいそうな細く華奢な身体、そして、虹色に輝く光を纏った神々しいまでに美しい少女であった。

「凍耶様、この喜びを、早く貴男にお伝えしたい。貴男を想う一人の女が、ここにもまだいることを、一刻も早く知ってほしい。凍耶様、もう少し。もう少しで貴男にお目にかかれます。待っていてくださいね、凍耶様♡」

その左手の薬指には、皆と同じリングが静かに輝いていた。

◆第167話　ウキウキの愛奴隷達

凍耶が愛奴隷全員にプロポーズをして二日。

このことを凍耶は女王へ報告し、喜んだ女王は国を挙げての結婚式を盛大に行うことを約束し、三ヶ月後に国家プロジェクトとして執り行われることになった。

それぞれは日常へと戻っていった。しかし、それはいつもとはちがう彩りを彼女達に添えていた。

「静音様、今日はとてもご機嫌のご様子。なにかよいことでもありましたかな？」

いつものように商売の話をしにやってきた商人はいつも不敵に笑う目の前の小娘が今日はとてもご機嫌に笑っているのを見て怪訝な顔をしそうになるのを堪えた。

「いえいえ♪　特に変わりありませんわ」

とぼける静音。

しかし静音の様子は明らかに浮かれており、その表情からは抑えきれないほどのニヤけ面がこぼれているのを商人は見逃さなかった。

見やれば脇に控えて接客をしているメイドも一様にウキウキしているように見える。

いつもは毅然としすぎていてつけいる隙が全く見当たらないこの娘達だが、今日はいつもとちがって隙だらけだ。

この屋敷で働くメイドの奴隷どもはどいつもこいつも凄まじい美少女ばかりだ。

その容姿を視界に映すだけで何度生唾を飲んだか分からない。

何度かスカウト、引き抜きを試みたが丁寧に断られつけいる隙が無い。

この屋敷の主人はこんな美少女ばかりを数十人も囲っているらしい。

しかも男の従業員は屋敷に一人もいないというのだ。

どんな女好きなのだろうか。

今日なら少しは強気な交渉もできるかもしれない。さっきから左手の薬指に嵌まった指輪を見ながらニヤニヤしている。

どうやら主人にプロポーズでもされたようだ。つけいるなら今しかない。そう思いながら勝負の一言を口にする。

「どうでしょうか、例のメイド服の型紙を譲っていただく訳には」

「あ、却下ですわ」

くっ、やはりダメか。と舌打つ。

全く油断をしていない小娘はニコニコ顔を崩さず（しかし目は全く笑っていない）こちらの交渉をにべもなく却下する。

この屋敷で働くメイド達が来ているメイド服のデザインは異次元というほかないほどデザイン性と機能性に優れた逸品だ。

ドラムルーだけでなく周辺国中の貴族、金持ち、娼館が喉から手が出るほどほしがっている。

コピー品は数多いが非常に高度な技術で作製されているためドラムルーが誇る一流の職人を持ってしてもオリジナルと比べるとどうしても見劣りしてしまうのだ。

同じものを作るにはどうしても型紙を手に入れる必要があった。

中年の商人は静音のメイド服をこれでもかと押し上げているふくよかな胸に見とれながらそんなことを考えていた。

しかしその間に静音は商談をすっかり終わらせており、自分が気が付いた時には商人がギリギリ利益を得られるかというほど商品を安く買いたたかれてしまっており既に後悔しても遅かったのである。

「という訳でこのお値段での仕入れ、よろしくお願いいたしますわ」

「え？　あ……」

しまった、と思っても後の祭りであった。

その男が商会本部に戻った後こってり支配人に絞られたのは言うまでも無い。

しかし最後には『あの化け物相手では仕方ない』とゆるされるのであった。

ちなみに佐渡島家のメイド服が佐渡島家ブランドから大々的に売り出されたのは、こういった交渉で商人達が焦れに焦れた後の話である。

今まで必死になって買い求めても売る気は無いの一点張りだった佐渡島商会が、まさか自らのブランドを立ち上げて売りに出すとは思って無かった貴族や商人達は、一着金貨一〇枚というとんでもない高額であっても我先にと商品を買い求めるのであった。

それこそが静音の真の狙いであるとも気が付かず。

更に言うとその既存のメイド服がすっかり巷に出回り切る頃には、佐渡島家のメイド服は全く違うデザインに変更されており、再び世間の憧れの的になり、しばらく後、同じように飛ぶように売れるのであった。

このほかにも静音はあの手この手で商売を拡大し儲けを溜め込んでいく。

こうして佐渡島家の財産は凄まじい勢いで増加して行きこの後一年もするとドラムルー国家予算に匹敵する額へと到達するのだが、そのことを凍耶が知るのはしばらく後の話である。

◆　◆　◆

「よし、洗濯物終わりっと」

「じゃあそろそろ休憩しましょうか」

屋敷での洗濯仕事をいつものように終えたココとエアリス。

そしてシャナリア、エリーの四人は休憩室でアフタヌーンティーを楽しんでいた。

ココとエアリスは一四歳。ルーシアと同じ年頃の女の子である。

そしてシャナリアとエリーも元人妻とはいえ、現代日本でいうならまだ学生の年齢であり、異世界においても年頃といえる年齢である。

四人は一様に左手の薬指に嵌まった指輪を眺めニヤニヤを抑えきれない様子でお互い笑いあう。

こんな光景が現在、佐渡島家の屋敷中で繰り広げられている。

いや、屋敷の中だけではなかった。

「結婚♪　結婚♪　主様と結婚♪　うっれしいな〜♪」

ドラムルーから西から北、南へと広がるミトラ平原。

広大な平地を歩く一つの冒険者パーティがいた。

しかし、その様相は少し普通の冒険者とは異なる。まず全員が女性であること。ドラムルーに限らず女性冒険者というのは肩身が狭い。体躯で不利にならざるを得ないため女性だけでパーティーを組むことは非常に稀である。そしてなによりそのパーティーの異質なところは、その女性が全員年端もいかない少女のみで構成されているところだろう。

普通に考えるのであれば、このような誰の目にも付かない野外で美少女が護衛もつけずに歩いていては野卑な男達の恰好の餌食である。

だが、このドラムルーの冒険者でそんなことをする者など今や一人も存在していない。

何故なら、その年端もいかない少女達が、屈強な冒険者でも苦労するような巨大な体躯のエボリューションタイプのオーガを一撃の下に両断したり、一瞬で消し炭にしたりしているのを見て、この美少女達によからぬことを考える者などいはしなかった。

「アリエルご機嫌だね」

「そういうルカちゃんだって」

お互い何故こんなにもご機嫌なのかは言うまでも無かった。

張り切り過ぎて討伐依頼の魔物をオーバーキルしすぎたとしても仕方ないことである。

「貴様ら浮かれすぎだぞ。気を引き締めんか。油断して怪我でもしたら我が主になんと言うつもりだ」

浮かれる面々に注意をするザハークであったが、横からその顔をのぞき込んだリルルにすぐ説得力のなさを指摘されてしまう。

「そういうザハーク様だってさっきから左手見てニヤニヤしすぎですよ」

「ば、ばかもの！　貴様も人のこと言えるのか！」

「ザハーク様って意外と乙女ですよね～」

「よーし、訓練のメニューをより厳しくしてほしいということだな。よく言った」

「うげ、墓穴掘った」

先日の凍耶による（図らずも）全員に対するプロポーズは愛奴隷の面々に非常に強い影響を与え、それが全員に良い方向へ向かう一助となっていることは明らかであった。

そんなおり、ミトラ平原にて依頼を終えて帰る途中であるアリエル達のパーティーが、ふと気になる集団と遭遇することになる。

「ん？」

「どうしたリルル」

なにかを見つけたらしいリルルは自前の翼を出して上空へと飛び上がる。

ちなみに最初は出しっぱなしだった翼も最近は収納ができるようになり見た目上普通の少女として振る舞うこともできるようになっている。

「おーい、なんかガルムの集団が北に向かって走って行くみたいだよー」

「ガルム？　ハウンド系の魔物か。この辺りに人族の集落はなかったはずだが」

野生の獣に限らず肉食の魔物は人間の集落を時折襲うことがあり、冒険者がその防衛を依頼されることもある。

とはいえ年中村に常駐させるとお金がかかるので、結局は後手に回ることが多いのが現状であった。

「ん〜？　でもハウンド系にしてはやけにデカい気がするな」

「大きい犬？　もしかして、フェンリル？」

アリエルが放った言葉にリルルもハッとなる。

「あ〜、確かにフェンリルかも。う〜ん、この距離だとサーチアイも届かないしな。一応ギルドに報告しておこうか。今のレベル状態だとフェンリルのスピードには追いつけないから」

現在の彼女達はアイシスによるレベルダウンで力を抑えられている。

ちなみに凍耶であるならアイシスがすぐに答えを教えてくれるのだが、愛奴隷達はザハークの方針によってこういったことをできるだけ自力で解決するよう心がけているため、アイシスもあえて答えは言わなかった。

フェンリルと思わしき魔物の群れは真っ直ぐ北へと向かっていき、アリエル達はそれを見送った。

◆第168話　開拓村の女性達

所変わって、ここは凍耶が所有する領地に作られた開拓村である。

村とはいっても普通の開拓村とは異なり殆どの家が頑丈な植物によって作られた半ばコテージのようなしっかりとした作りの家が殆どであった。

精霊の森から契約によってもたらされた恩恵で作った家屋は一流の職人が作るレンガの家よりも遙かに頑丈で長持ち、しかも快適である。

凍耶の、正確には経営を行う静音が打ち出した方針は、ドラムルー周辺や周りの集落ですむところに困った人達に無料で家を与え、農地開拓や商品の生産をしてもらう労働力とすることであった。

始めからタダで至れり尽くせりをして大丈夫なのかと凍耶は心配しているのだが、そこは静音に任せきっているので強くは気にしていない。

彼女の頭の中には自分では及びもつかない先の考えが既にあるのだろうと思い、特に深くは追求していないのだ。

◆　◆　◆

俺は開拓が順調に進んでいる開拓村の視察に来ていた。

合わせて五〇〇〇人にも上る移民達は現在いくつかのエリアに分かれてそれぞれの土地で領地を発展させてくれている。

ここはその中でも農業を中心としたエリアであり、人数的には一番比率が高い。

なので既に村と呼べる規模ではないのだが、最初にやって来た人達が親しみを込めて村と呼んでいるので、それが続いている。

視察といっても頑張っている村の皆に激励の言葉を送ることくらいしかできないので、実質ほんとに見に来ただけではあるのだが。

「これはこれは領主様。よくぞおいでくださいました」

「やあ村長さん、開発は順調みたいでなによりです。なにか問題はありませんか？」

「ええ、農地の開拓に使う牛車や運搬の馬が足りません。まだ人数とのバランスは崩れていませんが、移民を受け入れ続けている現状ではいずれ回らなくなるでしょう。これから村も広がっていくでしょうから」

やはり静音が言っていた通り運搬の運び役である馬が決定的に足りないらしいな。

「それは現在こちらで対策を検討中ですから心配しないでください」

「おお、頼もしいお言葉。よろしくお願いいたします」

とりあえず励ましの言葉をかけて村長さんと別れ、俺は村の中を見て回った。

「あ、領主様」

「やあ、元気そうだな。シャロ」

俺が村の一角を通りかかるとブラウンの髪をサイドテールに結んだ女の子が話しかけてくる。

「領主様のおかげで村も平和だし、皆働きがいがあるって喜んでますよ♡」

元気いっぱいに答えるシャロ。

ちなみに彼女は元マーカフォック王国からの移民である。

マーカフォックからの移民は殆どが若い女性であり、多くは農業エリアではなく、商業エリアに住んでいる。

実は彼女達の扱いに関してはソニエルに一任している。

その過程で使える手段は全部使っていいと許可を出している。

最近どうやらその手段を使ったらしく、マーカフォック王国から移民してきた女性達が全員俺の準奴隷として所属している。

準奴隷とはどういうことか。

俺の所有している奴隷の女の子達は全員俺の嫁であり、恋人でもある。

だから俺は今まで殆ど無作為にハーレムを拡充したりはしなかった。

まあ、エルフ村の面々は別だったし、他にもなし崩し的に入った子は多かったが、少なくとも俺が可愛い子を片っ端から、なんてことはやったことはない。

それは今も変わっていないが、そうではなくて、俺のもたらす様々な恩恵を、奴隷の女の子達が間接的に大切な人達に与えることができないか、という発想の元に行われたのが効果をある程度抑制した【マルチレベルスレイブシステムスキル】による間接的な隷属だ。

基本的には屋敷に面接にやってきた女性が静音、ソニエル、マリアの面接を経て入ってくる。

それらは今でも徐々に増え始めており、試験を合格し研修に入った段階でこの三人の誰かの枝葉の組織に属することになる。

その子達も準奴隷となり、基本的に俺への性奉仕はしない。

話が逸れたが、ソニエルがマーカフォックの面々を準奴隷にしているとはどういうことか。

それは今言ったように、俺への直接の愛奴隷ではなく、単にソニエルが奴隷を所有することに近い形態を取っているということだ。

一般の奴隷とちがうのは、一部だけだが補正値の恩恵を受けられるということ。

現在俺の愛奴隷達は補正値が八〇〇〇%に達している。

MLSS《マルチレベルスレイブシステム》によって準奴隷となった場合はその約二〇分の一程度の四〇〇%に留まっている。

それでも一般的に見るならデタラメな補正値だ。

これは所属した段階でしゃべれないように隷属魔法で制限している。

バレると色々面倒だからだ。っと、また話が逸れたな。

要するに、俺の愛奴隷とは別組織の、言わば愛奴隷予備軍みたいな扱いでソニエルは元自国の国民を保護したのだ。

補正値が四〇〇%も入れば力の無い町娘でもC級冒険者クラスの力は手に入る。

見込みがある子や、希望する子は俺への愛奴隷に昇格もある。

しかしそれらはかなり厳しい試験を乗り越えないと昇格は難しくしてあり、滅多に合格者は出ない。

あの三人の基準値は相当レベルが高いみたいだしな。

俺もあまりボコボコ増えられても名前も覚えきれないし。

ちなみにこのシャロはその試験を既に三度受けて落ちている。

それでも諦めていないようで「今度こそ」と息巻いている姿は密かに凄いと思っていたのだ。

一応、試験を全面的に免除する抜け道はあるっちゃある。

それは俺自身がその子を気に入って直接隷属させること。

今のところアリシア以降直接隷属させた愛奴隷はいないし、俺も無責任に増やしたくはない。

特に今は全員にプロポーズしたばかりだし、そこへ「新しいの連れてきた」なんて言ったら美咲やルーシア辺りに苦笑を浮かべられるだろうな。

驚いたことにマーカフォックの女性達は一人残らず俺の愛奴隷昇格を望んでおり、試験をシステム化することも検討し始めているようだ。

俺としてもあまりに増えられると自分自身で対処仕切れなくなってしまう。

俺自身は一人しかいない訳で増えることもできないので、嫁にする女性が多すぎてもこまるのだ。

ハーレムは男の夢であり、俺自身もその恩恵を享受しているが、増えすぎて不幸な子を出したくはない。

まあ、だが俺はそれほど心配してはいない。恐らくそのうち女神のギフトがなんとかしてくれるだろうしな。

創造神から言われた通り、創造神の祝福は俺の思いの強さに応じて効果を変える。

つまり俺が「世の中の女性は全部俺のもの!!　全員残らずウルトラハッピーにしてやるぜ！！！」なんて心の底から思えばそれに応じた祝福が発動する仕組みになっている。

だから例えハーレムが一万人になろうとも俺自身がそれを全部幸せにしてやると望めばそれに応じたスキルが発現することはもはや経験的にも間違い無い。

幸せな人が増えるのは良いことだ。

まあ、あぶれて涙を呑むことになる男性が増えてしまうかもしれないが、そこはそれということで……。

俺は聖人君子ではないし、どこぞの英雄みたいに世の中一人残らず救い出そうなんて殊勝な心がけも持ち合わせていない。

だから、少なくとも、俺の愛奴隷の女の子達を目一杯幸せにすることと、彼女達が進んでやりたがることはできるだけ叶えてやろう。

そんな方針をとることにしている。

領地経営しかり。

奴隷拡充しかりだ。

皆女の子達が進んで行っていること。

それにやりがいを感じているなら俺はそれを叶えるのだ。

そんなことを考えながら、シャロと世間話をしている時、一人の男性が息を切らせて叫んでいるのが聞こえてきた。

「た、大変だーーーっ!! 魔物が、魔物が群れで村に向かってくるぞーーーー!!」

◆第169話 三匹の狼娘

「魔物がこっちに迫ってるぞ!! 戦闘配置につけ！ 非戦闘員は家の中に避難しろ！」

村人の声が響き渡る。

有事に備えての非常事態時の対処訓練が行き届いているようだ。

ザハークの指導のたまものである。

アイシス、魔物の規模は？

——『フェンリルが集団でこちらに向かっているようです。数三〇〇』

フェンリルか。通常で考えるなら頭の良いフェンリルはむやみに人を襲ったりしない。

しかし、銀狼事件の例もあるからな。一応警戒しておくか。

アイシス、他の皆は？

——『各地区にバラバラですが、既に呼びかけてあります』

さすができるＡＩのアイシスさんだ。

――『恐縮です』

「お兄ちゃんっ」

「お？」

見やると大急ぎでこちらに走ってくるルーシアの姿がある。その後ろにはメイド達面々の姿も。

「よし、一応危険は無いと思うけど、万が一のために防衛に当たってくれ。ルーシアは俺と一緒にこい」

「うん。分かった」

「領主様」

心配そうに見つめるシャロ。俺は彼女の頭を撫でながら安心させるように声を掛けた。

「大丈夫だ。俺がいるんだぞ。安心しててていい」

「は、はい！」

不安そうだった空気は吹き飛び、飛び切りの笑顔で元気を取り戻した。

俺達は物見台の上に上って遠見の魔結晶をのぞき込む。

「うーむ、確かにフェンリルだな」

「ほんとだね。でも変だな。先頭の三匹見てよ」

「ああ、人が乗ってるな」

そのフェンリルの集団は何かが変だった。

こっちに向かって真っ直ぐ走ってくる集団の先頭。その三匹に一人ずつ人が乗っている。

見やるとそれは三人とも女性のようだ。

しかも、一人は普通の町娘のような黄色のワンピースを着ているが、後の二人はなかなか豪華な碧いドレスを纏っている。

一体どういう組み合わせなんだ？

町娘の格好をしている娘は青いロングヘア。

ドレスの一人は真っ白な髪。

もう一人は薄紫の髪。

そして三人とも特徴的な獣耳。

「三人とも狼人族のようだな」

「そうだね」

――『三名ともこちらに敵意はない模様』

敵意はないなら警戒することもないか。

しかし俺達はともかく村の住民はあんなでっかい狼が集団で走ってきたら普通にびびるだろうな。

仕方ない。俺達で対処するか。

俺はルーシアを引き連れて村を覆っている柵の外へ出た。

敵意はなくともこのまま進んでくると折角耕した畑を踏み荒らされてしまうかもしれない。

せめてルートを変えてもらうために説得をするとしますか。

「うぉおおおおおおおおん」

しかし、俺達が彼らを止めようと前へ出ると同時に先頭のフェンリルが大きく遠吠えを吠える。

すると全体が一斉に歩を止めてミトラ平原に一列に並び始めた。

そして中心の人が乗っている三匹に花道を作るように縦列し、その真っ直ぐに伸びた通路を優雅に歩いてくる一際大きなフェンリルに乗った三人の女性に対峙した。

「君達は一体何もｍ『パパッーーーーぁあああ』もふぅ！？！？」

誰何したと同時に真ん中を歩いてきた少し幼い感じのワンピースの少女が俺に飛びかかる。

もふもふでもにゅもにゅの何かが顔面を覆い尽くし、俺の意識を一瞬で桃源郷へ吹っ飛ばした。

なんとマンダムな感触であろうか。

するとその様子を見ていた残りの二人が俺を見やるとニコリと笑いながら……

「あなたぁあーーー♡」

「凍耶どのぉーーーー♡」

一人はなんと俺の名前を呼びながらワンピースの少女と同じように飛びかかってくる。

俺の顔面にもっふもっふのもにゅもにゅがふんふんしてはっすはっすしつつパフパフのむにゅむにゅであり、且つ、ふほほほほなのである。

なにを言っているのか分からんだろう？

俺も分からん。

ルーシア達は唖然としてしまい全く反応することができなかった。

「パパァ、会いたかったよぉ、ペロペロ」

「うふぉうう、お、おい、なんだ一体ッ!?　うひょひょひょ、くすぐったい」

「あなたぁ、寂しかった、とっても寂しかったぁ、ペロペロ」

「おおうふぅ」

白い髪のドレスの女は恍惚顔で少し興奮しながら舌を出して俺の頬を舐め回した。

舐め方がちょっとエッチだ。

「うふふふ、凍耶どのぉ、貴方との逢瀬を心待ちにしておりましたよぉペロペロ♡」

もう一人の未亡人風の超超級のおっぱいの狼人族はレロレロと首筋を這うように舌を使い明らかに舐め方がエロい。

無邪気に舐め回すワンピースの少女とは違い、否応なく勃起してしまうムスコをドレスの二人は明らかにわざと撫でさすりながら擦ってくる。

完全に手コキのしごき方だ。

俺は意識がむっほむっほの桃源郷に行ってしまいそうになる。

「ちょ、ちょっと待てお前達！　事情は分からんが今すぐそのペッティングをやめろ。イヤとっても気持ちいいし、むしろもっとやれと言いたいが」

「お兄ちゃん子供いたんだ」

ルーシアの顔が「やれやれ。またか」といった感じで笑っている。

「違う違う、よく考えろ。俺こっちに来てまだ一年経ってないんだぞ。ちゃうねんっ。こんなでっかい子供いるわけないだろ」

「あ、それもそっか」

納得した感じのルーシアと美咲。

とにかく俺は彼女達の話を落ち着かせてから聞くことにした。

◆第170話　運命に導かれし者たち

「とりあえずちゃんと説明してもらえませんか？　あなた達は何者なんですか？」

俺の誤解は一時保留され改めてフェンリルと共に現れた三人娘に問いただすことになった。

「プリシラはフェンリルなの！　強い子孫を残すために、パパとセックスするの！」

マニアックなエロゲーにでも入っていそうな台詞を言いながらワンピースの少し幼めの少女が言い放つ。

しかし幼い言動とは裏腹に育ちが異常にいいようで、ぴょんぴょん跳ねながらしゃべるから胸元のメロンがバインバイン揺れている。

「我々も少しはしゃぎ過ぎたようだ。しっかりと説明しなければな。夫の子種をもらわないと目的も果たせない」

人妻風の白髪狼人族はそう言って頬に手を当てた。

少し儚げな雰囲気が逆に色っぽい。ＮＴＲ系のＡＶにでも出てきそうだ。

「あらあら、まあまあ。凍耶殿に会えたのが嬉しくてはしゃいじゃいましたねぇ」

キャピ☆という効果音が聞こえてきそうな未亡人風の美女はあっけらかんとそう言った。

超超級のおっぱいがため息と共にプユンと揺れる。

のほほんとした少し垂れ目がちな瞳が下半身の健康にとても良くない影響を与えそうだ。

左の目元にある泣きボクロがかなりポイント高い。

「そうですねぇ。とりあえず始めから説明した方がいいでしょうね。まずは名乗りましょうか」

居住まいを正した三人は真ん中のワンピースの少女から名乗り始める。

「プリシラはね、プリシラなの!!　パパと子作りするためにここに来たの!!」

「シラユリという。そこな夫となる人の子種をもらいに来た」

そして最後に名乗った未亡人風の美女の名前を聞いて、俺達は、主に俺とルーシアはここ最近で一番驚かざるを得なかった。

「最後は私ですね。私はシャルナロッテといいます。お久しぶりですね。狼人族の娘ルーシアさん、そして凍耶殿。その節はとてもお世話になりました」

シャルナロッテ……？

なんだかものすごくどっかで聞いたような名前に俺は目を見開く。

ルーシアも同じようだった。

「シャ、シャルナロッテって、ま、まさかっ」

「うふふ、はい。あなた方が想像した通りのシャルナロッテですよ」

「え？　いや、でも。そんな、太上皇様？」

太上皇に様っていらないような……。

「あーーーー銀狼太上皇!?」

「じゃ、じゃあ、そっちの二人は!?」

「元銀狼帝、名をシラユリという」

あの洞窟であったでっかい銀狼のボスがこいつだってのか？

あいつそんな名前だったのか。

え？　じゃあ、このプリシラってのはまさか。

「この姿ですと分かりにくいかもしれませんねぇ。元の姿にもどりますか」

「分かったの！」

三人の姿が光に包まれ、形を変えていく。

その姿は人の形からやがて獣のそれに変わっていく。

――幻狼帝プリシラ　ファントムフェンリルエンプレス
ＬＶ２６　総合戦闘力　２２３６６４

「げ、幻狼帝、お前、あの時の幻狼帝なのか!?」

「うん！　そうだよパパ。さあ子作りしよ。セックスセックス」

「まてこら！　っていうかその姿で迫るな。くすぐったいって」

巨大なブルーの毛並みにフェンリル姿のプリシラがでっかい身体でのしかかり再び俺の顔をなめ始めた。

「ぐお、つ、潰れる潰れる。重いって」

［わんわん。パパ、子作りしよ］

「お前そればっかりだな。とりあえず落ち着け。話が前に進まないって」

［そうですよ姫。凍耶殿に我らのことを話さねば］

そう言ってたしなめるのは懐かしい姿、といってもまだ数ヶ月前だが、片方は鯨のように、もう片方は文字通り山のように大きな狼の姿を現した。

「お、お前達、そ、そんなバカな！　幻狼帝は分かるとして、どうして!?　死んだはずじゃ！！？」

俺達は一様に頭が混乱した。

状況を飲み込めない美咲や他の面々は唖然とするほか無かった。

◆　◆　◆

俺達は三人を伴ってとりあえず村に併設された公会堂の客間で話し合うことになった。

ちなみに彼女達が連れてきたフェンリル達は外で待機してもらっている。

「改めまして、銀狼族の隠居。上皇シャルナロッテです」

「元銀狼族、長《おさ》。シラユリ」

「幻狼帝のプリシラだよ！」

「それじゃあ説明してもらおうか。一体お前達は、特に太上皇と銀狼帝は、確かに死んだはずだ。俺が目の前で看取ったのだからな」

「ええ、確かに、私と娘のシラユリは一度死にました」

「もはや現世《うつしよ》に来ることは敵わぬと思ったがどうやら呼び戻されたようだ」

「一体何故？」

「それはあなたのおかげですよ凍耶殿」

「俺の？」

「はい。あなたは破壊神に覚醒しましたね？」

「え？　ああ。どうしてそれを？」

なんのことか分からないルーシア達は首をかしげるが空気を読んで疑問を呈さなかった。

「上位の神には眷属がつきます。その降臨と共に眷属となる者も覚醒するのですよ。私とシラユリ、そしてあなたの力によって誕生したプリシラは、破壊神凍耶様の隷《しもべ》となるべく、再びこの現世《うつしよ》に生を受けたのです」

「しかし、順番がおかしくないか？　お前達二人はともかく、プリシラが生まれたのは俺が破壊神降臨のスキルを覚える大分前だぞ？」

「いいえ。順番通りですよ。プリシラは幻狼帝として生まれた。しかし、その時点ではまだプリシラではなかった。あなたの覚醒と共に精霊の森の奥深くで私達と共に覚醒したのです」

「先日、精霊の森を訪れたであろう？　その時にそなたの匂いを感じ取り、この姿になることができるようになったのだ。凍耶様の存在を近くに感じることが人型に進化するトリガーとなっていたらしい」

「だからパパはプリシラのパパなの!!　フェンリルの強い子孫を残すための苗床になるの！　だからパパとセックスするの！」

「苗床なんてどこで覚えたんだ」

「私が教えました」

「お前かい!!　孫の性教育が歪んでるぞ!!」

◆　◆　◆

そんなアホなやりとりをすること二時間。

話が全く前に進んでいかないのに辟易しつつ、とりあえず聞き出した要点をここでまとめておこう。

・まず、破壊神には眷属となる上位種の生物が必ず現れる。一種族かもしれないし一〇〇種族かもしれない。

・それは運命に導かれるように集まってくる。俺がこの世界に降り立って今まで逢ってきた者の中にも眷属となる素質を持った者がいる。

・それらの者には既に会っているハズである。

と、太上皇は言った。

なんともふわっとした話の連続だが、ようするに俺とかかわってきた人達の中に眷属がいるかもしれないってことだ。

そして、どうやらそれは俺の愛奴隷の女の子達の中にも既にいるらしい。

心当たりがあるかと言われると、うん。まあ、ありまくるよな。

『隔世遺伝で龍人族として生まれたマリア』

『サキュバスであり、超絶的な力を封印されていた亡国の姫、ソニエル』

『ハイネスエンシェントエルフという希少種ティナ、ティファ』

『三〇年に一人見つかるかどうかという貴重な種である神獣種として生まれ、なんの戦いも経験せず村娘として過ごしてきたミシャ』

『人族であるにもかかわらず異常なほどの成長を見せる天才戦士、アリエル』

『異界の魔王・ザハーク』

『悪魔でありながら俺と触れ合うことで天使へと生まれ変わったリルル、アリシア』

そして、『運命に導かれるように同じ世界に既に転生していた勇者、桜島静音と生島美咲』

なによりも……俺がこの世界に降り立って、一番最初に出会った女の子。

『ルーシアとして転生していた俺の幼馴染みである芹沢沙耶香《せりざわさやか》』

偶然にしてはできすぎているのだ。

創造神は言っていた。

俺がこの世界に転生したのは初めから決まっていたことであると。

なら、その眷属として俺のそばに来るために、全てが運命づけられていたとしたならば、俺というたった一人の人間の元へこれだけのドラマチックな運命を背負った者達が集まってきたのも納得できる事実だった。

ならば、それはこれからも起こって然るべきであると。

そういうことなのだろう。

創造神の言っていた破壊神として成長をうながすイベントというのは、これも含まれているのではないかと思うのだ。

そうであるならば、今まで俺の周りに起こった数々のイベントも説明が付くということになる。

創造神ですらも運命に操られていると言っていたしな。

◆第171話　親子二代

「ところで何故俺のことをパパと呼ぶんだ？」

「プリシラはあなたから生まれた新たな命。言わば、私と凍耶様の愛の結晶」

「どうしてそうなった!?　子作りってなんだ!!　なんでそんな話になったんだ!?」

「実は、フェンリル族は今外にいる者達を残しもう残っていないのです。特に雄のシルバーフェンリルは既に絶滅してしまいました。あの者達は各地に残っていたフェンリル達をプリシラが集めた者達です」

「私とシラユリは言わば精神体に近いので狼人族として子孫を残すことはできません。フェンリルの未来を繋ぐには、強い雄との交配が必要なのです」

「いやいや、ちょっと待ってくれ。なんで狼の子孫を残すために俺とプリシラが交わることになるんだ？　俺神族だけどベースは人間だぞ？　大体さっき銀狼帝も」

「シラユリだ」

「シラユリも子作りがどうの子種がどうのって言っていたじゃないか」

「ノリだ」

「ノリかよ!!」

「冗談だ。言わばメスの本能だな。自分よりも遥かに強い雄に惹かれるのは獣の習性だ」

「うふふ、わたしも凍耶殿の子種をもらって家族計画に参加しましょうか。精神体として子作りはできませんが、凍耶殿ならそんな条件など簡単に打ち破ってくれそうですからね」

確かに創造神の祝福が発動すればそんな条件があっても当然のように改造してくれそうだよな。

――『創造神の祝福発動　シャルナロッテ、シラユリの肉体次元での制限を解除　生殖活動が可能となりました』

仕事早すぎだろ!!

――『プリシラの恋愛感情がMAX　隷属しました』
――『シラユリの恋愛感情がMAX　隷属しました』
――『シャルナロッテの恋愛感情がMAX　隷属しました』

そして落ちるの早い!!

――『創造神の祝福発動　吸収した宝玉がバージョンアップ
更に、まだ現存していない幻狼帝の宝玉を仮想吸収し合体
銀狼帝の至高玉に変化しました。
これにより、現存する全てのフェンリル種を支配下におき、人化が可能となりました。
更に創造神の祝福発動
プリシラ、シラユリ、シャルナロッテを眷属化
三名に称号スキル『超越神の眷属』を追加
更に創造神の祝福発動
ルーシア、美咲、静音、ソニエル、ミシャルエル、アリエル、リルル、ザハーク、アリシア、マリアンヌ、ティルタニーナ、ティファルニーナ、ルカ、エリー、シャナリア、ココ、エアリス、ジューリ、パチュリー、モニカ、ルルミー、クレア、ビアンカ、シャーリー、アシュリー、ジーナ、リムル、シャロン、アイリス、ジャスミン、アンナ、リリス、ローラ、レイレイ、ミリ、ミウ、サラ、レアル、リナ、カレン
以上四〇名に称号スキル『超越神の眷属』を追加。正式奴隷の補正値を10000%にパワーアップ　準奴隷の補正値を500%にパワーアップ』

なんか創造神の祝福が更に自重しなくなっているな。

創造神の言っていた通りパワーアップしているみたいだ。

だがそこで終わらないのが創造神クオリティ。

――『創造神の祝福発動　種族を超越神族から『支配神族』に進化　基礎値に２０％のボーナス　補正値の絶対数に１０％のボーナス　端数繰上　補正値２４００％　基礎値　２０００万　総合戦闘力　４９億』

とうとうゼロの数値を表示しなくなったな。もはや上がり方は千万単位か億単位が前提になったということだろうか？

本当にパワーアップしているらしいな創造神の祝福。

「それで？　なんでプリシラと俺が子作りすることが必要なんだ？」

「幻狼帝の能力で人化の能力を持ったフェンリルの子供を産むことができるからですよ」

「雄が強ければ強いほど、強いフェンリルが生まれるからな」

「それで俺なのか？　フェンリルの雄を探した方がいいのでは？」

「言った通りこの周辺にもはやフェンリルの雄は生き残っておらん。凶星魔法で生き残れたのは全部メスだけだった」

「う〜ん、そうか。ならフェンリル絶滅の危機は俺にも責任があるのか。分かった。協力しよう。その代わり、俺は愛のないセックスはあまりしたくないからな。お前達のことをよく知ってからだ」

「勿論だ。妻として相応しい立場になれるよう努力しよう」

「プリシラも頑張る！」

「若い女の身体に転生しましたから、もう一度青春を謳歌するのも悪くありませんねぇ」

◆　◆　◆

　さて、彼女達の話をまとめると、俺のために自分の力を役立てたいので、奴隷契約を結んでほしいということだった。

「話は聞かせていただきましたわ！」

「ぬおッ、静音いつの間に!?」

　俺達が今後について話し合っているといつの間にアリシアを伴って異空間ゲートから静音がひょっこり顔を出した。

　そしてフェンリル達にある提案をすることになる。

「お兄様、今外を見てきましたが、フェンリルのお三方の眷属の皆様が全員女性に変身しておりました。聞くところによると全員フェンリルと狼人族の姿を自由に変身できるとのこと。どうでしょう。不足していた荷運びをフェンリルの方々に担っていただくというのは」

「フェンリルを馬代わりにするってことか？　お前達はどう思う？」

　俺は本人達に聞くことにした。

　フェンリルって頭がいいし、勝手なイメージだけど誇り高い種族だから荷馬車や牛車代わりにされるのはプライドに障るんじゃないかと思うが……。

「我らに役目をくださるのだな。喜んでお引き受けしよう」

「プリシラもいいよ！」

「労働の対価に子種を頂けるともっといいですねぇ」

　全然問題なさそうだ。

「他のフェンリル達は大丈夫だろうか？」

「問題無いですよ。全員姫の眷属ですからね」

「姫？」

「プリシラのことだよ」

「幻狼帝とはいえまだ子供。ですから真の帝王となるまでは我らで支えることにしたのです」

「なるほど。分かった。ではフェンリル達の統率は三人で行うのか？」

「そうだな。フェンリルを率いていくための教育は母である私の役目だ。私とプリシラの二人で行おう。母上には凍耶様のそばにいてもらいたい」

「そうねぇ。ヒルダにも会いに行きたいし、そうさせてもらおうかしら」

こうして外のフェンリル達はマルチレベルスレイブシステムによる準奴隷契約を結んで、プリシラとシラユリの二人で率いてもらい村の作業を担ってもらうことになった。

◆　◆　◆

フェンリル達が労働力として参加してくれるようになってから数日。

村の開拓作業は飛躍的に効率をアップさせていた。

農業では畑を耕す牛車代わりも務め、商業地区では運搬を担う荷馬車の役割をやってもらった。

この物流の流れがスムーズになったことで今まで滞っていた町の発展が飛躍的にスピードアップすることになる。

なにしろ知能が高く、人型にもなれるので馬や牛のように餌代がかからない。

コミュニケーションにも困らない。

ちょっとだけフェンリルらしく気位の高い者が多めであることは否めないが、それでも俺との契約があるため大きなトラブルを起こすことはなかった。

人型になると普通の女性並の食事で済むし、肉しか食べないなんてことはないので最悪芋がゆでも大丈夫だった。

まあ、時折フェンリルの姿で野生の獣を狩りに行きたくなる衝動はあるみたいだが、そんなときは町の近くの魔物を狩ってもらい治安維持の役割も担ってくれた。

なにより大きいのは、フェンリル自体が強いため、野盗に襲われる心配もないし、仮に襲われても単独で小規模な軍隊程度なら駆逐できる戦闘力があるため返り討ちにできる。

そこら辺を町の人達に説明するのが大変だった一幕はあったものの、人型になれることでコミュニケーションが円滑に進んだこともあり思いのほか話は早かった。

それに俺が奴隷契約を結んでいることで立場の保証がされたのと同義なのでそれも信頼関係を構築する一助になったのだろう。

この町において奴隷は俺の所有奴隷しかいないため、それを下に見る者はいない。

なにしろ俺の所有奴隷は普通の人間より遙かに強いことは町の殆どの人が知っているからだ。まあ徐々に人が増えてくれば知らない人も出てくるだろうけど、今のところ奴隷だからといって彼女達を見下したりする者はいない。

準奴隷も『愛奴隷の首輪』を全員装備しているため町の人達も見間違えることはない。

ちなみに俺がコピーしたからなのか、元々がそうなのか、フェンリル達の首輪は人型とフェンリル形態で大きさが自動で変化する。

こんな感じであっという間に町に溶け込んだ彼女達は俺の領地発展に大いに貢献してくれることになった。

ただ最近は人数が凄く増えてきたので全体を把握していないという問題はあるといえばあるが……。

――『全員の名前、履歴、行動パターンは全て私が管理していますので問題ありません』

アイシスさんッパネェッす。

――『造作もありません』

という訳で問題はない。

こうして、フェンリルという頼もしい労働力を手に入れた俺は益々町の発展に力を入れるのであった。

「凍耶殿、夜のご奉仕はいつから始めましょうか？」

「気が早いな!!」

「三人同時でおっぱいのご奉仕をしようと思ったのですが」

「今夜からお願いします」

おっぱいには勝てんかったんや……

◆　◆　◆

ドラムルーよりも遥か西。

ブルムデルド魔法王国にて。

「母様。出発の準備が整いました」

「いつでもいけるのよー」

ここは世界が誇る魔法の聖地。

静音が召喚された国でもある。

その国の女王がすむ王宮。

謁見の間。

白を基調としたその部屋には、魔法王国の名には似つかわしくない王国の紋章を掲げた女戦士が左右に並び立ち、その真ん中を歩くクリアブルーの髪を持った少女と、ライトグリーンの髪の少女が玉座に座った『母様』に告げる。

「ドラムルー王国女王陛下との会談の約束、取り付けて来ました」

玉座に座る一人の少女。

燃えるような赤い髪。

強い意思がこもった深紅の瞳。

真っ赤なドレスを身に纏い、それを強調するかのような白い肌を持った、一二歳くらいの少女である。

『母様』と呼ばれた紅い少女は、玉座の間に並び立つ戦士達と二人の少女に言い放つ。

「では出発するとしようかのぅ。二国の首脳会談じゃ」

幼い容姿に似つかわしくない荘厳なしゃべりをする少女からはそこにいる全ての者がひれ伏したくなるほどの圧倒的威厳がこもっている。

まるで全てを従えるのが当たり前である『帝王』のように。

「ようやくじゃ。ようやく御主に会えるぞ。まっておれよ凍耶」

凍耶の名を呟く紅い少女は、不敵な笑みを浮かべて低く笑うのであった。

◆閑話　親子孫の三色丼味比べ　シャルナロッテ編

「はむぅ、んぶ、ずちゅ」

「れるるる、ずりゅ、ちゅぷ、わふぅ」

「んむぅ、べろぉお、ちゅるるる、じゅるるる」

三匹のメス狼が俺のペニスに夢中になってしゃぶりついている。

銀と碧と紫の頭が蠢きながらヌラヌラに唾液にまみれた舌をつきだし舐め上げる。

天を突いた肉棒を崇め奉るように丁寧にしゃぶるシラユリ。

肉欲の赴くままに夢中で舌をつきだし、まさしく獣の本能で雄のペニスを唾液まみれにするプリシラ。

そして肉厚のベロをダラリと下げて鈴口から亀頭の周辺を上目遣いにいじり回すシャルナロッテ。

三者三様のフェラチオで俺を責め立てる。

俺の眷属になるために進化した三人の狼娘達に早速俺は夜の奉仕を受けていた。

しかし、獣であるが故か、ベッドに入るやいなや押し倒すように三人がかりで俺に飛びかかり、あっという間に服を剥かれシャルナロッテに濃厚なディープキスを見舞われる。

舌を吸い上げられながら乳首をいじり回され悶絶していると今度は首筋に温かい感触が走る。

プリシラが俺の首元に舌を這わせ時々甘噛みしながらちゅうちゅうと吸い付くのだ。

そして極め付きはシラユリの即尺。

いきなり一番奥まで咥え込む勢いでしゃぶりつくとそのまま肉を貪り喰う獣のごとく激しく竿全体が唾液に濡れ吸い上げられた。

シャルナロッテの絶妙な舌遣いと乳首いじりのテクニックで性感を高められていた俺は三分と持たずシラユリの口の中に白い白濁を吐き出してしまった。

ゆっくりと口の中でテイスティングするように転がし、そのまま一気に喉を鳴らして飲み干してしまう。

口元をペロリとなめる仕草が煽情的で思わず飛びかかりそうになるが、相手の方が動きが速かった。

即座にシャルナロッテに顔面騎乗された上、両腕を押さえ込まれてしまい身動きが取れなくなった状態で今度は三人がかりでチ〇ポにむしゃぶりつくようにフェラチオを始めてしまう。

なんとか顔面騎乗からは解放されたが三人が三人ともチ〇ポしゃぶりに夢中になり、今に至るというわけである。

「んふ、くううん、じゅるるる」

「わふん、れるぅ、じゅぷぷう、はぁふ、とうや、どのぉの、おチ○ポ、とってお硬くておいひいわ」

「これは、はむ、夢中になるな、くぷ、じゅろろろ」

さっきからずっと俺そっちのけでチ○ポにしゃぶりつく狼娘達。

ほったらかしにされている感じになってしまったな。

こうなったらちょっと躾けてやった方がいいか。いうなればわんこだし、躾けプレイとかやってみるか。

『お座り！』

「「きゃうん」」

俺が力を込めて言葉を放つと身体をビクリと痙攣させて俺の方に向き直る。

ほんのりおびえの混じった目をした三人に俺はニヤリと笑ってベッドに座り直した。

「主人に断りもなしに好き勝手にしゃぶりつきやがって。躾のなってない犬どもには調教が必要だな」

フェンリルにとっては犬扱いは屈辱だろう。ルーシアも犬じゃなくて狼だとしょっちゅう言っていたしな。

実際三人の感情がざわついた。

かと思えばそれは屈辱からの悔しさではなく、これから起こる調教というものへのゾクゾク感だと伝わってくる。

シラユリいわく、圧倒的に強い雄に雌は惹かれるのだという。

獣である三人は特にそれが顕著に出る。俺はできるだけ強い言葉を使うように心がけて、冷たくなりすぎないようにできるだけ温かみのある行為になるようにチャームボイスのスキルで音波に快感付与のスキルが乗るように調整した。

これもパワーアップのなせる業だ。

「まずは三人とも四つん這いになって尻を上げろ。望み通り獣のように犯してやる」

「わ、わふん♡　パパ、凄いパワー感じる」

「これが、我らの王たるお方の力」

「ゾクゾクするわねぇ、命令されるだけでイッチャいそう♡」

三人は言われたとおりベッドに並んで四つん這いになり尻を高く上げた。

大きさは丁度よく小中大とバランスが取れており、三人共突き甲斐のある肉付きをしている。

「まずは躾のなってない親犬からだ。保護者の責任として孫と娘をしっかり育てるための見本になれ」

「わ、わんわん♡　凍耶殿のおチ○ポで、シャルナの犬ま○こ貫いてくださいな」

躾られている最中に主人に堂々とおねだりしている時点で躾でもなんでも無いわけだが、まあ、あくまで調教はごっこだからそこまで気にしなくても良いだろう。

「よーし、その肉付きのいい尻をたっぷり堪能しながらつらぬいてやろう」

俺はシャルナロッテ改めシャルナのテラテラと光るマ○コに肉棒の先端をあてがった。

シャルナの秘部は全く経験の無い少女のように縦筋に僅かにサーモンピンクの秘肉がのぞいている。

シラユリという子供がいるわけだが、肉体においては処女ということか。

どうやら転生した際に新しい肉体を得たことによって処女化したと思われる。

俺は痛くならないように快感付与のスキルをじんわりと発動させて亀頭の先端で割れ目を擦った。

シャルナは切なそうな声をあげて「早く入れて」と懇願してくる。

だが俺はあえて焦らした。

俺自身も早くこの肉を喰らいたかったがグッと堪えた。

秘肉をかき分け徐々に谷間へと分身を埋め込んでいく。ずりゅずりゅりゅりゅりゅ…かすかな水音を立てながら竿の半分まで埋まると抵抗感が強くなる。

「シャルナ、これからお前は俺のものになるんだ」

「は、はい。凍耶殿♡　お願いいたします。シャルナのオマ○コ、凍耶殿のぶっといおチ○ポでずりゅずりゅに犯してください」

シャルナの言葉に心地良い嗜虐心をそそられながら一気に腰を前へと突き出す。

ブツッというちぎれたような感触がペニス越しに伝わってくる。

瞬間シャルナの身体が痙攣し、秘肉がキツく締め上がるが、俺が一瞬で快感付与スキルを全開にして『絶対絶頂極上快感付与』を発動させると、跳ね上がったようにおとがいをそらして獣の叫びをあげた。

「んひぃいいいいいぃ♡　あはっぁあああああ♡　凍耶、殿ぉ、これぇ、とっても、気持ちイイ、あひん♡　あん、ああ、ああん、んはぁああん」

瞬間的に絶頂に達したシャルナの尻肉をつかんでむちゃくちゃに腰を動かした。

ぐちゃぐちゃと激しい粘膜同士の衝突音が響き渡り、力のこもった俺の指はシャルナの肉にズニュリと食い込む。

俺が更に激しく腰を動かしてシャルナのヴァギナを貫きながら溢れんばかりにたっぷんたっぷんに揺れる乳房をわしづかみにすると更なる絶頂がシャルナを襲ったらしく、締め付けが一層激しくなる。

「あひゅう、ひん、ああん、んあん、ああ、は、は、ぁあああ、凍耶、殿ぉ、ああ、素敵、こんな圧倒的な雄に犯されたら、もう、らめぇ♡　虜になるぅ♡　シャルナ、凍耶殿の犬になりたいのぉ♡　わ、わん、わんわん♡　凍耶殿、もっとぉ、娘と孫の教育もできない駄犬に躾の折檻してくらはいぃ、あひん♡　ひ、ひぅあああああ、あああん」

むちゃくちゃに腰を動かして俺の腰とシャルナの尻がぶつかる度に彼女の膣がこれでもかと締め付けて来る。

どうやらシャルナは激しくされると勝手にMに走って行き盛り上がるタイプみたいだ。

さっきから俺は一言も発せずひたすら抽挿を繰り返すだけだが、一人で自動的にわんこ躾プレイを盛り上げているらしい。

俺はといえばシャルナのものすごい肉厚な膣内に余裕を無くして言葉を発すると今にも放ってしまいそうになっているだけで意図的に放置したつもりはなかったのだが、シャルナの自動折檻プレイは逆に俺をすさまじい勢いで追い詰めていった。

「さあ、お前の駄犬ま◯この奥底に子種をたっぷりと注いでやるからな。一滴残らずその子宮で飲み込めよ。こぼしたら次はお預けプレイだから」

「あひぃんん、頑張るのぉ、シャルナ、頑張ってオマ◯コしめますぅ。子宮で子種飲み干しますぅ、ください、凍耶殿のおチ◯ポ汁、シャルナの駄肉マ◯コにたっぷり注いでぇ」

シャルナは俺が一言も罵声を浴びせていないのに自分でキャラ設定を作り上げて次々に自分を貶めていく。それが逆に彼女自身を盛り上げているらしく、この場でセックスを支配しているのは俺ではなくシャルナの方だった。

俺の方が責めているように見えて、実はMキャラで盛り上がるシャルナに俺の方が引き込まれて翻弄されているに過ぎなかったのである。

「イクぞ!!　出るッ」

「あひゅうあああああ、来たぁぁああ♡　凍耶殿、凍耶殿ぉ♡　好き、好き好きぃ、いっぱい愛してぇ、シャルナのこといっぱい愛してほしいぃ♡」

一際強い嬌声を上げながら盛大に絶頂を迎えたシャルナの膣内に俺のペニスの先端からは大量の精液が放たれた。

ドクドクと脈打ちながらこれでもかと白濁のマグマを噴出し続ける。

金玉がからになるのではないかと思うほどに出続ける精液をシャルナのオマ◯コは余すことなく吸収して

いく。

スキルの恩恵で彼女の子宮にはこぼれる前に全ての精液が吸収されシャルナロッテの一部になっていった。

俺はシャルナから肉棒を引き抜いて精液とシャルナの愛液にまみれたそれをシラユリの尻をつかんでオマ〇コにあてがった。

「さあ、今度はシラユリの番だぞ」

シラユリの身体が喜びに震えたように見えた。

◆閑話　親子孫の三食丼味比べ　シラユリ　プリシラ親子編

「今度はシラユリの番だぞ」

「や、優しく、頼む…」

「なんだ？　さっきはあんなに夢中でしゃぶっていたのに。その勢いはドコへいったんだ？」

シラユリは先ほどまで獣性がどうしてか失われしおらしく四つん這いで僅かに怯えているように見える。

いや、怯えているんじゃない。期待しているんだ。

よく見るとシラユリのま〇こがヒクヒクと蠢いている。あまりによがる母の姿を見て自分もあんな風になってしまう恐ろしさと、そうなってみたいという願望が相まって少し萎縮したと見える。

スピリットリンクから伝わる感情は彼女の期待と不安を的確に俺に知らせてくれる。

彼女の思いが強いからよりはっきりと伝わるのだろう。

俺はまず指でシラユリの割れ目を開いて見せた。

「んぁ……あ、ん……んひぃ」

ゆっくりとなぞるようにいじり回す。

指に絡みつく愛液がとくとくと泉のように湧き出て俺の手首に垂れてきた。

「凍耶、様、お願いだ。やはり焦らさないでほしい。んふぅ…あ、一気に、一気に貫いてくれ、気が狂ってしまいそうだ」

とうとう我慢ができなくなったのかシャルナに比べると若干筋肉質な尻をフリフリと揺らして懇願してくる。

ちょっとお堅いイメージのシラユリが必死に懇願してくる姿にリビドーを感じ、望んだ通りに既に復活している剛直をあてがった。

「はぁ…はぁ、来る、来るぅ」

俺はあと僅かだけ焦らして、シラユリが一瞬だけ焦燥感に駆られた瞬間一気に処女膜を貫いた。

「んひぃいいいいいいいい♡　しゅごいいぃいいいいい」

いきなりキャラが壊れるほどの強烈な快感を得たシラユリの喘ぎが響き渡った。

「あひゅう、凍耶しゃまのおチ○ポぉ、大っきいよぉ、セックスってスゴいぃ気持ちイイ、ああ、あああああ」

シャァアアアアア
シラユリの秘部から温かな感触が流れ出る。なにかと見やると、どうやらお漏らしをしてしまったようだ。

しかし、いくら何でも初っぱなから感じすぎではないだろうか。

あ、しまった『絶対絶頂極上快感付与』のスキル全開のままだった。

枕に顔を埋めて高く上げた尻を痙攣させながら小水の残りが「ぴゅッ」と飛び出る。

俺はペニスを突き入れたままスキルのレベルを下げて余韻に浸るシラユリに語りかけた。

「処女を貫かれていきなり絶頂とお漏らしをした気分はどうかな？」

「あうぅう、は、恥ずかしい」

「今度はゆっくりするからな」

「はうう、ん、あ、や、優しい。むずむずする。でも、イイ」

俺はシラユリに突き刺さったままのペニスをゆっくりと出し入れし始めた。

すると横からその様子を見ていたプリシラが尻と尻尾をフリフリと揺らしながら切なそうな声をあげる。

「パパァ、プリシラもぉ、プリシラも早くセックスしてぇ」

「ちょっと待ってろプリシラ。今はシラユリの…いや、シャルナ、シラユリの相手をしている間プリシラを可愛がってやれ」

「は〜い。うふふ、祖母に愛撫させるなんて、凍耶殿は割合鬼畜ですねぇ。近親相姦ですよ」

「ふふ、イヤなら無理にしなくても良いが、プリシラはそうでもないみたいだぞ」

「ババ様ぁ、プリシラ切ないのぉ、良い子で待ってるから、プリシラのこと、慰めてほしい」

「あらあら、可愛い孫にお願いされたら断れませんねぇ」

シャルナは仕方ないな的な口調をしつつも実に楽しそうにプリシラの小さめのお尻に手をあてがい尻尾を優しく撫でながら育ち盛りのおっぱいに手を当てる。

片方の乳首を指で転がしながらもう片方を口に含んで切なそうにひくついている割れ目を優しくなぞる。

プリシラとシャルナによるレズプレイを横目で楽しみながらシラユリの抽挿を再開した。

「あ、あはぁ、んはぁ、ひん、んん」

控えめな喘ぎ声を漏らしながらシラユリの肉壺は徐々に蠢き方が強くなっていく。

「んはぁ、はぁん、凍耶様ぁ」

グイグイとペニスを締め付けるシラユリ。

俺は左右に揺れる尻尾をつかんで優しく擦る。もどかしくも心地良いのか締まりが更に良くなった。

「さあシラユリ。中にたっぷりと出してやるからな」

「んひゅう、ほしいぃ、凍耶殿の子種ぇ、ザーメンいっぱい出してぇ、あ、イク、私もイクぅ」

「出るッ」

「あはぁあああああああ♡」

喉を突っ張らせて舌を出しながらピクピクと痙攣を繰り返す。

強い絶頂と共に射精を子宮に感じたシラユリの肉壁が貪欲に蠢いて子種を吸収していく。

「はぁううう」

チュポン、という効果音と共にシラユリからペニスを引き抜くと、シャルナによってすっかりとできあがっていたプリシラを引き寄せた。

「はぁはぁ、パパ、パパぁ」

切なげな声をあげるプリシラに口づけると、甘える子犬のようにペロペロと吸い付いてくる。

「待たせたなプリシラ。お待ちかねのセックスだぞ」

「わぅん、パパのおち○ちんでプリシラの犬マ○コジュポジュポ可愛がってほしい♡」

シャルナに耳打ちされながらプリシラは淫語を連発する。

どうにもシャルナの性教育は若干の偏りがある気がするのだが、今はプリシラの可愛らしさにやられてどうでも良くなった。

俺はプリシラをシャルナとシラユリの間において正常位に構える。

「シラユリ、シャルナ、プリシラの手を握ってやれ」

「ババ様ぁ、母様ぁ」

「うふふ、姫のオマ○コが凍耶殿のペニスを受け入れたがってピクピクしていますよ」

「プリシラ」

シラユリとシャルナは左右からプリシラの手を握り優しく髪を撫でる。

安心したように目を細めるプリシラの腰をつかんで、既に元気を取り戻したペニスをプリシラの縦筋にあてがい擦った。

「パパァ♡　プリシラの処女もらってぇ。パパの勃起チ○ポで子供孕むまでドピュドピュしてほしい」

近親相姦プレイにはそれほど食指が向いていなかった俺だが、娘を犯すというシチュエーションを想像し興奮を強め勃起力が更に増す。

「ふふ、凍耶様のおチ○ポが更に硬くなったな」

シラユリの言うとおり、『パパ、パパ』と連呼するプリシラの声が俺をイケない何かに目覚めさせつつあった。

俺はプリシラの腰をつかんで擦っていた割れ目を徐々にかき分けながら進んでいった。

「はぁあうう、わふぅ、パパの勃起チ○ポがプリシラの中にはいるぅ♡　幸せぇ♡」

幸福感増大のスキルが最大限効いているようだ。痛みが幸福感に変わるようにスキルを全開にしてプリシラの処女膜を一気に貫いた。

「わぅうううううん♡　わぅぅん、クゥン、パパァ、凄いぃ、プリシラ処女なのにこんなに感じちゃってるよぉ」

くぅう、プリシラの中は処女らしく若干硬さは残るものの肉壁全体が力強く締め付けを行いデコボコが絶妙に敏感な部分に絡みついてくる巾着型の名器だった。

無邪気な性格と卑猥な名器を持つギャップに益々俺の興奮は高まりを見せる。

「んんぁ、パパ、プリシラね、パパのこと大好き♡　母様とババ様の魂を救ってくれたパパのこと、ずっと大好きだったの」

俺に秘肉を貫かれながら健気にもそう言うプリシラ。

俺は彼女がとても愛おしく感じるようになっていった。

「はぁあん、クゥン、クゥン、パパァ、大好きィ、パパのためなら、プリシラ、なんでもするのぉ」

「プリシラ、プリシラぁあ」

「あぁ、すごいょぉ、パパのおチ〇ポまた硬くなった。出してぇ、プリシラの処女マ〇コにザーメンドクドク流し込んでぇ♡」

「くぅうう、もうダメだ、出る！」

一瞬の痙攣と共にペニスから放たれる精液がプリシラを満たしていく。

ホースから勢いよく水を出したかのように大量の射精が尿道を駆け上がりながら次々にプリシラに放たれる。

子宮口を押し広げながらプリシラの子供部屋をこじ開けて中へと侵入した精液は初めて男を受け入れた幼い膣を侵略していった。

◆閑話　現役獣娘も負けてない　前編

「んはぁああ、凍耶殿ぉ、おチ〇ポ素敵ぃ、硬くて太くてぇ♡　シャルナのオ〇ンコ突き上げてるぅ」

「んぶぅ、ちゅる、凍耶様♡　乳首、気持ちイイですか」

親子孫による三色丼を順番に味比べし、既に全員に三発ずつ中出しをキメた。

しかし獣故に性欲が強いのか、三人ともまだまだ物足りないようだった。

プリシラがディープキスで舌を吸いながら身体をこすりつける。

まるで求愛行動しているかのように尻尾を左右に揺らしながらキスをする様に愛おしさを感じた俺はその揺れる尻尾をつかんで優しく擦る。

「わふぅ、パパァ、尻尾気持ちイイ、もっと、んちゅ、なでなでしてぇ」

舌を絡めながら涎を垂らし、口元を濡らしてプリシラは懇願する。

俺はプリシラのことをすっかり娘のように愛おしく感じるようになった。

まあ、やっていることは卑猥な肉体関係なので全国の娘を持つパパさん達には怒られそうだが……。

プリシラとのキス愛撫を楽しんでいる横で、シラユリの柔らかい舌が俺の乳首を転がす。

ちゅうちゅうと吸い付きながら絶妙な力加減で、片方の手で乳首を弄り俺の性感を高める。

その間もシラユリの身体はプリシラと同じように俺に擦り付けられて、こちらもさながら求愛行動しているように見える。

「ん、んん、ふぅ、凍耶様の乳首、硬く勃起してて可愛いな、愛おしい。んちゅ」

淫語を放ちながらレロレロとペッティングを繰り返す。

そしてその間、シャルナは俺にまたがりまさしく獣のごとく激しく腰を振る。

俺は先ほどから既にシャルナの膣内に四発ほど射精している。

シャルナの腰遣いはくねらせた動きで膣壁の肉に敏感な部分を絶妙に擦りつけて俺の射精を何度も煽った。

それにしても、この三人はどうしてこうも性知識が豊富なのだろうか。

俺は復活するやいなやすぐさま肉を貪るシャルナに翻弄されっぱなしである。

貪欲に性を貪るシャルナはイッたばかりの敏感なペニスを優しくいたわるような腰遣いに変わる。

そうかと思えば、まるで復活した性感を察知したかのように再び搾り取るようなねっとりとした卑猥な動きに即座に変化し、俺は何度も童貞のように情けない声をあげながらシャルナに再び搾り取られる。

息つく暇もなく今度はシラユリが俺の上にまたがり一気に腰を落とした。

「はぁあうううう、凍耶様ぁ♡　すてきぃ、ずっと硬くて太いまま萎えないのぉ」

三人はこんな調子でずっと俺の股の上をローテーションするように代わる代わるまたがって腰を振るのだ。

三人とも個性はちがうが一様に男の感じるポイントを知っているかのような絶妙な腰遣いで俺の精を搾り取る。

「くはぁああ、き、気持ちイイ、そ、それにしても、なんでこんなに上手いんだ？　元は狼で人間のセックス知らないはずだろ？　淫語も上手いしやたら性知識が豊富だし」

「うふふ、転生の際に人間の知識も一緒に授かったようですよ」

「はぁん♡　眷属として、ご奉仕ができるように」

「ンチュぅう♡　パパに、いっぱいエッチなご奉仕できるように神様からもらったの」

神様からもらったとはどういう意味なのか。

もしかして創造神辺りの仕業なのだろうか。

しかし今の俺にはそんなことを考える余裕は全くない。

獣娘三人にがっちり押さえ込まれ全身を擦り付けられながら性感帯を余すことなく刺激される。

反撃しようにも俺の欲望がこの快楽を味わい続けることを選択し、せいぜいプリシラの可愛い尻やシャルナのたっぷりおっぱいにむしゃぶりつくくらいしかできなかった。

「はあん、んひぃい、凍耶様ぁ、またイキます、イクぅうう」

「ぐぅう、俺も出るぅ」

俺はそれなりに早漏ではなかったはずなのだが三人が三人とも凄まじい名器な上に腰遣いが異常に上手いため、俺はさながら搾乳機を取り付けられた乳牛のごとく白い白濁を次々に生産させられた。

快楽地獄とは正にこのことだろう。

俺はシラユリの膣内に放ちながらそんなことを考えていた。

◆　◆　◆

狼娘三人がかりによる下半身搾乳快楽地獄は一晩中続いた。

そういえば、俺は三人に俺の射精が受精機能をオフにしていることを告げていなかったことを思い出し、風呂に入っている時に伝えると、目の色が変わったように今度は受精できる状態でもう一回と迫られた訳だが、嫁が四〇人以上もいる状態で無秩序に子供を作るわけにはいかないことを告げると、三〇分以上にも及ぶ説得の末、なんとか納得してくれた。

こんな調子で絞られ続けたらさすがの俺もたんかもしれんな。

まあ、こんな激しいまぐわいを一晩通しで続けたにもかかわらず、俺の身体は風呂に入って汗を流す頃にはすっかり全快しているわけだが……。

そろそろ子供を作ることも真剣に考えねばならんかもしれないな。

前世では結婚前の妊娠を避けるため、美咲とは滅多に生でしたりはしなかった。

まあ、幸いなことに経済的な不安はないし、環境も整っている。

全員が一斉に孕むなんてことはしないとして、順番に希望者を募って家族計画を考えることもして行かないといけないな。

「あ、お兄ちゃんおはよう」

「おはようルーシア」

俺が朝風呂から上がり、将来の家族計画について考えながら朝食に向かうため廊下を歩いていると、洗濯物を抱えたルーシアと出くわした。

「昨晩はお楽しみでしたねぇ」

「ああ、まあな本能全開で全く反撃できなかったよ。あれはルーシアじゃ無理だな」

「ぷぅー。私だってお兄ちゃんのこと攻めまくってあひあひ言わせちゃうくらいできるもん」

「へぇ、よく言った。よし、じゃあ今からやるぞ」

「へっ？！　あ、だ、ダメだよ、まだお洗濯残ってるんだから」

「ええねんええねん。そんなん後でええねんて」

俺は胡散臭い商人のような口調でルーシアの身体を後ろから抱き締める。

抵抗するルーシアの両手を押さえつけて頬にペロリと舌を這わせた。

「はぅん♡　ダメだってて、マリアさんに怒られちゃうよぉ」

「心配ない。マリアなら俺への奉仕が最優先だって許してくれるさ」

「ひぃん♡　台詞が最低だよぉ。アイシス様助けてぇ」

――『既にマリアには知らせてありますので存分に楽しんでください』

「ですよねぇ!!　アイシス様お兄ちゃんの味方だもんねぇ」

俺は必死に抵抗するルーシアをお姫様抱っこで抱え上げて一番近くの部屋に入る。

いつでも清潔にされている客間のベッドルームには俺達の逢瀬を歓迎するように真っ白なシーツを敷いたベッドがあるのだ。

俺はルーシアをベッドに放り投げてル〇ンダイブでルーシアに覆い被さった。

◆閑話　現役獣娘も負けてない　後編

「沙〜耶香ちゃ〜ん」

俺はできるだけ『不〜〇子ちゃ〜ん』の発音で沙耶香に飛びかかる。

勿論服などはルパ〇ダイブと共にキャストオフしているので俺は全裸だ。

ちなみに沙耶香とはルーシアの前世の名前で、二人きりで愛し合う時はこっちの名前で呼ぶのが二人の約束だった。

放り出された勢いでメイド服のスカートがめくれイエローカラーのパンティがあらわになっていた。

沙耶香の年齢の割にはふくよかなバストをわしづかみ、少し強めにこねながら柔らかな唇に吸い付いた。

沙耶香は少し強めにつかむ位が一番好きだ。元々がM気質のため、少し乱暴に扱われる位が丁度良い。

「うふぁ、ん、むぅう、だ、ダメだよぉ、んぁ」

ダメと言いつつ拒絶はしない。

本当にイヤならスピリットリンクを通じて分かるから沙耶香に限らず誰が相手でも本当に嫌がるならここでやめている。

しかし沙耶香は既に頬を上気させて表情は蕩け始めている。

幸福感増大と快感付与によってただのキスが強い快楽へと変わる。

「ん、おにい、ふぁぁん。んむぅ♡　あふぁぁ♡　おっぱい、強いよぉ」

乳房全体を包み込むようにこねながら時折メイド服の上から乳首を擦る。

パンティとおそろいの花柄のブラジャーが僅かに肩から顔を覗かせ、俺の興奮は益々ボルテージを上げる。

現在静音開発のブラジャーは屋敷の愛奴隷全員に行き渡っており（一部着用不可の者もいるが）、沙耶香の元々豊かだったバストは益々その形を美しくしていた。

「最近おっぱいの形が更に綺麗になってきたな。魔法のブラのおかげか？」

「んぁ、ひぅ、せ、セクハラだよお兄ちゃん、んひぃう♡」

現在進行形でセクハラ以上のことをしているこの状況で言っても説得力は皆無だった。

沙耶香は完全にできあがっており、トロトロになった表情で口元からは涎が垂れている。

「ふふ、どうした？　俺をあひあひにするんじゃなかったのか？」

「はぁう、む、むりぃ、こんな、んぁああああ、らめぇ」

ブラの上から乳首を擦る。

背中をのけぞらせながら嬌声を上げる沙耶香のパンティには既にビショビショになるほどの泉が湧き出ておりイエローカラーを濃く変色させる。

「あ、あ、あ、あ、だ、だめぇ、来る、来ちゃううう♡」

やがて乳首を集中的に弄り倒すと強い痙攣と共に盛大に果てた。

「んぁぁあああ、イクぅううううう」

ビクンビクンと身体を強く痙攣させて、やがてクタリと力をぬいた沙耶香は激しく息を弾ませて胸を上下させる。

時折思い出したようにビクンと軽く痙攣し、俺の胸板を軽く叩く。

「うう、非道いよぉ、シーツとパンツ変えなきゃ」

「大丈夫だ。今からもっとビショビショになるからな。あとどうせ脱がすし」

「え？　ひゃうん、ま、まだイッたばっかりで、力が、あああ」

俺は沙耶香のお尻からパンティを下ろし股から引っ張って脱がす。

相変わらず無毛の割れ目は綺麗なサーモンピンクの肉が少し充血しており、クリトリスが目に見えて勃起している。

俺は人差し指の先っちょでほんとに軽くだけ「つんっ」とおまめをつついた。

「はぅん♡」

やはりここもかなり敏感になっている。強く弄ると痛くなるレベルだな。

俺はゆっくりとそれ以上直接は弄らず突起しているクリの周りをなぞるように指を這わせた。

それでも沙耶香には刺激が強めであったらしく若干だけ目を閉じて身体が硬直する。

「すまん、痛かったか？」

「ううん。気持ち良すぎて、飛んじゃいそうだったから身構えちゃった。でもお兄ちゃん、できれば、もっと優しく、お願い」

「ああ、指じゃ強すぎるみたいだな」

俺は指をクレバスに移動させクリの周りを舌でなぞる。

「あぁん、それ、いい、お兄ちゃん、気持ちイイ、また、イッチャいそう」

ぴちゃぴちゃと犬がミルクを舐めるがごとく沙耶香のクリトリスにキスをして吸い上げ、ベロを動かした。

指は彼女の肉壺の中へ吸い込まれており、中の肉が蠢くように指に絡みつく。

「いいぞ、遠慮するな」

「あ、あああぁ、イク、イッチャうぅううう」

再びの痙攣。そして沙耶香の秘部からはサラサラの液体がぴゅっぴゅと飛び出し俺の顔を濡らした。

軽く潮を吹いた沙耶香は放心したように力を抜いてベッドの上にクタリと横たわる。

「大丈夫か？」

「はぁ、はぁ、ダメェ、腰が抜けちゃった。酷いよぉ、この後お洗濯とかお掃除とかいっぱいあったのに」

「すまんすまん。でも大丈夫だ。皆でフォローしあってるんだろ？　マリアなら上手くやってくれるさ」

言葉面は優しく言っているがその原因を作っているのは俺なわけで、蓋を開けてみればクズ丸出しの台詞だなこれは。

「お兄ちゃん、ご奉仕、するよ」

沙耶香は目が潤みぐったりしながらも俺の股間に手を這わせてなでなでと擦る。

可愛い沙耶香の甘い叫びに俺のムスコはすっかり勃起しておりいきり立っていた。

「無理しなくてもいいぞ。可愛い沙耶香を見られて満足できたしな」

ちなみにこれは嘘じゃない。

「だめぇ、私がまだ満足できてないもん。おち○ちん欲しぃの♡　だから、その前にご奉仕させて。寝転がりながらなら大丈夫だから」

沙耶香の気持ちを汲んだ俺はベッドの枕元にどっかりと腰を下ろした。

「ご主人様、沙耶香のご奉仕で気持ち良くなってくださいね。はむっ、ん、んぁふ、んちゅぅうう」

俺のイチモツを口に含み竿を咥え込む。唾液をたっぷりと含ませて舐めしゃぶる沙耶香は可愛いお尻と尻尾をフリフリと揺らして懸命に頭を動かした。

俺はあまりの気持ちよさに思わず呻く。

気を良くした沙耶香は先ほどの疲れなど吹っ飛んだのか尻を高く上げて誘うように揺らしてみせる。

俺は沙耶香の秘部に再び手を伸ばし、今度は指を二本同時に差し入れた。

「んふぅう♡　ん、んん、ごひゅいんひゃま、きもひいい、んぁ、んぶぅ」

感じながら手が止まりつつも懸命に奉仕をする沙耶香。

俺は沙耶香の頭を上げさせて髪を撫でる。

「ふぅ、ふぅ、ご主人様ぁ……」

「沙耶香、お前が欲しい。入れるぞ」

「うん。欲しい。お兄ちゃんのおち○ちん沙耶香にちょうだい」

俺達は主従ごっこを終わらせて元の幼馴染みに戻る。

俺達に取って奴隷と主人というのは、言わば成り行きでそうなったに過ぎず、隷属魔法がなくてもお互いを求め合う関係になっていたのだ。

俺は沙耶香をベッドに横たえ、優しく覆い被さるように股に脚を割り入れる。

ギチギチに血液が充満した肉棒をぬれそぼる肉ヒダを押しつけると、彼女の頭上にふさふさと揺れる耳を優しく撫でながら腰を推し進めていく。

「あ、ん、ぁぁああ、お兄ちゃん、気持ちイイ。なんで、ぇ？　今日は優しい……」

「可愛い沙耶香をじっくり可愛がりたくなったんだ。今日は激しくはなるべくしない。ゆっくりじっくり、沙耶香を味わわせてくれ」

「あ、はぁ、嬉しい。お兄ちゃんを感じる。こんなにじんわり温かいお兄ちゃん、初めてかも」

沙耶香はなんだかんだ激しくされるのが好きだ。

しかしそれは、毎日カレーを食べれば飽きるのと同じように、毎回同じセックスでは味気ないのである。

沙耶香に飽きることがないが単調なパターンのみでは沙耶香の方が飽きてしまうだろう。

まあ、それでもスキルの影響とかを考えると、それがある限り沙耶香をいつだって幸せいっぱいにできるだろう。

だがそれでは意味が無い。スキルが無ければハーレム王なんて到底不可能だが、俺にも愛する女を少しでも喜ばせたいという意地がある。

激しくするとそれだけ射精は早くなる。

いくらでもできるから勿論それだって気持ちイイに違いないのだが、たまには二人で抱き合って半ばトークしながらゆっくりとじんわり広がる快楽をお互い楽しむのも悪く無い。

沙耶香はもどかしさを感じているのか時折身をよじりながらクリトリスを俺に擦り付けてくる。

だがそこで慌ててはいけない。

クリトリスだけを弄ってはいけないのだ。

腰全体を押しつけるようにしてグルグルと回すと、密着した肌とクリトリスが擦れて沙耶香の性感を高めてくれる。

温かな優しい快楽が沙耶香を満たしていく。

二人でつながること一時間。

俺は今だ一度も射精せずにジッとしていた。

一方の沙耶香はといえば、一時間で細かいのも合わせると一〇回はイッており、息も絶え絶えといった感じで広がる快楽を身に刻んだ。

いわゆるポリネシアンセックスというやつだ。

お互いが激しく粘膜を擦り合うのではなく、密着した二人が愛を語り合いながらじんわりとした快楽を味わう。

スローセックスの代名詞みたいなものだ（と俺は思っている）。

やがて俺にも限界が訪れる。

「ハァハァ、おにいちゃん気持ちイイ。あ、ダメ、またイクぅぅ」

「沙耶香、出るぞ」

「ん、んん、出してぇ、お兄ちゃんの子種汁、ルーシアに注ぎ込んでほしい」

「ふぅうう、イクぞ、それ」

「んはぁぁあああぁ♡　お兄ちゃん、素敵ぃ」

沙耶香の中を大量の白い噴火が流れ込んでいく。溶岩のごとき熱の塊は乙女の膣内を容赦無く侵食していった。

「はぁあう、こんな、優しいセックス、あったンだ」

殆ど腰を密着し続けていたためじんわりと心地良い熱量が俺達を包み込んだ。

俺は沙耶香の中にたっぷりと注いだ感触に満足しており、沙耶香もまた、俺という存在を長時間独り占めすることができたのだった。

◆閑話　魔界の女達

ザハークとの決戦からしばらく経ち、平和な時は流れていた時のこと。

創造神と約束した世界のバランスを崩すものを討伐する目的は果たされ、俺はこの世界へやってきて初めての安息を手に入れていたのだ。

先日のこと、俺の冒険者ランクを伝説の遺失ランク「X」へと昇格させて世界の英雄の誕生を大々的に祝おうということで女王に式典へと呼び出され盛大に盛り上がった。

俺の名前は既にドラムルーでは知らないものはいなくなっており、佐渡島家の屋敷には連日のように貴族が自分の娘を嫁や奴隷に差し出したいと押しかけてきている。

ほとんどの有象無象はマリアが選別して追い払っていたが、先日以前発足させた冒険者クランと並んでマリアの嘆願によって見込みのある娘は佐渡島家の奉公人として迎え入れて育成することになったためここ最近は屋敷のメイドの数は徐々に増え始めている。

このところは領主としての仕事をこなす一方でのんびりと恋人達と余暇を過ごす余裕も出てきて嬉しい限りだ。

前世では我を忘れるように仕事に打ち込みたまの休みだってネット三昧とあまり充実しているとはいえなかった。それにくらべて今の環境は、毎日のように手入れされた美しい庭園を持つ大きな屋敷に豊富な財産、そして美しい恋人達との甘いひととき。

俺という一人のためにありとあらゆるものが準備され、全ての女性が俺を愛し、信頼し、互いを互いに心寄せ合っているのだ。なんという幸せな日々だろうか。

そんな中、俺の部下に新しい顔が加わるようになった。

ザハークとの決戦の後、屋敷に戻ろうとする俺達の前に現われた女八人。

魔界の忍びと名乗った女達は八血集というらしかった。

◆　◆　◆

数ヶ月前、ザハークを倒し、正確には力を封印して女になったので屋敷に連れ帰るために魔王城を立ち去ろうとした時に遡る。

「さて、それじゃあ屋敷へ戻るとするか」

俺はザハークを抱えて飛行スキルを発動しようとする。

「お待ちを……」

「ん？」

突如として声を掛けられて振り返る。

しかし誰かの声がしたと思ったが誰もいなかった。

「気のせいかな」

「いや、気のせいではないな。出てこい、八血集」

八血集？　それって確かデモンとアリシア直属の諜報部隊じゃなかったっけ？

ザハークの呼びかけで俺達の前に現れたのは、八人の女だった。

右側に展開した四人は普通の格好、というよりは服のデザインは男物であったが、全員今のザハークと同じくらいの少女だった。

片や残りの左側に展開した四人は、この異世界の衣服がベースになってはいるものの、どことなく日本のくノ一を彷彿とさせるようなセクシーな鎖かたびらを着こみ、スリットの入ったスカートを穿いている。

「お前達は？」

「お初にお目にかかります。我らは八血集。ザハーク様にお仕えせし諜報部隊です」

「佐渡島凍耶だ。あれ？　でもリルルからは半分は男で構成されてるって聞いたが。それに、お前達は二闘神の部下ではなかったのか？」

俺の疑問にグリーンの髪に尖った耳を持った魔族くノ一が答える。

「我らは元々全員女性です」

男服の女性もそれに追加した。

「デモンとアリシア様の部下にはこちらの世界に来た時に割り当てられたのです」

デモンは呼び捨てでアリシアは様付けなのか。一体どういう上下関係なんだろう。

「デモンは女性をおもちゃとしか考えていなかったので、アリシア様に性転換の呪術を掛けていただき男の姿で活動をしておりました」

「先ほどザハーク様が凍耶様に隷属された頃、遠方にいらっしゃるアリシア様の魔力が途切れて女性の姿に戻りました」

彼女達は男の格好をしている方がカエデ、モミジ、ユズリハ、アヤメ。

くノ一の四人がカスミ、ラン、スイレン、キキョウというらしい。

全員花の名前で統一されているが、どうやらこれはザハークがつけた名前なんだとか。

「我らは魔界にいる頃からザハーク様にお仕えしていました。ザハーク様が女性であった頃からです」

「そうなのか？」

「我が修行の旅をしている最中に立ち寄った村の娘達だ。盗賊どもに暴行されそうになっている所を助けてから勝手についてくるようになってな」

ザハークがまだ性転換をする前に武者修行の旅をしていた頃、山奥の隠れ里でひっそりと暮らしていた彼女達の村にふらりと立ち寄った。

ところがその村が盗賊に見つかり村娘達であった彼女達は慰み者にされそうになったが、腕試しのつもりで盗賊を皆殺しにした際に感動した彼女達はザハークについていくことにした。

「戦う力はなかったが諜報活動に特化した種族でな。便利だから強いものがいる地域を探させる駒として飼っていたのだ」

「なるほどね。お前達は一体今までどこにいたんだ？」

「私達はデモンがザハーク様をカプセルに閉じ込め、この世界での活動をし始めた頃から各国に戦争の種を蒔く任務についていました。アリシア様からアロラーデル帝国撤退を命じられたのを機に各国に散らばっていた我らはこの城に集結。しかし、アリシア様はデモンの罠に嵌まり、ザハーク様も戦いに夢中でしたので、出るに出られず今まで隠れておりました」

「デモンに見つかれば必ず実験台になってしまいますから」

ふーむなるほどな。

「それで？　何故今になって出てきたんだ？」

すると彼女達は一斉に俺に向かって足下までやってくると、跪きながら懇願してきた。

「いいえ、どうか、我らもザハーク様と一緒に凍耶様の奴隷にしていただきたく存じます」

「我らはザハーク様に忠誠を誓った身。そのザハーク様の主人となられたお方ならば、我らが主も当然」

「なれば、我らも同じように、凍耶様の奴隷の末席に加えていただきたく存じます」

「どのような扱いでも構いません」

「小間使いで結構です。いいえ、下女でも性奴隷でもいい」

「ストレス解消のサンドバッグで構いません」

「どうか」

「お願いいたします」

「わ、分かった。分かったからそんなに卑屈になるなって。別に無理して俺に隷属しなくてもいいよ。お前達はザハークのことが好きでついてきたんだろ？　だったらザハークに直接仕えていればいいさ」

「む、我が主よ。それはどういう意味だ？」

俺はMLSS《マルチレベルスレイブシステム》のことを説明し、彼女達八血集をザハーク直属の奴隷に所属させた。

◆　◆　◆

そんな経緯があって、彼女達は元々の能力を活かして、主に佐渡島商会や領地経営において必要となる情報を集める、文字通り諜報部隊として活躍してもらっている。

まあ、ぶっちゃけて言ってしまうとこの辺の諜報活動ってアイシスがいれば事足りるからあまり必要ではない。

だが、俺はザハークに命がけで忠誠を誓う彼女達に生きる意味を与えてやりたかった。

魔王軍が事実上崩壊した時点で彼女達に行き場所はなかったわけで。

八血集はザハークの所有奴隷になり、佐渡島家預かりとなって様々な裏の仕事を担ってもらった。

なので、実際に生で見た方が得やすい情報というのがあるのも事実なので、アイシスと連携をとって佐渡島家全体の諜報活動を担うまでになってくれた。


「御館様……」

「カエデか。どうしたんだ？」

今日も今日とて有能なメイドであるマリアの入れてくれた紅茶を楽しみながら穏やかな休日を過ごしてい

ると、不意に俺の影からせり上がるように現われた人影が俺のことを呼ぶ。

八血集のリーダーであるカエデという女性だった。

魔界の忍びというだけあって諜報活動を得意とする彼女達はアイシス直属の部下に編成されてドラムルー王国内で暗躍する不穏分子や様々な国の情報を集める諜報活動を行う駒として動いている。

元々はザハークの部下であったが、俺に敗北し奴隷の一人として加わった彼女ではなく俺や佐渡島家に使える部下として身を置くようになった。

とはいってもザハークを見限ったわけではなく、主人の主人として俺を慕ってくれるようになった。

「国内の貴族の動向を探ってくれてるんだっけ？　なにか変わった動きはあったかな？」

「ハッ。国内反女王派のアトマイヤ家が兵を集めているようです。国内の不穏分子をまとめ上げ、魔王との決戦で国力が消耗している現在を狙って王権を手に入れようと企んでいるものかと」

「アトマイヤ家か。ヒルダガルデの息子が人質に取られているんだったな」

——『正確には義理の息子の娘を人質にとってヒルダガルデの息子を挙兵の神輿に担ぎ上げようとしている模様』

アイシスのいうようにヒルダガルデには三人の養子がいる。皆優秀で民からも尊敬されているが、敵対派閥の貴族に娘を人質に取られて仕方なく従っているらしい。

この国での生活もそろそろ愛着が湧き始めている。

ヒルダガルデに肩入れしている俺という存在は、この国の覇権を狙う古参の貴族にとっては疎ましい存在であることは間違いない。

如何に国を救った英雄とはいえ、自分達の権力の座を脅かす脅威は放っておいていい存在ではないだろう。

だが先の戦いで俺や佐渡島家が保有している戦力のすさまじさは国中に知れ渡った。

メイド一人例に挙げても並の兵士一〇〇〇人分以上の大戦力となる脅威であることから下手に手を出せな

いでいる敵対貴族達は、この機会に国を乗っ取ってしまおうと画策したに違いない。

俺としてもヒルダガルデが国を治めていたほうがなにかと都合がいい。この世界に来て俺を理解してくれている友人であり、協力者であるヒルダガルデが国のトップであった方が面倒ごとが少なくて済むからだ。

「御館様、一つ提案がございます」

カエデの隣から現われるもう一人の影。

「アヤメか」

八血集の副リーダーアヤメであった。

「現在アトマイヤ家の周辺にはこのドラムルーで敵対している貴族の戦力が結集しつつあります。この機会に御館様に仇なす愚か者どもを一掃してはいかがでしょうか」

「そうだな……」

正直権力争いとかどうでもいいし、俺はこの国で権力の覇権を握ろうだなんてまったく考えていない。しかしあいつらときたら、やれ「その美しいメイド達をよこせ」だの、やれ「商会が独占している技術を提供しろ」だのと、なにかと上から目線でものをねだってきて、時折実力行使で奪いに来ており正直鬱陶しいと思い始めているところだった。

アヤメの言うとおり戦力がここに結集しているというならこの機会に大掃除をしてしまってもいいかもしれないな。

「御館様、その大掃除、我ら八血集にお任せください」

決意の籠もった瞳で訴えかけるカエデ。

確かに大きくて人数も多いけどただの人間の集団だし手強いってことはないだろう。

制圧だけならジュリパチュコンビでだって可能なくらいだ。

既に八血集には補正値の恩恵を授けてある。

戦闘能力的には問題ないはずだ。

元々彼女達は諜報活動特化型で戦闘は得意ではなかったらしいが素養はあったようで補正値を受けてからの訓練でかなり腕は上達している。

そこで二人を見やる。

本気モードの爛々と輝いた瞳で俺の指令を待っているようだ。

多分、自分達の有能さをアピールしたんだろう。

ザハークの部下だった彼女達は俺に徴用されることで自分達のここでの居場所を見つけたいのだということはよく分かる。

「よし、では制圧任務を八血集に任ずる。死人は出すな。誰も殺すことなく見事に制圧してみせろ」

「ハッ、必ずや達成いたしますッ」

「お任せください」

若干鼻息荒く張り切った声で二人は消えていった。

「張り切ってるな。よほどここに居場所を見つけたいんだな」

――『いえ、それだけではなく凍耶様へのアピールも兼ねているのだと思います』

「俺の？」

そこまで言ってその意味に気がついた。

まあ、そういうことだよな。彼女達の心がスピリットリンクで繋がるのも時間の問題かもしれない。

「そうだな。彼女達の視線に気がついてなかったわけではないのだが」

魔界の住民というのは強さを重視する傾向があるという。

もちろんそれが全てというわけではないがここ数日あの八人と接していくうちにそれになんとなく気がつくようになった。

「よし、それじゃあ彼女達と話す時間を設けよう」
――『かしこまりました。では早速今夜にでも寝所にくるように伝えます』
「ああ頼む、ってアイシスさん気が早いよ!!」
ところが、この宣言は彼女達本人の意思で実現することとなったことを知るのはこの日の夜のことだった。

◆閑話　憧れの人

運命の出会いというものを経験したことはあるだろうか。

私は今、人生で二度目の運命の出会いを経験していた。

その一人目は魔王であり、我らの命の恩人ザハーク様。

真の名はリンカ様というが、かつて捨てられたその名を呼ばれたくない事情を知っている私達はあえてザハーク様と呼んでいた。

我らは八血集。

魔界で諜報活動を主体とする能力に特化した種族であり、ザハーク様の「強者を求める」という目的のお手伝いをするため日々世界中を飛び回っている。

魔界から進出してきた我らが出会ったもう一人の運命の人。

それは圧倒的で、偉大で、そしてお優しい方だった。

敵対し命のやり取りをしたザハーク様を屈服させ本来の姿に戻してくださった。

本当は女性らしくて可愛らしいザハーク様。

捨てたはずのリンカという名前を自ら許された心からの主人に、私達全員が心酔したのだ。

「さあ、君達の忠誠を見せてもらうよ」

八血集を代表して私ことカエデ、副リーダーのアヤメの二人で我らの新しい主人、佐渡島凍耶様に女としてご奉仕することになった。

今の今までそんなことをしたいと思ったことはなかった。

しかしこの方の巨大な魔力と闘気に触れてその考えは吹き飛んだ。

抱かれたい。このお方の御子様を孕みたいと思った。女としてこれほどの疼きを感じたことなどなかったのだ。

その衝撃は、申し訳ないがザハーク様との出会いよりも圧倒的に強烈だった。

アイシス様より賜ったこの機会。御館様は私達と本音で対話し、その人格者としての器を見せてくださった。

惚れた。惚れ込んだ。精神に未熟なところはあれど、その心根の優しさ、人に対する思いやり、どれも魔界では得られない心地よいものだった。

私達は全員が忠誠を誓った。心身の滅するまで、全てを捧げてこの方にお仕えしようと思うことができた。それが私達の主であるザハーク様を救ってくださった恩義に報いる道であると。

「失礼いたします、御館様」

「ご奉仕させてくださいまし」

「二人とも綺麗だ」

静音様から賜った「せくしーくのいち」なる衣装に身を包み御館様の足元に跪いた私達に御館様の性的な興奮が伝わってくるのが分かる。

我らは諜報活動がしやすいように全身を黒い衣で包んで動きやすいように肌を露出することは多かったが、この衣装はそれよりも扇情的な感情を煽るようなデザインをしている。

胸元は必要以上に露出し、スカートには際どいスリットが入ってあわや局部が見えそうになる。

下着も機能美よりも性的な興奮を煽る卑猥な形をしておりレースと呼ばれる細かい刺繍が男性の興奮を誘うらしい。

というより御館様の男性としての好み、つまりは性癖であると教えられた。

その証拠にいつもの優しげな瞳は赤く血走り鼻の穴が少し広がっている。

御館様が私達の姿を見て興奮してくださっていることが何故だかとても嬉しかった。

これが女の喜びというものなのだろう。

二闘神のデモンは女を女と思わないクズだった。

情報を集めるために籠絡してでも、ということを平気で口走る。

アリシア様の計らいでそのような行為は避けることができたが、デモンの言葉に従って純潔を失っていたら激しく後悔していただろう。

私もアヤメもこのお方に自らの純潔を捧げることができることを心から嬉しく思っている。

私は御館様の屹立した陰茎を目の前にして自分が強く興奮しているのが分かった。

「失礼いたします。ん、ぺちょ」

「れろ、ちゅ」

「くっ、いいよ二人とも。気持ちいい」

お優しいこのお方は順番に一人ずつ、一人の女性として私達と向き合ってくださるとおっしゃられた。

そのことが女としてどれだけ嬉しかったか。

しかし、私達はこのお方に尽くすものとしてご奉仕したかった。

だからあえてその道は選ばす、こうして女としての愛を享受するではなく、奉仕する者としての道を選んだのだ。

口づけを交わすのは後で良い。男性の陰茎に触るのも見るのも初めてだったが、であるからこそ私達の忠誠度を見せるに相応しい行為だと思った。

本格的に肉の棒を口に含んでしゃぶり上げる。するとどうだろう。普通なら躊躇してしまいそうな行為なのに、この身体と心の奥底からあふれ出てくる歓喜の強さはどうだろうか。

御館様の喉から漏れる息が鼓膜に届く。

弾む荒い息は性的な興奮の強さを表しており、私達もそれに合わせて徐々に息が弾んでいた。

「ああ、イクぞっ」

「んんんっ!! ん、ふぁん」

「ひゃん、うぁ、出てます、御館様の精子が」

肉棒の先から爆ぜるように飛び出した白い塊。ドロドロで濃厚な匂いを放つ粘液が二人の顔に飛び散って付着する。

その匂いは私達を興奮の天上へと押し上げていき私達は自分の下腹部が熱く滾っているのを知覚した。

「御館様……どうか、私達を抱いてくださいませ」

「全てを捧げてご奉仕いたします」

「いいよ。まずはカエデからだ」

「はい」

御館様が手招きをし、私の手を取ってくださる。

私は導かれるままに御館様の膝の上に乗っかり自ら下着を取り払ってみせた。

下腹部に感じる熱が一段階上がったように感じる。御館様の性的興奮が強くなり、私は思わずそのお顔をジッと見つめた。

その心の奥底を見透かしたように手を私の頬に添えると、頬から首の裏へと巻き付けて引き寄せる。

私は愛しい御館様の唇に触れることができた喜びで思わず身を震わせた。

「泣くほど喜んでくれて嬉しいよカエデ」

「え？」

私の頬には熱い雫が一筋の光の道を作り出していた。女として、人として、御館様にお仕えすることができたこと、全てに勝る喜びが心の奥から溢れ出し、思わず頬を涙が濡らす。

続いて御館様はその手を伸ばし、隣で羨ましそうにこちらを見つめていたアヤメを抱き寄せて同じように口づける。

「ん、ちゅっ、ぷぁ、御館様ぁ」

アヤメはすっかり蕩けているようで、腰が砕けて御館様のもとへとしなだれかかる。

「御館様」

「いいよ、もう一度だ」

私の心を見透かしたように、今度は少し強引に頭を引き寄せられ唇を塞がれる。今度はより情熱的に、柔らかくも力強い舌先が私の口内に侵入し中を蠢き始める。

その動きはまるで自分の性感帯を全身で愛撫されているように心地よく、舌を入れて絡め合う感触が全身を歓喜に包んでくれた。

「おや、かた、ん、ちゅ、さま、どうか、お受け取りください、んっ!!」

私はもう我慢ができずに自らの下半身を開いて御館様の逞しく屹立した陰茎に自らの女陰の入り口をあてがいそのまま一気に腰を落とす。

◆　◆　◆

「これが、男性の、なんて熱くて、雄々しいのでしょうか。御館様、私、くぅん、幸せ、ですぅ」

正直に言うと痛い。しかし、下腹部の奥から湧き上がってくる歓喜に上塗りされてその痛みは喜びに変換される。

私はいつの間にか御館様から離れないように自ら腰を密着させて足をキツく絡ませた。

腕を背中に回し強く強く御館様の唇にむしゃぶりつく。

品性などどこかへ置き忘れてしまったように夢中になって愛しさの衝動に身を任せた。

その時、私の中に御館様が真の意味で喜んでくれていることが知覚できた。心の中に温かい何かが広がっていき、私や御館様、ザハーク様や仲間達全員と心同士が繋がった感覚を覚える。

「おめでとうカエデ。これで君達は俺のパートナーだ」

「御館様、これが、スピリットリンク……ザハーク様とも繋がっているのが、ぁん、分かります」

「気持ち良いだろ？　これが俺達の身体と心を本当の意味で繋げてくれる絆だよ。カエデ、ザハークを、リンカをこれからも支えてあげてくれ。彼女には君達が必要だから」

「はいっ、もちろんですッ！」

御館様の言葉の一つ一つが染み渡ってくる。私達全員の心同士が確かな絆で結ばれ、快感は肉体と心が一つになってより強烈なものへと変化していく。

骨の髄まで蕩けてなくなってしまいそうなほどの歓喜がわき上がってくる。

素晴らしいのは隣にいるアヤメの幸福感も一緒に伝わってくることだ。幼い頃から苦楽をともにしてきた大切な仲間。実の姉妹のように育ってきた同郷の友人達が、同じ心を捧げる主にお仕えできることを共有できることのなんと素晴らしいことだろうか。

「あぁあん、ああ、御館様、これ、スゴイですっ、身体の奥から、喜びが溢れて、ぁああ、ご奉仕、できない」

「いいんだ。俺を感じてくれ。カエデの奥に幸せを注ぎこんであげるからね」

「ふぁあっ!!　あ、ッあああ！　来てェ、御館様、くださいっ、御館様の子種を、カエデの一番奥に注ぎ込んで、子宮の奥まで叩き付けてほしぃッ」

「カエデ、イクよっ」

「イク、イクイクイクイクイクぅうううううっ!!」

内蔵の奥底に幸せの衝撃が打ち付けられて身体がのけぞる。

御館様の熱い精液が私の子宮をこじ開けて侵入していき、心からの歓喜と共に身体全体の細胞がすべてこのお方の所有物になった感触に、私は魂の底から喜びに浸った。


「はぁ、はぁ、ぁあ、幸せぇ……御館様ぁ、大好きぃ」

思わず口からもれた言葉は初恋をした幼い少女のような無垢な単語だった。

ザハーク様と共に長い時を生きてきた筈の私。御館様より遥かに年上である筈の私が、年端もいかぬ少女のようにたどたどしい音を紡ぐことしかできなかった。

それはアヤメも、この後に続くすべての八血集が同じ感想を抱くことになるのだった。

嗚呼、なんという幸福だろうか。私は、私達は、最高の主に出会うことができた。

この日を境に、私達八血集は佐渡島凍耶様を真の主と仰ぎ、命を賭してお仕えしていくことになるのだった。

◆閑話　魔王と忠臣

我はザハーク。かつて魔王と呼ばれし者なり。

しかしその名も今は過去の栄光と成り果てた。今の我は佐渡島凍耶に敗北しあの男の配下となっている。

そのこと自体に後悔はない。

我が自分が未だ未熟な存在であることを知っている。

魔界という強さがものをいう世界において、我は一つの大陸で最強の実力を誇っていた。

しかしそれはまさしく井の中の蛙であり、一歩そとに出れば歯が立たぬ猛者どもがうようよいた。

意気揚々と世界制覇に乗り出してすぐ、我は思い知らされることとなる。

進出した新大陸の一角を支配していた略奪の王チロコニフという男に、我は完膚なきまでにたたきのめされたのだ。

それだけならまだ良かった。我はその下衆な男に捕らえられ女としての屈辱を味わわされるところであった。

幸いなことに捕まっただけで直接なにかをされる前に直近の部下である八血集に救出され事なきを得たが、我は自分の無力を呪った。

なにより疎ましかったのは奴に屈してしまいそうになった弱い自分自身であった。

我はもっともっと更なる強さを求めるため、決して強者に屈しないため、性別という垣根を捨てたのだ。

転身の法という性別を変える秘術で女としての自分を封印し、意識の果てに弱い自分を追いやった。

しかしそれは自らの強化と引き換えに探求者としての矜持もどこかに追いやってしまった。

それからの数百年。我はひたすらに強さを求め、そのためには手段を選ばなかった。

魔界の強者に教えを請い、プライドを捨てて訓練に明け暮れたのだ。

だがそれでも魔界という世界では果てしない荒野を行くがごとき道のりであった。

鍛えても鍛えても上が存在し、もはや成長の限界を悟ったそんなとき、魔界の研究者であるデモンと出会い徐々に道を踏み外していった。

後はそなたらが知っている通りの顛末だ。今の我は強さのために犠牲にしてきた多くの罪なき者達への贖罪のために平和への貢献に日々いそしんでいる。

我はあの男に完膚なきまでに打ち負かされ、卑怯な手段に手を染めてもなお届かぬほどに開きのある強さの壁を見せつけられることとなった。

しかしあの男はあれほどまでに強さをもっていながら、それを一切誇っていない不思議な感性の持ち主だった。

『所詮は借り物の力だから』

聞けば創造神の祝福という神なる力を有しているが故に普通ではあり得ない速度で加速度的に成長することができるスキルを有しているらしい。

それを聞いたときなんともいえない気持ちになったものだが、あの男と同じ屋根の下で暮らし時を過ごすうちにその言葉に含まれている真意が分かるようになってきた。

どうにも奴の強さと精神的な幼さがちぐはぐな感じがして不思議だったのだ。

佐渡島凍耶はとにかくお人好しなのだ。そして強さに対する貪欲さがまるでなく、戦いを好まぬ。

しかし自らが愛し、守ろうと決めた者に害する存在に対しては苛烈なまでに無類の強さを発揮することを厭わない性格であった。

そして、いま我もその庇護下に入っている。そんな奴に感化されたのか、戦いのない穏やかな生活に満足している自分がいる。人々の幸せのために身を砕くことに喜びと生きがいを感じ始めている。つまりだ……。

「俺の可愛いお嫁さんってことだよなリンカ」

「ひゃわぁあんっ!!　きゅ、急に耳元で囁くにゃバカモノォ!!」

耳元にこそばゆい感触が襲い掛かり、我の全身から力が抜けていく。忌々しいことに心とは裏腹に全身が喜びで震え下腹部に疼く女の部分が甘い脈動を始めてしまった。

これなのだ。これがあるから忌々しいのだこの男は。男女の営みはまだ数回。にもかかわらず我の喜ぶツボを的確に押さえてしまっており、我の身体は抱きしめられるだけで喜び腰砕けになってしまう。

ああ、また抱かれるのだ。我の心は口から出てくる言葉とは裏腹に期待に胸膨らんでいた。

◆　◆　◆

リンカの耳元で小さく呟くと彼女の身体は一気に力が抜けて俺に身を預けてくる。

柔らかく温かい女の体温は下半身の熱量を上げていきあっという間に臨戦態勢に入っていった。

俺はリンカの耳の穴に舌を差し入れて胸を愛撫する。

「ぁ、ふぁやぁん、この、ばかものぉ、耳の中、舐めないで、ぁあん」

顔を赤らめ強気な言葉を使うものの腕に力は入っておらず抵抗する力も弱々しい。

スピリットリンクから伝わってくる気持ちは喜びと期待感が大半を占めており、それを理性が拒否しようと頑張っているような状態だ。

「リンカ、今日は特別ゲストを呼んであるんだ」

「ふぇ？」

ちょっと間の抜けた声を出すリンカは既に口元から涎が垂れてメロメロの状態だった。

「カエデ、アヤメ」

「「はっ」」

「え、ぇえ、ど、どうしたというのだお前達」

「今日は二人にリンカとのエッチを手伝ってもらおうと思ってな」

「そ、そんなこと」

「失礼しますザハーク様」

「心の枷を解き放ちましょう」

「ま、待つのだお前達、ひゃわんっ、そ、そんなところ、ああん」

先日のこと、カエデを始めとした八血集全員をスピリットリンクで繋げて俺のパートナーに迎えることとなり、彼女達も俺の恋人に名を連ねることとなった。

そして既に全員と契りを交わしており、それぞれがそれぞれの思い思いの忠義を俺に見せてくれている。

そんな中でもリーダーのカエデと副リーダーのアヤメの忠義は頭一つ飛び抜けており、リンカとの絆を更に強めるために夜の奉仕に参加したいと申し出てきたのだ。

「ザハーク様、いえリンカ様。私達を受け入れてくださった御館様に報いるため、そして貴女様から受けてきたご恩を返すために、我ら八血集、ご奉仕のお手伝いをいたします」

「ぁ、ん、ふぁあ、そんな、こと、んんっ！」

「リンカ様、再びこの名をお呼びできる日をどんなに待っていたか」

「私達全員が待っていました。貴女様が女としての幸せを掴んでくださる日を」

カエデとアヤメはリンカの耳元で舌を這わせながら感謝の言葉を述べる。

女の喜びに目覚めた彼女達はそれを大好きなリンカにもっと知ってもらいたいと言って今夜の奉仕に名乗りを上げたのだ。

八人全員でいきたいところだが流石に溢れてしまうのでまずは代表の二人が、という話し合いがあったらしい。

徐々に脱がされていくリンカは色っぽく、しかしどこか悔しいような嬉しいような複雑な表情で二人と俺の愛撫を受け入れていた。

なんだかんだリンカは八血集のことが好きなんだな。

戦闘力がないから諜報活動くらいしかとかなんとか言っていたけど、彼女が女であることも知っていたことからやはり両者にはただならぬ信頼関係が構築されているのだろう。

「ぁあ、ん、ふあぁ」

アヤメが乳首を舐め回し、カエデが首筋に舌を這わせる。

俺は主に下腹部から下着のラインをなぞって愛撫し濡れた下着を取り払う。

「御館様、もう準備万端ですね」

「リンカ様もお待ちかねですよ」

二人の言うとおりリンカの下着は既にぐちょぐちょで用途を為していない。

取り払われて地面に落ちる際にも水音が鳴り響きその濡れ具合のすごさが分かる。

「リンカ、いつもより興奮してるね」

「ば、かぁ、んぁ、はぁあん、こんなの感じないほうが、無理ぃ」

リンカという名前を捨てた経緯は聞いた。彼女は吹っ切ったと言っていたが、その心根には深い傷跡が残っているのは間違いない。

自分の本当の名前を捨てるなんて並大抵のことではないのだ。そういう意味で本当の名前を遠慮なく呼び合える彼女達の存在はやはりリンカにとってかけがえのないものなのだろう。

「入れるよリンカ。いっぱい感じてくれ」

「ん、くふぅん、んぁあ、入って、くるぅ、カエデ、アヤメェ、そんなに触ったら、感じちゃ、ぁあああん」

ズブズブとペニスを飲み込みながらリンカの身体が震える。カエデとアヤメはなおもその舌先でリンカの敏感なところを愛撫し続けており、その手は愛おしそうに彼女の身体を撫で回している。

行為の一つ一つに心がこもっているのが分かるな。両者の信頼関係を表しているようだ。

自らも快楽を味わいたいだろうというのは彼女達の下半身から垂れて落ちてくる雫の量を見れば分かる。

しかしそれよりもリンカに喜んでほしいという気持ちが勝り、二人の手はリンカの手に繋がれて愛おしそうに絡み合っている。

正直俺が妬けてくるくらいだ。扇情的な動きをする手指が互いに絡みつき俺の興奮を煽ってくれる。

沈み込んだペニスの動きが徐々に早くなっていく。

「ぁ。あああ、なんだ、これはぁ、いつもより、ぁ、ん、感じちゃう、んぁあ」

リンカは子宮を突き上げられるたびにかつてないほどの喜びに満たされていた。

肉のヒダが裏返って泡を作り出すほど愛液が染み出している。

くちゅくちゅと卑猥な音を立てながら喉から漏れる甲高く可愛らしい声は恋をしたての少女のように甘美だった。

「リンカ、嬉しいだろ？　お前のために身体を張ってくれる仲間がこんなにいるんだ」

「ぁあ、ふうぁあ、カエデ、アヤメぇ、我は、私はぁ」

「リンカ様、感じてるんですね。嬉しいです」

「私達と一緒に、ぁあ、御館様ぁ」

俺はリンカに懸命に愛撫する二人のお尻に手を触れて股の間に指を入れていった。

しとどに濡れた秘部から漏れる愛液をすくい取り肉ヒダをかき分けて二人の奥へと侵入していく。

「ぁああ、ぁぁああ、御館様ぁあ」

「気持ち良いですぅ、ご奉仕、できなくなっちゃう」

「ぁあ、あるじ、我が主よ、ぁ、ん」

「三人とも感じてくれよ。俺はお前達を目一杯愛していくから」

「ぁあ、嬉しいですぅ、御館様ぁ」

「一生お仕えしますぅ、リンカ様と一緒にぃ」

「あるじ、ぁあ、幸せぇ、らめぇ、イク、イッちゃううう」

「「ぁあああ～～～♡」」

三人の絶頂が同時に訪れ快感が最高潮に到達する。同時に俺の限界も訪れリンカの膣内に白濁を注いでいった。

◆　◆　◆

「すぅ……すぅ」

「ふぁ、ん……リンカ、様ぁ」

「ふふ、可愛い奴らだ。我がこんな気持ちになる日が来ようとはな」

「皆リンカのことが大好きだからってな。俺に忠誠を誓うから必ずリンカを幸せにしてほしいって懇願されたよ」

「そうか。我は、ずっと一人だと思っていたが。知らないあいだに此奴らに支えられておったのだな。いや、分かっていたのにいつの間にか忘れてしまっていた」

「リンカ、八血集の想い。確かに受け取った。それが無くたって俺はお前を大切にするつもりだから」

「分かっておる。スピリットリンクというのはそういうところも分かってしまうのだからな。主も、八血集も、本当に我を想ってくれておる。愛しいことだ。我は、女に生まれてこれほど良かったと思えたことはない。彼女達のおかげだ」

「ちゃんと言葉にしてやれよ。絶対喜ぶぜ」

「照れくさいのだ。せめて寝ている間に言わせてくれ」

リンカは照れくさそうに二人の耳元に何かを呟く。その唇が「ありがとう」を紡いでいることはよく分かったが、あえて黙っておくことにした。

感謝の言葉を贈られたカエデとアヤメの口元が褒められた子供のように笑顔になったのを見て、俺達は四人で抱き合いながら眠りについた。

◆第172話　佐渡島商会のブラジャー工房

プリシラ、シラユリ、シャルナロッテの三名が俺の愛奴隷として加わり、プリシラの眷属であるフェンリル達三〇〇人が創造神の祝福発動によって人化したことで準奴隷となって一ヶ月が過ぎた。

彼女達には俺の領地で不足していた荷運びや牛車代わりの労働力になってもらい、馬や牛よりも遙かに優れた労働力として活躍してくれている。

プリシラとシラユリはフェンリル達を上手くまとめ上げているようだ。

領地からの報告は日に日に良いものが増え、トラブルなどの報告は減っていった。

彼女達フェンリルは治安維持にも大きく貢献してくれており、人型でもフェンリル形態でも普通の人間より遙かに強いため町の中でトラブルを起こす連中を鎮圧する自警団の役割も積極的に買って出てくれたのが大きい。

佐渡島公国の町は着実に大きくなっていった。

ここに来て最近商業地区に大きな変化が訪れた。

静音がやっているもう一つの領地経営の要で佐渡島商会の目玉商品であるブラジャー、及びオリジナルメイド服の制作工房が先頃完成したのである。

「ようやく完成したな」

「ええ、職人達も順調に育っておりますわ。これでわたくしも別のことに着手できます。モニカさんには工房の責任者になってもらっていますわ」

今日は完成した工房の完成記念パーティーだ。

まあ、パーティーといっても内輪だけの小規模なもので、さきほどからうちの家族だけで立食パーティーが行われている。

これで今まで貴族や金持ちしか手に入れることができなかったブラジャーが一般庶民に安価で提供できるほどの量産体制が整い、いずれは一般向けにも販売される予定だ。

とはいえ、一般向けに販売するにはまだまだ課題は多い。

これまで売られていたのは貴族や高級志向の強い金持ち向けの意匠にこだわったきらびやかなデザインのものが多く、装飾を施すにも一流以上の腕を要求される殆どオーダーメイドに近いものであった。

だが、静音監修のもと、意外にも手先の器用な者が多いエルフの村の面々が中心となって腕を磨き、今では静音も認めるほどの腕前になったエルフの娘、モニカを中心としたブラジャー職人が貴族向けの高級品ブラジャーの作製を担当している。

「モニカ、頑張ってくれよ」

「はい、御館様。御館様のために一生懸命頑張ります！」

ブラジャー制作工房で活躍しているのは元エルフ村の面々で、その責任者にはモニカが任命された。

彼女はかつてエルフ村でティナが戻ってきた際にティナを村に残す代わりに自分が奴隷になると言ってきた子だ。

仲間のために自分を犠牲にできる精神と、面倒見がよくお姉さん気質の彼女は他の皆からも信頼が厚いため、工房の責任者に抜擢されたという訳だ。

静音曰く、彼女のデザイン力と手先の器用さは目を見張るものがあり、いずれはわたくしも追い抜かれるかもしれませんわ、と語るほどである。

他にもクレア、ルルミーといった元エルフ村のメンバーが中心となり、この工房で製作されるブラジャーを担当している。

実際今までは全て手作りであり、オーダーメイドで注文を受けてから一から作らなければならなかったが、この工房に設置された現代日本で使われているミシンなどの機械類を駆使することによって以前よりも遙かに早く段階を進めることができるようになった。

「ミシンの存在は僥倖でしたわ。お兄様には本当に感謝しています」

「なに。俺で役に立つことがあったらいつでも言ってくれ」

俺の新たなスキル『クリエイトアイテム』によってイメージした物を物質化できるのだ。

本来は美咲の武器を作るために取得したはずのスキルだったが、直後にブレイブリングウェポンという俺の空《くう》と同系統の武器が手に入り実質その時は必要なくなった。

そんな訳でこのスキルは武器の制作よりも、様々な道具を製作することで別の活躍の場を手に入れていた。

だがこの機械類など、異世界には存在しない様々な道具は本当に信頼できる人にしか見せることは避けていた。

下手な奴を入れてしまうと他に洩れてやっかいなことになりかねないと思ったからだ。

まあ、仮にスパイが入り込んで技術を盗まれたとしても、ミシンを真似して作ることは恐らく不可能だし、うちで売れているブラジャーのデザイン力は個々の能力によるところが大きいためその心配もないっちゃない。

それに、普通の企業なら引き抜きを心配するところであるが、うちに関してはその心配は絶対にないと言える。

何故なら従業員は全て俺の嫁だからな。

しかも魂同士が繋がっている本当の意味でのパートナーだ。心配する方が失礼だ。

あと、この屋敷に侵入するスパイなどが仮にいたとしてもそいつがここで何かをすることは不可能だ。

実はスパイだけで無く、型紙やら高度なデザインの秘密を盗もう、あるいは職人を拉致しようと侵入をしてくる奴は結構いる。

そんな奴らはこぞってここに悪意を持って侵入しようとしたことを心の底から後悔するハメになる。

なにが起こったかは、まあ、語らずにおこう。

あえて言うなら、この屋敷にあるものは全て俺の所有物であり（と愛奴隷達は鼻息荒く語る）、それを盗もうとすることは佐渡島凍耶に牙を剥くことであり、佐渡島凍耶の愛奴隷達にとって、俺に牙を剥くことは女王陛下に仇なすよりも遙かに罪が重く、死を以って断罪すべしと結構過激なことになる。

という訳で哀れにもうちに侵入し悪さをしようとする奴は必ず言葉にするにも恐ろしい目に遭うことになる。

そしてそれを命じた者も生まれてきたことを後悔することになるのだ。

さて、ここでうちで販売されているブラジャーがどんな物かを紹介しよう。

このブラジャー。普通のものとは訳がちがう。

現代日本で売られていたようなバストアップ補正、だけではないのだ。

異世界ならではの魔法というエッセンスが組み込まれた逸品で、その効果はなんと着け続けると補正効果でアップしたバストがそのまま現実の肉体にも変化を及ぼすというものであった。

異世界においても女性の胸に対する思いというのは変わらない。

持たぬ者はどれだけの金を積んででも、美しいバストを手に入れたいと願うものなのだ（静音談）。

実際これは売れに売れた。

一着金貨五〇〇枚という非常に高額な値段にもかかわらず、貴族の女性方はこぞってこの『魔法のブラ』を買い求めた。

ここら辺は静音が自ら営業に出かけることで上手く売りさばいたらしいが、詳しい営業の仕方は聞いていない。

しかしいくら魔法でもそんなことが可能なのかという疑問が湧くだろう。

その答えが俺の女神スキルにある。

俺が作製した魔道具、『理想を現実に《インリアリティジ・アイデアル》』というアイテムを工房に設置することによって、魔力による魔法効果の付与が可能となったのだ。

しかしこの補正付与だが、一着につき必要な魔力がそれはそれは莫大な量が必要であり、俺以外にその魔力を捻出できる者がいなかった。

だから一日一度はこのアイテムに魔力を補充しないといけなかったのだが、そこで俺は自分のアホみたいに有り余る魔力をタンクのように貯蔵しておく手段がないかと考えた。

そこで、俺はまたもクリエイトアイテムを駆使してできるだけコンパクトなデザインで魔力を沢山、いや、無限に貯蔵できる手段を作った。

いや、貯蔵というと正確ではない。

転移魔法の応用で異空間を通して俺の魔力、及びスキルパワーを『理想を現実に《インリアリティジ・アイデアル》』にパイプをつなげるようにしてエネルギーを送り続けることが可能となる腕輪型のアイテムを造り出し、俺が常に身につけておくことで領地の各所に設置された受信側のアイテムのエネルギーを常時満タンにしておくことが可能となった。

要するに、俺が発電所となって異空間を通した目に見えず、触れることもできない電線でもって受信側のアイテムにエネルギーを供給し続けると言うと分かるだろうか。

自動回復スキルのおかげで幾ら消費してもいつでも満タンの数字から動かないくらい回復速度とのバランスが取れている。

いくらなんでも回復が早すぎないかと不思議に思ったのだが、俺の自動回復スキル、実は『自動回復ＬＶ

∞＋』という仕様に変わっており、どうやら創造神の祝福やら俺のパワーアップと共にこれら最大レベルのスキルも更にその先へ行ってしまったらしい。

まあ、この辺のことはエネルギー問題とか他にも着手し始めた色んな取り組みがあるのだが、それはとりあえずおいておこう。

んで、この魔力付与によって徐々に理想と現実が近づいて行く訳だが、この商売の上手いところというか、静音の儲け方のエグさというか、一回では終わらない所だ。

実はこのブラジャー、ある程度時間が経つとエネルギーが枯渇し普通のブラジャーに変わってしまう。

それを追加料金で補充することで効果が継続していくのだ。

ここで静音は更なる追加案を打ち出した。

一着金貨一〇〇〇枚、日本円に換算すると約一〇〇〇万円という超高額である代わりに自分の理想のバストになるまで効果が継続し、なおかつその他の追加アイテム（これは後述する）を全てフルオプションでつけることができる『ロイヤルコース』。

魔力を追加料金で補充しなければならないが一着金貨一〇〇枚、日本円で約一〇〇万円で済む（それでも高いが普通の金持ちにも手が出るレベルらしい）『スタンダードコース』の二つに分け、完全に顧客を分離したのだ。

つまり前者は本物の超金持ち。

自分の美しさのためならどれだけでも大枚をはたける大貴族がターゲット。

後者はいちいち補充しに行かなければならない面倒さはあるが、初期の費用が安く済む上に、高額な料金を支払っている感覚が麻痺するため、金貨一〇〇〇枚に手が出ない中流貴族のご婦人方に受けに受けた。

要するに課金システムを採用したのだ。

この辺の値段システムについて細かい話をし出すと長くなりすぎるので割愛するが、実に絶妙に細かい値段設定を施し、あらゆる富裕層が購入可能となっている。

しかも、ここが静音の恐ろしいところであると思うのだが、これらのアイテムの効果を売る相手によってコントロールし、プライドが高く、力がある貴族とライバルの貴族を競い合わせるような仕組みがなされているらしい。

金を持っている奴らからは絞れるだけ絞ることで、ドラムルーの貴族が国内で反乱を起こせなくなるくらい経済力を削いでおく目的もあるとかなんとか言っていた気がする。

この辺は恐らくヒルダガルデ女王も一枚噛んでいると思われる。

あの妖怪ババアは自分の一族が頂天に君臨し続けることができるように様々な根回しをしているらしい。

まあ、俺には誰がドラムルーのトップだろうとあまり関係ないが、忌々しいことに奴はこの国では俺の愛奴隷達以外では最大の理解者であるから、奴がトップから引きずり下ろされ、俺を目の敵にする奴が頭になると色々面倒だから、静音との結託も放っておくことにした。

悪く言っているように聞こえるかもしれないが、このドラムルーの王侯貴族の中でヒルダガルデが一番の人格者であることはアイシスの調べで分かっている。

ちなみに先程のロイヤルコースにおけるオプションとはブラジャー以外の下着類にも魔法のブラと同じ効果を施したものをつけるというものだ。

ブラジャーはあくまでもバストの形を整えるもの。

もう一つ女性にとって深刻な問題。

それはウェストだ。女性下着にはコルセットというウェスト矯正グッズがある。

本来のコルセットとは締め付けることでウエストの見た目を無理矢理細く見せるものだが、この『魔法のコルセット』は着け続けることで本当にウェストが細くなっていく。

もしかしてこっちの方が需要が高いんじゃないかと静音に提案したのだが、勿論そんなことは彼女にとっては想定内だ。

まあ、恐らくオプションにつけることでプライドが高いご婦人方に宣伝してもらう狙いではないかと思う。

ふくよかな体型の女性にとって体脂肪との戦いは正に熾烈を極めるだろう。

金があり、なおかつそれが楽に実現できるとしたなら、どれだけ金を積んでもほしがる女性は多いはず。

ウェストの他にも美しい形に整えたい部位は沢山存在する。

静音は段階的にこれらを解禁することで、焦れに焦れた購買層がいざ解禁になった時に獲物に飛びつく獣のごとく買い求めることになるだろうことを予見して、この戦略をとっているのだろう。

実際メイド服の時もそうだった。

まあ、実は静音が打ち出しているロイヤルコースの追加アイテムのアイデアはまだ上が用意されており、理想の体型を手に入れた上級貴族様方には更なる魅力的な（恐ろしい）アイテムが待っている。

この話はいずれ機会があれば話そう。恐らくこっちも話が長くなるからな。

さて、この工房の目的はブラジャーだけでなくメイド服の制作も担っている。

恐らく察しがついていると思うが、このミシンなどの現代日本式の機械類の本当の活躍の場は、肌に密着させる小さなブラジャーではなく、直接着ることになるメイド服の制作にこそ力を発揮する。

作ったことがある奴（俺はないが）なら分かると思うが、服を手縫いで仕上げるのは凄まじい労力が必要なのだ。

このミシンを作り出すことで発注のあった一年待ちの予約を三ヶ月に短縮することができた。

ここで疑問に思った奴がいるかもしれない。

『え？　一着作ってアイテムコピーすればいいいじゃん』

当然それは俺も考えた。

だが、静音がそのことを考えつかないハズがない。

実は一度提案したのだが、この工房を作る本当の目的は、職人を育てることであり、将来他国に支店を作る際の布石だという。

実際今いるエルフ達は静音からデザインによる新商品開発の手ほどきも受けており、いずれはこのドラムルーだけで無く他所にも支店を作ってそこの責任者をここにいる子達に賄ってもらおうという狙いがあるそうだ。

やはり静音のビジョンは俺みたいな凡人とは見ている先の距離がちがうな。

◆　◆　◆

工房が稼働し始めてしばらく経った。

売り上げは順調に伸びており、予約の消化も驚異的スピードで進んでいる。

そんな折である。

いつものように中庭でお茶をしばきながら静音達愛奴隷と談笑している時のことだ。

「偽物が出回っている？」

「はっ、こちらが実際に出回っていた、我が佐渡島家から直接卸したとして、ある貴族様に売られたものです」

報告によるとかなり初期の頃に出回っていたデザインのブラが佐渡島商会直販として闇市に流れているらしい。

そんな報告を受けたのだった。

「うーん、確かによくできているが、静音が作ったものに比べると相当劣るぞこれは」

「はっ。確かに静音様のお作りなられたものとは比べるまでもありませんが、本物を見たことがない者にとっては見分けが付かないレベルには似ています」

そう言って偽物を持ってきた女性は再び地面に膝をついて頭を垂れる。

彼女は日本の「くノ一」のようなデザインの服。スリットが入って生の太ももがチラリズムしている忍装束の下に鎖かたびらを着こみ、網タイツ型のニーハイストッキングとガーターベルトという、スタイルで俺のそばに控えている。

まあ、実際のくノ一というより、男性の妄想の中に出てきそうなくノ一のデザインといった方が正確だな。

因みにこの意匠は彼女達が元々着ていた物を静音が魔改造したものである。

「そうですわね。なんというか、なんとかして見た目だけ似せた、という言葉がしっくりきますわね。実際張りぼてでも良いところですが一見本物に見えますから売りつけてとんずらしてしまえば分かりませんわ」

静音は綺麗に整った眉をひそめて偽物のブラを地面に放り投げた。

初期のブラジャーは特に静音自らが制作したものが多く、劣化品を突きつけられるとさすがに不愉快なのだろう。

「これ、どっから手に入れたの？」

「はっ、ドラムルー郊外にある闇市に出回っていた物です」

「闇市ね。そんな所に買い求める人なんてアンダーグラウンドな奴らが多いからこっちに被害はないんじゃないか？」

「そうでもありませんわ。光があれば闇もある。表があれば裏もある。表の世界と裏の世界は繋がっていますから、小さな芽を潰すことも大事ですわ。放置するといつの間にか表が侵食されていた、なんてことは異世界でも現代日本でも変わりありありません」

「含蓄のある言葉だな」

「とは言え、メイド服の時からそうでしたが、コピー品と予め銘打つならともかく、お兄様の佐渡島家を騙る不届き者にはそれなりの報いは受けていただかなくては」

「まあ、確かに良い物は偽物が出回るのは世の常か。それで実際に被害を受ける身としてはあまり良い気分ではないよな。よし。じゃあ俺がその偽物売りつけている奴らをとっ捕まえに行こうじゃないか」

「そんな、このような些事でお兄様が動かれることはありませんわ」

「そうです我が主様」

「裏の仕事は我々にお任せください」

そう言って静音と先ほどから跪いて報告をしてくれた女性達は一斉に俺に詰め寄る。

「いや、このデザイン、かなり最初の頃に静音が俺に見せてくれるために作ってくれたデザインだ。言わば、静音が俺のために作ってくれたものだ。そいつの偽物がうちの名前を騙って売りつけている奴らがいるんだ。いわば、俺の静音がバカにされたんだぞ。嫁が貶められて黙っていられる夫がいるかってんだ」

「はう♡　お兄様、なんという…濡れますわ」

静音は身体をもじもじさせて身をよじらせる。恐らく後でパンツ替えるレベルに濡れているなあれは。

一応言っておくが、静音が俺のために作ってくれたといっても俺自身が身につけるわけじゃないぞ。

そういう突っ込みは無しで頼むよ諸君。

「よし、ではまず調査開始と行こうか。折角だからお前達に偽物を販売した不届き者を突き止める役目を与える。そしてそいつが本当に不届き者なら俺自らが鉄槌を下しに行こう。頼むぞ」

「「「「「「はっ!!」」」」」」

そう言って俺達の、正確には俺に跪いていた女性達は一瞬で姿を消した。

「よし、じゃあ彼女達が報告をしてくるまで、俺は内側のケアに努めますかね」

「内側のケアですか？　それはどういう、きゃ、お兄様っ？」

俺は静音を抱き寄せて口づけを交わす。

「ん、んん♡　おにい、ふぁま、んふぅ」

静音のツヤツヤの黒髪を優しく撫でて腰を抱き寄せる。

エロくならないようにできるだけ優しくベーゼを交わし、ネガティブアブゾラプションで静音の心のよどみを取り払った。

「ふぁ…♡　…お兄様、一体」

「とぼけるなよ。ちょっと傷ついていただろ」

「う…お兄様に隠しことはできませんわね」

静音はうっとり顔で俺にしなだれかかる。

あの偽物は静音が特に思い入れ強く販売に力を入れていた逸品のデザインだからな。

顔にも出さないし、実際静音はそんなことで強く落ち込んだりはしないだろう。

しかし、スピリットリンクから伝わってくる彼女の気持ちに存在する僅かな淀みはきっと彼女を傷つけているから、俺はその小さなわだかまりを取り払った。

◆　◆　◆

さて。数日もすると、くノ一の女の子達は偽物を販売していた輩を突き止めてきた。

アイシスにも裏を取ってもらったから間違いない。

俺はその偽物野郎の所に出向くことにした。


「御苦労だったな、八血集」

俺は元魔王軍諜報部隊『八血集』に労いの言葉をかけた。

彼女達はリンカと旧知の仲であり、先日晴れて全員と結ばれている。彼女達の指には『極上の至福を貴女に《レイディアントブレシャスリング》』が光っており、その絆は揺るぎない確かなものになっていた。

「ははっ、もったいなきお言葉」

「それでは我が主様。偉大な主の顔に泥を塗った不逞の輩に鉄槌を下しに参りましょう」

「拷問の準備は整えております」

「静音様の仇をうちましょう」

「こらこら、静音は死んでないぞ。それから物騒なことを言うな。まるで殺しに行くみたいじゃないか。ちょっと抗議しに行くだけだからね」

八血集を連れていくと不届き者達が血の海に沈みそうなので、俺は一人でその連中の元へと出向くことにした。

◆第174話　マフィアを潰しちゃえ

俺はアイシスの案内でブラジャーの偽物を販売している輩の元へと向かった。

――『ドラムルー闇市は存在を黙認されているのが現状です。取り締まると無秩序に違法な品が出回るため、王国側も手をこまねいている模様』

いわゆる必要悪ってやつか。

まあ、どんな違法な品が出回ろうと俺の周りに迷惑をかけなければ知ったこっちゃない。

だが今回は別だ。俺の誇りを傷つけた愚か者にはそれなりの報いを受けてもらおうか。

◆　◆　◆

俺がやってきたのはドラムルーでもかなり特殊な地区。いわゆる裏社会の人達が集まるそれはそれは危なそうな場所だった。

まあ、こういう所にいる裏社会の人間っていわば末端組織なんだろうけど。

ドラムルーにも裏社会は存在する。麻薬に違法奴隷といった様々なアンダーグラウンドな取引が日々行われ、莫大な資金が動いている。

これらの裏の人間には、表の奴らが動けない時に金で雇われて代わりに動く役割があり、言わば貴族社会の裏の顔という一面も持っている。

だから王国側も必要悪として裁けないわけだが、どうやら俺の静音を貶めたのはその中でもかなり上の組織だった。

そんな上の組織なら最近新鋭の佐渡島商会が佐渡島凍耶に繋がり、なおかつそいつが魔王を倒した化け物であることとくらい知っているんじゃないかと思ったが、どうやら最近上層部が入れ替わったらしく、多分だが俺のことを知らないのだろう。

恐らくここにいるのはいざとなったら切り捨てられるトカゲの尻尾切りの連中だろうけど、どうやら偽ブラジャーの工房はここにあるらしいことが八血集の調べで分かっている。

俺は上空から工房の外の様子を見張っていた。

するといかにも連中が出入りしており、厳重に箱詰めされた物品を荷馬車に積み込んでいる最中であった。アイシス、あの箱の中身が例のブツか？

――『肯定します。同じく第一世代のブラジャーが収納されている模様。縫い目の粗さや花柄の劣化デザインなど、偽物しか入っていません』

確定だな。まあアイシスが裏を取った時点で間違い無いだろうけど。

――『恐縮です』

「よーし、それじゃあ偽物野郎には退散していただきますか。ついでここの他にも偽物工房がないか調べておいてくれ」

――『既に国内三カ所の偽物製作工房には八血集を向かわせています。ここはその中で最も大きな工房です』

「さすがはアイシスさん。仕事が抜け目ないな。よし、それじゃあとりあえず現場を押さえますか。見たところ随分こそこそと裏路地を使っているからな」

見られたからには生かしちゃおけねぇとかお決まりの台詞とか出てきそうだ。

俺は空中から真っ直ぐ下に降りて荷馬車の屋根に降り立った。

「な、なんだてめぇは!?　どっから来た！！？」

「空から」

「ふざけやがって！　降りてこい、ここを見られたからには生かしちゃおけねぇ」

はい、テンプレ頂きました。

「降りるのは良いけどさ、この馬車の中身って誰の差し金で作ったのよ？」

「なにおう？　そうか、てめぇ、佐渡島商会の犬だな。とうとうここを嗅ぎつけやがったか」

犬どころか飼い主なんだがな。実際プリシラとか飼い犬みたいに可愛がってるし。いや、関係ないか。

「そこまで分かってるなら話早いや。とりあえず知ってること洗いざらい吐いてもらおうか。正直に答えれば命まではとらないよ」

チンピラどもは俺の台詞にいきり立ち獲物を抜き放ちながら殺気立つ。

そうだ、折角だから対人戦の訓練の成果を試してみるか。

最近は邪神の至高玉のスキルもすっかり身体になじんでザハークの戦闘経験値も殆ど自分のものにできている。

魔物やちょっとした強敵にはよく使ってるけど、対人戦は滅多に試せないから丁度いいや。

俺は荷馬車の屋根から飛び降りてチンピラ達と対峙する。

油断なく構えている所をみると結構場慣れしてる感じするな。

実際人を殺ったこともありそうな油断ない構え方だ。

「総合戦闘力550か。へへへ、そんなちんけな数字で良く偉そうな口がきけたもんだな」

奴らの一人が俺を見て検分する。

今更言うまでもないが俺の戦闘力はアイシスによって抑えられているため実際に俺の数値は550まで下がっているのだ。

身体がかなり重い。油断していると危なそうなくらいには抑えられているから気を引き締めていこう。

「一人でのこのこやってくるとはバカな野郎だ。死ねや！」

スキンヘッドのチンピラはカットラスを振りかざして飛びかかってくる。

踏み込みが速くなかなか体重も乗っている。

俺は奴の獲物を横に避けて首元に抜き手を放つ。

「カハッ!?」

喉笛を強打され息が一瞬止まり動きが鈍る。その隙を見逃さず手首をつかんで引き寄せてから寸勁を放ち吹っ飛ばした。

某映画スターが放っていた「ワンインチパンチ」というやつだ。

異世界クオリティが乗っかりスキンヘッドのチンピラは派手に数メートル吹き飛んで意識を飛ばした。

「コォオオオ」

油断なく呼吸で力を整える。

チンピラ全員の目の色が変わった。

「こいつ、雑魚じゃねぇ。お前ら油断するな」

「「「応!!」」」

チンピラ達は意外にも連携の取れた動きで俺に迫る。

一人が引きつけてもう一人が急所を狙う。そうかと思えば避けた先で引きつけた奴が本命の攻撃をしかける。

俺は油断なく一つずつ確実に対処していった。

全員を制圧するのに五分かからなかった。なかなか有意義な時間だったな。

――『お見事でした』

ありがとうアイシス。さて、それじゃあ聞きたいことが山ほどあるのでとりあえず拘束させてもらおうかなっと。

◆　◆　◆

「て、てめぇ何者だ。その腕前、ただ者じゃないな」

「まあ、お前達からするとタダの人って訳でもないな」

言うなれば、特命平社員佐渡島凍耶！

なんて言っても分かってもらえないだろうから普通に尋問することにした。

「さて、こっちは聞きたいことは山ほどあるから簡潔に答えてくれ。あまり長引かせたくはないからな」

俺は空を抜き放ち荷馬車の荷台を刀身を伸ばして真っ二つにしてみせる。

「し、伸縮自在の刃の使い手……ま、まさか!?」

「え、Xランク冒険者のサドジマトウヤ！！？」

「自己紹介いらないね。ご存じ佐渡島家の当主だよ。さてと、あまり時間をかけたくないから、訊かれたことは正直に答えるように。いいね？」

チンピラ達は激しく首を縦に動かして肯定の意思をしめした。

俺がチンピラ達が聞き出したのは、佐渡島商会にあだなしたのは「ボンラースファミリー」というドラムルーのマフィアっぽい奴らの大物だった。

ハムみたいな名前だな。ボスはものすっごいふくよかなんだろうか？

こんな雑魚から元締めの名前が出てくるのはラッキーだったな。まあアイシスの調べで既に裏は取れていたから改めて証拠を押さえられたってところか。

俺は仕事を終わらせた八血集を呼び出して雑魚を任せ、工房の中を調べることにした。

中にはチンピラどものお仲間がわんさかいたが、全員電撃を付与した這蛇追走牙で気絶してもらった。

別に恨みはないから殺すのは憚られるし、既に衛兵に突き出す算段はすんでいるから血の海にする必要もないだろう。

アジトの中身はなかなか立派な工房になっていた。

するとそこには隅っこで固まって震えている少女の一団がいるのが分かった。

「ひっ」

怯えた少女達は俺を見るなり更に怯え身を固くする。

「大丈夫だ。俺は君達に危害は加えない。君達がこの工房でブラジャーを作っていたのか？」

するとと少女の中で一際背の高い気の強そうな娘が前に出る。

「そ、そうです。私がこの子達のリーダーです。お裁きなら私が受けますからどうかこの子達のことは」

「誤解しているな。大丈夫だ。言った通り俺は君達に危害を加えるつもりはないよ。見たところ、君達は奴隷だね？」

「は、はい。そうです」

――『闇市の非合法奴隷のようです。各地の戦争や魔王軍の襲撃で行き場をなくし、難民になったところを拉致されて売られた模様』

なるほど。戦争孤児か。

「とりあえず、もうここで働く必要はない。行く場所がないなら俺の屋敷に来るといい」

「た、食べ物ある？」

一〇歳くらいの女の子が請うような瞳で見つめてくる。

「ああ、あるよ。ケーキでも肉でもお腹いっぱい喰わせてやるからな」

「ほんとに!?　ぶったりしない？」

「ああ、しないよ」

俺は優しく彼女と同じ視線になるようにかがんでみせた。

すると彼女はとてとてと俺に近寄り「にぱっ」と笑ってみせる。

なるほど。良い笑顔だ。将来美少女になること請け合いだな。

「他の奴らはどうだ？　別に俺についてくることに強制はしない。だがついてくるなら温かい食事とベッドは保証しよう」

実際部屋は有り余っているしな。

食料も精霊の森から献上されてくるのが有り余ってるし、ストレージにはドラゴンや食用の獣型モンスターがたっぷり入っているから問題ない。

アイシス、屋敷に孤児達を受け入れる準備をさせてくれ。

——『既にマリア、ソニエルに通達しアリシアを伴ってこちらに向かうように指示してあります。屋敷のメイド達に温かい食事とベッドの用意も既に指示してあります』

さすがアイシスさん。気が利くね。

——『恐縮です』

「あの、本当に、いいんですか？」

「ああ、なんなら奴隷から解放してやろうか？　隷属魔法解除」

俺はその場にいる女の子達全員にかけられている隷属魔法を解除してやった。

効力を失った奴隷の首輪は光りを失いガチャリとそれぞれの足下に落ちる。

「あ……」

「お兄ちゃん凄い!!」

一様に歓喜の声が上がる。そこで先ほどまで警戒していた一番背の高い女の子もようやく顔が緩み警戒を解いてくれた。

「ありがとうございます。なんとお礼を言ったらいいか」

「まあ、成り行きだ。言っておくが俺は慈善事業家ではないからずっと安全な場所に保護するって訳にはいかない。それぞれ身の振り方を考えておけ。まあ、悪いようにはしないから安心しろ」

「はい、分かりました」

しばらくするとアリシアを伴ってシャナリア、エリーなど子供相手が割合得意な面々が派遣されてくる。

大体いつもジュリやパチュといった悪戯っ子を制しているのはこの二人だからな。

それと、何故かソニエル、静音、マリアまでもが一緒にやってきた。

「お待たせしました御館様」

「ああ、あの子達を頼む。見た感じ酷い扱いを受けてきたみたいだから、温かく迎えてやれ。後でネガティブアブゾラプションで治療する」

「かしこまりました」

「ところでなんでお前達まできているんだ？」

「わたくしは偽物とはいえあれだけの意匠を施せる職人がどのようなものか見たくて」

「なるほど。確かに気になるところだな。あの子達がそうらしい。強制されて働かされていたみたいだから、責めてやるなよ？」

「心得ておりますわ」

静音と話していると、マリア、ソニエルがなにやらあの子達をじろじろと見て顎に手を当ててなにかを考えている。

「どう思いますか、ソニエル」

「ええ、なかなかの粒ぞろいです。将来性はありそうかと」

なにを話しているんだ？

――『凍耶様、ボンラースファミリーのアジトにボスが帰還した模様』

お？　そうか、よし、ならば静音を傷つけた報いを受けてもらおうか。

「静音、俺は偽物を売りさばいていた奴らのボスのところへ行ってくる。一緒にくるか？」

「いえ、既に興味はありませんわ。というより、別の大事な用事ができましたので、そちらはお兄様にお任せしてもよろしいでしょうか」

「分かった。じゃあこっちのことはお前達に任せるぞ」

「かしこまりました。いってらっしゃいませ」

俺は静音達にこの場をまかせ、ボンラースファミリーのアジトに乗り込むことにした。

◆第175話　王印の魔法

「ぶ、ぶひぃいいい、なんだお前は!?　な、何者だ!?」

ボンラースファミリーのアジトに乗り込んだ俺を待っていたのは荒くれ者構成員達の歓迎だった。

しかしそれでもちょっと強い冒険者くらいのものだったので、対人戦闘の練習をかねてそれらを処理しつつ奥へ奥へと進んでいった。

めちゃくちゃに儲けてそうな成金趣味の屋敷を破壊しながら進んでいくと、ボスの部屋にいたのは豚、もとい、オーク、もとい、すんごいデブのにいちゃんだった。

どうやら先頃先代のボスがマフィア同士の抗争に巻き込まれて死亡し、引き継いだのがこいつらしいのだが、まあ、なんというか、なにを喰ったらこんな体型になれるのかっていうくらいデカい。

それも普通のでかさではなく、身体の半分以上が体脂肪でできていそうなくらい凄まじいでかさだった。

しかも自分で歩けないらしい。大八車みたいなごつい車輪つきのリアカーを部下が引くことで移動をするらしく、既に全員が夢の中へ行ってもらった今の状況では奴を助けてくれる者は一人もいなかった。

「あ〜、くそ。めんどくせぇな。この俺様がボンラースファミリーのボス。ファット＝ボンラースと知ってここにやって来やがったのかぁ？　ああ？」

ファットって太ってるって意味じゃなかったか？

名は体を表すとはよく言ったものだが、この場合は見たまんまと言った方がしっくりくる。異世界に英語が通じるならだけど。

構成員全員がやられているこの状況で不遜な態度を崩さないこいつは相当腕に覚えがあるらしいな。

実際それなりの戦闘力を有しているらしかったが、まあ、わざわざ特筆すべきこともない程度の数値だ。

俺はやたらと「めんどくせぇ」発言が五月蠅いファットに対して空圧拳を放つ。

空圧拳っていうのは拳の風圧だけで相手に攻撃する技のことだ。

なんか脂ぎってるし触りたくなかった。

それに、静音自身既にこの件に関して興味を無くしているので俺もある程度溜飲を下げた。今それほどこいつに時間をかけるのもアホらしかったので適当にいなしておいた。

「ぐげぼらがかばはぁあああああ」

意味不明な奇声を上げながら巨体をぶよんぶよん揺らしながら転がっていく。

ファット＝ボンラースは一〇メートルほど転がったところで意識を飛ばす。

俺はここでやることも終わったのでアジトの建物を破壊し上空に飛び上がる。

「さて、全滅させたのはいいけど、こいつらこの後どうしたらいいだろう。衛兵に突き出せば終わりかな」

――『既に女王直属の部隊が動き出しているので放置で問題ないかと思われます。各地のアジトにメイド服の戦闘集団が襲撃を加えた時点で誰の仕業かは一目瞭然でしょうから』

「だろうな。よし。帰るとするか」

◆　◆　◆

「「「お帰りなさいませ!!　御館様！！！」」」

「お、おう、ただいま、え？　君達はさっきの？」

屋敷に戻った俺を待ち受けていたのは、先頃マフィアのアジトで救出した子達を含めた大量の女の子の集団による挨拶だった。

しかも全員が佐渡島家のメイド服を着ている。

一糸乱れぬそろった挨拶で俺に恭しく挨拶をする様はさながら佐渡島家の正式メイドのようだった。

「え〜と、これは一体」

「お帰りなさいませご主人様。いかがですか？　彼女達の挨拶は？」

「お、おう、見事な挨拶だね。どういうことなのこれ？」

「お兄様、彼女達は佐渡島商会で雇い入れることにいたしましたわ」

静音が打ち出したのはマフィアのアジトで強制的にブラジャー制作をさせられていた子供達の才能を見込んで、職人として育てるというものだった。

実際なんの指導もなしにあれだけの偽物を作ることができる技術を有している子供達を本格的に教育したら面白いことになりそうだと思ったらしい。

彼女達は既に静音の下部奴隷として隷属し、佐渡島工房の職人として訓練期間に入ることが決まっているという。

俺は以前、ＭＬＳＳ《マルチレベルスレイブシステム》による人数の偏りで派閥ができて奴隷同士の争いの種になることを心配し、所属する下部奴隷は静音、マリア、ソニエルがそれぞれ順番に所属させるようにルール決めをおこなったのだが、これは実際には問題にならなかった。

殆どの奴隷達は元々属していたグループ同士で行動を共にすることが多く、下部奴隷としてグループ分けされていてもいなくても意識は全て俺に仕えることに向いているので結局は仲の良いもの同士で固めた方が結束力が高くなることが分かった。

なので俺はこのシステムによる隷属順番を一度解散し、改めて組織的な動きができるよう、グループ分けを行った。

　すると以前より明らかに仕事の連携が高度になったり、冒険者であるならパーティメンバー同士の連携力が高くなる、などの補正スキルが出現するなど効果的であることが判明したのだ。

　なので現在は商会で働く者は静音。冒険者になる者はソニエル。メイドを専門の仕事にする者はマリアが管理することになり、実際そのように管理することによってやりやすくなったという。

　俺の心配は杞憂だったという訳だ。

　さて、この子供達はマフィアの各アジトにおいて強制労働させられていた戦争孤児だった。

　俺は考えた。このドラムルーに限らず、周辺国家には彼女達のように家族を失い行き場を失った子供達がまだまだいるはずだ。

「……静音、孤児院って作れないかな？」

「孤児院ですか？」

「ああ、この子達のように戦争で行くところを失った子供達は多分これからも増えるだろう。領地で受け入れるって手もあるけど、それだと限界があるし、必ず孤立してまたどっかで奴隷になっちまう子もいるかもしれない。だからある程度独立できるようになるまで保護できる場所は作れないかと思ってな」

「よろしいかと思いますわ。今回のように有能な才能を持った子は佐渡島家の未来を担うことになるでしょうし、そうでなくても領地での未来の労働力を育てる先行投資という意味で孤児院は有効かと思います。幸いお金は有り余っていますし、回収するのは一〇年先と考えればそれほど大した出費ではありませんわ」

「どのくらい作れる？」

「投資する額によりますわ」

「よし、なら俺の残った財を全部投入して構わん。家族を失って行き場をなくした子供達を積極的に受け入れられる施設を作ってくれ」

「お兄様…分かりましたわ。では女王陛下にも協力を要請し、行くところに困った働けない子供達は全て領地に作った孤児院に受け入れられる体制を整えましょう。資金に関しては問題ありません。現在の佐渡島家の財産で国全ての子供達を救う位はできますわ」

「どのくらいでできる？」

「一年。いえ、八ヶ月でドラムルー全ての孤児達を受け入れる体制を作ってみせますわ」

「よし、頼むぞ」

「お任せを」

◆　◆　◆

「静音さん、御館様は何故あれほどまでに子供達のことを？」

マリア、ソニエル始め、凍耶の愛奴隷達は一様に行き場を失った子供達をなにがなんでも救おうとする主人の姿に感動した。

しかし、一方で疑問も感じているのだ。

マリアが静音に尋ねる。凍耶は優しい男だが聖人君子ではない。

それはメイド達も十分理解している。

だから必要無いものはある程度割り切れる性格な主人が何故あのように自分の財産を投じてまで子供達に肩入れをするのか、マリア、ソニエル達は僅かばかり疑問を感じたのも事実であった。

その答えを教えたのは、凍耶と同じ世界に生きた転生組の面々だった。

「多分、あいつは自分を子供達に重ねたんじゃないかな」

「家族を失うのは辛いですわ」

美咲、静音が遠い目をして答えた。

「それは一体…」

ルーシアも同じように考え、マリア達に凍耶の過去を話して聞かせた。

「お、御館様ぁ、なんとお労しい」

「そのような辛い過去をお持ちだったとは」

メイド達は家族を理不尽に失った凍耶の過去を聞かされ滝のような涙を流した。

そして、家族を失ったものの多い自分達奴隷に何故あそこまで愛を注いでくれるのかを理解し、改めて主人の愛の大きさを理解するのであった。

余談だがこの時、凍耶の視界に映っているログ画面には突如として所有奴隷全員の『恋愛感情がオーバーフローしました』というテロップが流れ、驚いた凍耶がひっくり返るという場面があったことは別の話である。

◆　◆　◆

偽物騒動が一段落し数日が経った。

俺はこれからも同じことが起こることを想定し、佐渡島家の商品が偽物であることを一発で見破れる秘策を投入することを決めた。

「お兄様、一体その偽物対策とはどのようなものでしょうか？」

「王印の魔法を使う」

「なるほど、確かに販売する商品に王印の魔法を施せば簡単な鑑定魔法で本物か偽物か判別できますわね。

しかしお兄様、王印の魔法はお兄様にしか仕えないユニーク魔法ですわ。商品全てに施していてはお兄様が過労死してしまいますわ」

「そこは問題ない。王印の魔法を他のものでも施せるようにする。とりあえず服飾工房とマナポーションの工房で出荷する前の商品にはすべて王印の魔法を施せるように調整してある。俺の愛奴隷であれば絶対に悪用しないし、マルチロックバーストを応用したスキルを付与してあるから大量の出荷商品全てに一気に施すことも可能になっている」

物体に魔法効果を施すことができるアイテム、『理想を現実に《インリアリティ・ジ・アイデアル》』にスキルを付与できるようにアイテムエボリューションで進化をうながして、更に一遍に大量の物品に施せるようにパワーアップもしてある。

そして王印の魔法は『極上の至福《レイディアント》を貴女に《プレシャスリング》』から施せるように改造した。

指輪を『理想を現実に《インリアリティ・ジ・アイデアル》』にかざすことで魔法が発動するように調整してあるので、俺の嫁は全員が王印の魔法を使えるようにしてある。

「さすがはお兄様ですわ。これならいよいよ貨幣の発行プロジェクトにも着手できそうです。取り急ぎ既に出荷してしまった既存の商品はいかがいたしましょうか」

「そっちも問題ない。アイシスが出荷した商品の位置を全て把握しているのでマルチロックバーストをかけて王印の魔法を施すつもりだ。計算では三日で終わるらしい」

という訳で俺は三日間かけてドラムルー王都全土に広がったブラジャーに王印の魔法を施し続けるという若干変態みたいな仕事をこなすことになった。

◆第175・5話　家族の温もりを教えてくれる愛奴隷達

その日の夜。

恋愛感情がオーバーフローしたというログが流れた影響なのか、美咲、沙耶香、静音の三人がとても慈しみに満ちた表情で夜伽にやってきた。

「お兄ちゃん。今日はいっぱい甘えて」

「沙耶香」

「あんたの寂しそうな顔、見てらんないのよ。その顔するとき、凄く寂しそうで」

「お兄様、わたくし達の肌で、家族の温もりを感じてください」

三人はいつもは扇情的に誘ってくる仕草が鳴りを潜め優しく抱きしめてキスをする。

どうやら俺はそうとう辛そうな顔をしていたらしく、三人は、特に美咲と沙耶香は幼い頃から俺を知っているためそれが顕著だった。

「今日は私達がいっぱい癒してあげるからね」

「美咲、うっ」

首筋に甘く噛みつく美咲の歯がゾクゾクとした感触を生み出す。

沙耶香も同じように唇に愛撫を続け、静音の手が胸に這う。

「はぁむ、ん、ちゅ、れる」

続く沙耶香のリップ愛撫。

唾液を含んだ唇へのキスと共に優しくかき抱くように胸を押しつけてきた。

その愛撫はいつもの扇情的なものに加えて、なにか特別な思いがこもっているように思える。

俺がこの世界へ転生する前の話。

家族を事故で理不尽に失った時、沙耶香はその当事者であり、美咲はその時の俺を誰よりも支えてくれた恩人だ。

静音も直接関わってはいないが彼女自身沙耶香の親友だったためその辛さはよく知っているはずだ。

スピリットリンクから流れ込んでくる感情の全てが俺にそう伝えてくれる。

「沙耶香、美咲、静音、ありがとう。実は結構きつかったのかもな」

「ふふ、お兄ちゃんいつも無理するから」

「私達にはちゃんと弱み見せてよ。これから家族になるんだから」

そうだ。俺は皆にプロポーズした。

それは家族になるってことだからな。意地を張っていたつもりはないが、気がついていないところで無理していたのかもしれない。

「うん。ありがとう。じゃあお言葉に甘えて癒してもらおうかな」

その言葉を皮切りに三人の愛撫が一層強まる。

「んふ、お兄ちゃん、んちゅ、んれる」

「凍耶、好きよ。あなたと、家族になれることが、とても幸せなの。そのこと、もっと分かってほしい」

左右からのキスの嵐は性感と心の充足感を同時に満たしてくれる。

沙耶香の白い毛並みをした尻尾が可愛く左右に揺れ、その喜び具合を表している。

「ひゃん♡　尻尾触っちゃダメだよぉ」

そうは言ってもそんな可愛くされたら触りたくなってしまうのも無理はない。

「こんな可愛い尻尾触るなって方が無理だろ」

「あひゃぅ、らめ、ご奉仕できないぃ」

「でもこれ癒されるよ。沙耶香の可愛い姿が俺を癒してくれる」

「じゃあ凍耶は私達で攻めちゃおう、はぷっ」

「うふぉ」

沙耶香への愛撫に夢中になっていると美咲の唇の感触が下半身へ移動する。

「ん、ふぁむ、ちゅ、んふぅ、ほら、静音も」

「分かっていますわ、ん、ちゅ、れる、ちゅるるる」

「ん、ん、ちゅ、じゅぷ、ちゅっぷ、れる」

細い指先で睾丸を弄びながらペニスへの愛撫を繰り返す二人。

静音の舌先が亀頭を包み込み、美咲の舌が乳首や上半身を舐め回す。

腫れ上がった肉棒を癒すかのごとく愛おしそうな顔で口淫愛撫を繰り返した二人の表情は自らも癒されているように蕩けていた。

「んちゅ、ちゅぷ、れる、ん、ふぁ、ん、お兄ちゃん、乳首立ってきたよ」

沙耶香は俺に愛撫されつつも指と舌による愛撫を忘れない。

俺の乳首をコリコリとイジり性感を高める。

「う、ぅく、も、もうイキそうだ」

「いいれすわ、射精してくださいましっ、ん、お兄様の精液、ください」

「凍耶、凍耶ぁ、ん、じゅぷ、ちゅ、れる、いいよ、イッて」

びゅるるる、ぶりゅぅう、ビュクク
高まった射精感を解き放つ。

それと同時に沙耶香のキスによる抱擁が強まり俺は全身を包み込まれる。

美咲も静音も、同じように俺への抱擁を強める。

「はぁ、はぁ、スゴイ量ですわお兄様」

吐き出された精液を飲み干した静音は満足そうに微笑みながら立ち上がる。

「じゃあまずは沙耶香さんからどうぞですわ」

「うん、じゃあお兄ちゃん、沙耶香のおま◯こで癒してあげるからね」

寝転がった俺にまたがって騎乗位の格好でゆっくりと膣内へペニスを収めていく。

「ふぁあ、お兄ちゃんのいつもより大きくなってるっ」

沙耶香が飲み込んだペニスはいつも以上に肥大化しビクビクと脈打っている。

「ほら、舌出して凍耶。ん、はっ……！　ちゅ、んくっ、ん、ちゅ、れる、ぁ、んん、ちゅ……ほら、おっぱい触って」

沙耶香がペニスを飲み込み腰を使い始めると同時に静音と美咲が上半身を晒して手を導いた。

「美咲」

「凍耶、ぁん、ン、いいよ、もっと強く」

「お兄様、わたくしのも、どうぞ触って掴んでくださいまし」

「んぁ、お兄ちゃん、お姉ちゃんのおっぱい掴んだらまた大きくなったよ」

沙耶香の言うとおり美咲と静音のおっぱいを掴み、こねると同時にキスをする。

すると沙耶香の膣肉に包み込まれている肉棒がギチギチと膨らみを強くして大きくなる。

肉壁の抱擁をキツくした沙耶香の腰使いが徐々に激しくなっていく。

ビクビクと痙攣しながらお腹についた手で支えた身体を倒してキスをする。

「ん、ふぁ、んちゅ、お兄ちゃん、大好きだよ」

「凍耶、感じて。沙耶香ちゃんの感覚、私達にも伝わってくる」

「ぁあ、お兄様の感覚がわたくし達にも共有されてます」

スピリットリンクで繋がった俺達の快感は全員に共有される。

普段は感じすぎてしまうためほんのり感じる程度に抑えているが今日はそのリミッターを外しているらしい。

アイシスの計らいだろう。彼女達の思いを汲んで心と快感を完全リンクしているようだ。

「ぁあ、あああ、お兄ちゃん、気持ち良いッ、気持ちイイのぉ」

「うう、沙耶香、ぁああ」

「ぁあ、沙耶香ちゃんの中が感じてるの分かるよ、凍耶のおち○ちんの感触が伝わってくるみたい」

モジモジと股を擦ってすり寄ってくる美咲と静音も徐々に快感が強くなっているようだ。

俺は二人の下半身に手を伸ばし、すっかり濡れきったおま○こをいじり回す。

「んはぁあ、お兄様ぁ♡　指、気持ちイイですわっ、おち○ちんの感触が一緒になって、ぁあ、ああ」

「凍耶、ぁあ、ん、ぁあ、これ、変な感じ、入ってないのに、入ってるみたい、その上から指の感触が、ぁあ、ああ」

「んああ、お兄ちゃん、おちん○ん奥に届いてるッ、また大きくなってぇ、ぁあ、ふあああ」

絶頂寸前の三つのオ○ンコが同時に収縮を始め指とペニスを締め付けてくる。

「沙耶香、イクよ」

「きてぇえ、お兄ちゃんの精液いっぱい注いで、ぁ、あぁぁ、私もイクぅう」

限界を迎えた高揚感がペニスから噴出する白濁が沙耶香を満たしていく。

「はぁ、ん、今度は、美咲、お姉ちゃんだよ」

恍惚の表情をしたままの沙耶香はゆっくりとペニスを引き抜いていく。

「次は私ね。ほら、きて凍耶」

足を開いた美咲は蠱惑的な、しかし優しげに微笑んで誘惑してくる。

「美咲……」

「凍耶、私ね、あなたと家族になれることが凄く嬉しいの。プロポーズを受けたときに嬉し過ぎて言えなかったこと、今言うね。私はあなたの奥さんになれて、凄く嬉しい。凍耶、前世の分もいっぱい幸せになろうね」

「ああ。美咲、大好きだ」

「大好き、凍耶、ぁあ、んぁあ、そこ、良ぃ」

キスをしながら美咲の中に埋め込んでいく。

「先輩、お手伝いしますわ」

「私も、お兄ちゃんを一緒に気持ちよくしよう」

「ぁあ、らめぇ、乳首吸ったら、ぁああ、あん♡　んぁあ♡」

静音と沙耶香の二人で美咲の乳房を吸い始める。

膣内がきゅっと引き締まりペニスをハグする。

「ぁあ、あぁああ、凍耶ぁ、私、ぁあ、んふあぁ、熱い、凍耶のおち○ちん、熱くなってるよぉ」

ズシズシと中を突きまくるたびに美咲の肉壁が収縮する。

「ふぁあ、沙耶香ちゃん、静音、乳首らめぇ、イッちゃう、もうイッちゃうよぉお」

「美咲ッ、俺もイキそうだ」

「凍耶、抱きしめてッ、ギュッてして、皆一緒に、私達ごと抱きしめてぇ」

美咲の懇願に応えて左右で愛撫する沙耶香と静音をまるごとハグする。

「ぁあ、凍耶、好き、大好きッぃい、凍耶あぁ、あああ」

「美咲、ぐっ、イクぞっ」

「ふぁああああああ♡」

「美咲お姉ちゃん、凄く幸せな顔してる」

「先輩、可愛いですわ。私も疼いてしまいます」

「静音、次はお前の番だよ」

「はい、お兄様、静音もご奉仕いたしますわ」

イキ果てた美咲を横たえて俺もベッドへ横になる。

静音はバックで犯されるのと同じくらい騎乗位で奉仕するのが好きだ。

「その前に静音、ありがとな」

「お兄様？」

「今回のこと、お前が言い出してくれたんだろ？」

「お兄様のためを思えば当然ですわ」

「それでも、ありがとう。お前がいてくれて本当に良かったよ」

思えば、この世界にやってきて美咲と二人で支え合って旅をしてきた彼女はずっと歯を食いしばって俺への思いを募らせてきたんだ。

「お兄様、ぁあ、あああああ、そんないきなりッ、ぁあああ、ぁああああああ」

引き締まった肉壁のハグは喜びを表現するようにリズミカルに収縮を繰り返した。

愛しさが募りつい強く突き上げてしまう。

しかしさすがは静音というべきか。

いきなり突き上げられて悲鳴に近い喘ぎを上げながらもその顔は歓喜と恍惚に満ちている。

「静音は安定してるわね。んぃ、この子の快感が伝わって、ぁあ、くるけど、スゴイ感じ方してぁあああん」

「静音ちゃんは、あぁあ、あは、ん、お兄ちゃん見てるだけでイッちゃえるから、ぁ、ああん」

静音の感じている快感が伝わる二人はイッたばかりの身体が激しく反応して俺の左右で悶え始める。

「ぁん、お兄様、静音が、寂しい思いはぁ、もうさせませんから。わたくし達全員で、ひぅ♡　お兄様の人生に潤いを与え続けていきますっ」

騎乗位で淫らなダンスを踊り、膣内を引き締めながらも俺の心を癒そうと慈しみの言葉をかけてくれる。

彼女はただ淫らなだけではない。

心の底から俺に惚れてくれて、どんなことでもしてくれる。

どんな淫らな格好もすることを厭わない彼女の奉仕精神はどこまでも高まっていき留まることを知らない。

「ぁああ、ああんあ、お兄様ァお兄様ぁあ」

「ぁあ、ああん、お兄ちゃん、これ、強くしすぎぃ」

「静音ぁああん、いつもこんなの身に受けて、ひくぅん、らめ、強すぎて、ぁあ、感じすぎちゃう♡」

感覚を共有した静音の快感が二人にもダイレクトに伝わって悶えている。

確かに静音にはかなり激しいセックスをすることが多いから、優しいのが好きな二人は刺激が強いかもしれない。

沙耶香だってMッ気は強めだがそれでもラブラブのほうが好きだしね。

真性のドMである静音への刺激はこの二人には強すぎるかもしれない。

「ふぁあ、あ、なんか、快感が」

「柔らかくて温かくなって、ぅ、くぅふ、あ、これ、良い、ちょうど良い」

するとその時、二人の喘ぎ声が柔らかく優しいものへと変化する。

俺はスピリットリンクの強さを調整していないのでこれができるのはもう一人しかいない。

(ありがとな、アイシス)

――『お役に立てて何よりです』

「ぁあ、ああ、お兄様、お兄様ぁ♡　もう、イキそうですわぁ、もっと、ご奉仕したいのにぃ」

「いいよ、何度でもしよう。お前の奉仕に俺は夢中なんだからな」

「ぁあ、お兄様、大好きですっ、わたくしも、あなたと家族になれるのが、こんなに嬉しいなんてぇ、ぁあ、
ああ、お兄様、愛しておりますぅ」

「お兄ちゃん、私もイキそうだよぉ、温かい家族になろうね、私、いっぱい赤ちゃん産むからッ」

「凍耶、私も、凍耶との子供、ぁ、作って、大切に育てたいッ」

「お兄様、わたくしの愛、受け取ってくださいまし。静音の全てはお兄様のものですわぁ、あぁあ、世界で一番の幸せな家庭を、作ってぇ、ぁあ、んぁ、お兄様を世界一幸せに、っぁあああ、イク、イクゥウウ」

沙耶香も美咲も静音も、それぞれの思いを乗せた愛の言葉を紡いでいく。

俺はその心地よい言葉に至福を感じながら静音の中に子種を流し込んだ。

「「「ふぁああああ♡」」」

子宮を叩く精液の衝撃が三人を同時に絶頂へと引き上げる。

愛し方はそれぞれ違う。

だけど俺を幸せにしたい。

みんな一緒に幸せになりたいという点において俺達は想いを一つにしている。

スピリットリンクから伝わる心地よい一体感を味わいながら、俺達は互いの大切さを味わいながら夜を過ごしていった。

◆第176話　その男、最低につき…

ブラジャー偽物騒動も一段落し、佐渡島商会は元の安定を取り戻していた。

偽物を作っていた工房で保護された子供達は静音の預かりとなり、準奴隷として工房の従業員として働きつつ、職人としての腕を磨いているという。

思った通り彼女達は有望な才能を有しており、それほど時間がかからず本格的な職人に育つだろうと静音も太鼓判を押していた。

さすがにミシンなどの機械類が置いてある区画にはまだ入れられないが、メイド服やブラジャーなどに手作業の装飾を施す役割を見習いとして着手しているという話だ。

さて、今日は佐渡島商会のもう一つの目玉商品『マナポーション』について話そうと思う。

以前静音が提案したマナポーションの販売は国が買い上げてくれるということで安定した収入になっている。

魔力を回復させることで戦闘時における大きなアドバンテージを確保することが可能となるマナポーションはこれまで非常に高コストな制作費がかかり、国が管理していた。

それを佐渡島家が、というか、俺が作ることができるようになったことでそれらのコストを全面カットすることができる。

ちなみに俺が作るマナポーションとは普通の飲料水に魔力をぶち込むだけ、という非常にシンプル且つ、低コスト、というか、ほぼ無から有を作り出すに等しいまさしく反則行為だった。

これを行うことで国家事業の一端を担う大もうけができるということだ。

しかもこちらの制作コストはゼロ。かかるのは容器代くらいだ。

更にこれも先日紹介した魔力パイプによって瓶に入った水に魔力を注ぐことが他人にもできるようになったのでうちのメイド達がやってくれている。

水は魔法で生成できるし、マナポーションはそれに魔力を入れるだけ。

それを国が買い上げてくれるのだから儲からない訳がない。

正に打ち出の小槌だ。

なんかこれを語っていると俺が金の亡者みたいだが、儲けた金の半分くらいは戦争で疲弊したドラムルー含め周辺の小国家復興支援に寄付している。

それと先日も話した孤児院の設立。

静音曰く、それでもまだ余るという話なので、残りは佐渡島家の領地で運営されている様々な商売の従業員に支払われる給料やらボーナスの支給に充てたり、領地の発展に必要な資金にすることになった。

俺自身の財産は殆ど増えていない。

別に女王に恩を売りたいとか、恵まれない人達を救いたいとかの殊勝な心がけがあるわけではなく、単に使い道がないだけだ。

孤児院だって将来的に佐渡島公国の労働力になってもらうという打算もあるしな。

俺自身ははっきり言って最低限確保できれば個人的な財産ってほぼ必要無いのだ。

何故なら俺が必要とするありとあらゆるものはうちのメイド達が用意してくれる。

俺自身が何か動かなくても口に出す前に察したマリアやソニエルあたりが誰かを動かして用意してしまうからだ。

しかもそれらは本当に的確で俺の心の中を読んでいるのではないかと疑いたくなるレベルの正確さだ。

いくらスピリットリンクで気持ちが繋がっているとはいってもここまで来ると、もはや狂気すら感じる。

マリアを例にとってみよう。

例えば俺が、『今日は魚が食べたいな』と口に出さずに心の中で考えたとしよう。

すると即座にマリアに稲妻のエフェクト的な何かが走り、部下のメイドに命令して市場に魚を仕入れに行くのだ。

時にはアリシアの転移魔法を駆使して海沿いの町に出向いて滅多に手に入らない高級魚を買ってきたりする。

あるいはマリア本人が海の魔物を仕留めて食材にしたりするのだ。

そして夕食の食卓にはマリアが腕によりをかけて作った魚料理の数々が並ぶ。

しかも恐ろしいことに、俺が丁度食べたい量が非常に的確に用意されている。

そこには一切の無駄がない。食材が余って腐らせたりすることが無いように丁度の量が用意されている。

俺の胃袋の気分すらも予知して量を計算してしまうのだ。これを恐ろしいと言わずしてなんというか。

マリアはニュータ○プなのかもしれない。

まあ、ありがたいことだし、マリアの料理はそれこそ叫びたくなるほど美味いので文句はないのだがな。

例えば静音。

俺の性癖を完璧に理解している静音はどうやったら俺は性的な興奮を覚えるのか、的確に刺激してくるのだ。

俺だって男だ。性癖の一つや二つや三つや四つや五つや六つくらいはある。

毎夜煽情的な美少女達が俺の夜の相手をしてくれる。

その夜の集団運動会で披露する様々なテクニックの数々を週に何度も勉強会を開くことで向上させている。

どうやらドラムルーの色街で働いている超高級娼婦を性の技を伝授する講師として招き、己の技を磨く努力をしているらしい。

一度屋敷に出入りしている講師の娼婦と話をしたことがあるのだが、一晩で金貨数十枚は必要とする超高級娼館で間違い無くナンバーワンを張れる逸材ばかりで恐ろしくなると言っていた。

吸収スピードが並の人間のそれではないらしい。

そういえば、俺はこの異世界に来てからそういうところへは行ったことがないな。

行く必要がないともいえる。というか行くと間違いなくバレる。

俺が領地の村や町に出向いて領民で働いている女の子と話をするだけでも匂いでバレる。

しかも相手の容姿や年齢まで分かってしまうから恐ろしい。

いや、ほら、だってさ。

うちの嫁達って愛奴隷を増やすことには寛容だし、むしろ静音とかマリアは積極的に増やそうとしてくれる。

だが、娼館で一晩の営み。これはアウトなのだ。

恐らくだが、この辺の境界は『スピリットリンクで繋がっているかどうか』が分かれ目となっている。

とはいえ、俺自身生前を含めてそういうお店は一度しか行ったことがない。

愛のないセックスってなんか燃えないのだ。

粘膜を擦るだけなら右手で十分だろう。なお、性癖は別である。

それでだ。

静音が打ち出す俺を興奮させる努力はそれだけではない。

知っての通り服飾の制作において天才的な才能を有する静音監修の元、様々な『衣装』が用意されている。

中には現代日本でしか見られない服なども用意されており、異世界の美少女が日本の制服を着ていたりする様は不思議でもあり異様に興奮を覚えるものであった。

ヤバかったぞ。

狼女子高生のルーシアとか、女教師のソニエルとか、白衣の天使（ナース服）のリルルとか。

あと、革張りの赤い鞄を背負ったティナが黄色い帽子をかぶって来た時があった気がするのだが、『クロスアウッ!!（脱衣ッ!!）』と叫んだ後のことを覚えていない。

それから若妻裸エプロンで静音、アリシア、マリア、シャルナ、シラユリ、ティファの爆乳組で攻められた時は本気で枯れるかと思ったくらいだ。

俺の趣味はおいておこう。

次はソニエルだ。

静音の話の続きになるが、サキュバスである彼女は俺の性の匂いに非常に敏感だ。

俺がその日どんな気分でエッチしたいのか完全に理解している。

嫁達の夜伽は当番制でありローテーションが組まれているが、その順番を決めているのがソニエルらしい。

だが、俺の気分に実にピッタリの女性が部屋にやってくる。

それらが外れたことは今までほとんど無い。

俺の今の生活を一言で表現するとしたならば、『究極のヒモ』とでもいおうか。

生活のあらゆるものは用意され、金は愛奴隷達が勝手に財産を増やしていく。

そして夜のベッドの上では毎晩誰もがうらやむ絶世の美少女達がよりどりみどりに尻を並べ俺は種馬のように腰を振る毎日だ。

その気になれば俺は指一本動かすこと無く全ての欲望を享受できる環境にある。

なんというクズ野郎だ……最低だな。まったくけしからん。

話が逸れまくったが、マナポーションの続きだったな。

実は俺が作れるマナポーションにはまだ上がある。

前置きが非常に長くなったが今日はそれを開発した時のことを話そうか。

◆第177話　ポーション実験

Xランクの冒険者に昇格し、依頼される内容も高度なものばかりになったある日、俺はいつものように愛奴隷達とパーティを組んでドラグル山脈からやってくるドラゴンの集団を討伐する依頼をこなしていた。

因みに俺には『龍族支配』や『龍族眷属化』のスキルがあるが、常に有効化していると行く先で龍族がひれ伏してしまい討伐どころではなくなってしまうので普段はオフにしてある。

「うにゃぁあぁあああ」

「えいやぁあああ」

前衛のミシャやアリエルが攻撃をしかけ、俺が中衛でサポートする。

「まどーりき！　フレイムスマッシュ!!」

アリエルは俺が某魔導キングの話をしたらすっかり気に入ったらしく、それ以来ずっとあんな感じだ。

なんだかんだ子供らしいことをさせてもらえなかった反動で実際の年齢よりも幼くなっている節があるなアリエルは。

俺は下位の魔法でドラゴンの気を引きつつ、回り込んで剣で攻撃を加え動きを止めた。

「今だ！　止め！」

俺の号令で後衛の魔法組であるジュリとパチュが得意の攻撃魔法でとどめを刺した。

「終わり～」

「わり～」

「終わったのです」

「みんなのしょ～り！」

元気があっていいですね。

「皆お疲れ様。ほれ、回復だ。ポーションを使え」

「主様、ポーションって便利だけど味がマズくて飲みにくい～」

「ああ、確かにあまり美味しいものではないな」

「御館様～、ポーションってオレン味とかベリー味にできないの？」

夜営の準備に取りかかりテントを設置していると子供達がそんなことを尋ねてくる。

「言われてみれば味に関しては着手してなかったな。よし、じゃあ今夜実験してみよう。アイシス、悪いんだが今夜は結界を張っててくれないか」

――『了解いたしました』

俺達は夜営の準備を整えてテントを張りその中で実験することにした。

転移魔法で戻ってもいいのだが、まあ良いだろう。

外で行うことで新鮮な発想が出てくるかもしれないしな。

ここで俺が作れるポーションの種類について話しておこう。

実はマナポーション制作以降、実験の結果、スキルパワーを込めるとスキルポーションが、生命数値を込めると体力を回復したり傷を癒すライフポーションが作製できることが分かっている。

それから込める数値を調整することで回復量のコントロールもできるようになった。

分かりやすくいうと、ポーション、ハ○ポーション、エ○スポーションくらいの分け方はできる。因みに規準は四番目の作品だ。

え？　世代が違うと分からない？

簡単にいうと小回復、中回復、大回復だと思えば良いさ。

まあ、実際の名前も二〇％程度回復する『ライフポーション』。

五〇％程度の『ハイネスライフポーション』。

七〇％程度の『エクストラライフポーション』といった具合に、上中下で同じような名前構成になってはいるから似たようなもんだがな。

マナポーションやスキルポーションも同じ構成だ。

因みにその気になれば全回復するヴァージョンも作れるが、それは貴重な品であるから古代遺跡などで見つかる以外入手方法がなく、現在は開発方法が発見されていない。

だから王家とそれに連なる重鎮の家に献上する分と、王国軍の分以外は作らないでおいてくれと言われている。

勿論うちの嫁達の分はしこたま作ってあるがな。

「よし、じゃあ普通に果実水をマナポーションに変えてみようか」

「ジュリはオランの実の味がいいな」

「パチュも～」

「アリエルはパラインの実がいいのです」

「ミシャはパラインストベリー味」

「分かった分かった。まずはオラン味からな」

因みにさっきから言っている味の名前は果物だ。

察しはつくと思うが、それぞれオレンジ、ストロベリー、パインによく似た果実で、味もほぼ同じだ。

俺はまずジュリパチュのリクエストであるオラン味の果実水に魔力を込めてマナポーションを作製した。

「よし、完成だ。味見してみな」

「うん」

「わーい」

ジュリとパチュはポーションの瓶を持って飲み始める。

しかし、一口飲んだところで瓶を離してベロを出した。

「うえ～、甘いのすっぱいのと苦いのが混じって変な味～」

「まじゅい……」

「どれ」

俺はジュリの飲みかけの瓶を取って口に含んでみた。

なるほど。

酸味も甘みも効いているが、苦みが強くてその良さを打ち消してしまっているな。

確かにあまり好んで飲む味ではない。これなら苦みだけの普通のやつの方がまだマシといえる。

「ふーむ。果実水そのままだとポーションの苦みが混ざって変な味になるみたいだな。この分だとストベリーとパラインも同じ感じになりそうだ」

「主様無理なの？」

「なに。まだ実験は始まったばかりだ。色々試してみればいいさ」

俺は魔力の質を変えたり、果実水に甘味を足してみたりと色々試してみた。

どうやら原因は魔力そのものにあるらしく、魔力を水に込めるとどうしても苦みが発生してしまうのだ。

飲みにくさの一番の原因は苦みであるから、こいつをなんとかしないと問題は解決しそうにないな。

「ふわぁ～」

「眠い…」

子供は寝る時間か。

アリエルはまだ平気そうだが、ミシャは既に夢の中だ。

「やっぱり苦いのなれるしかないのかな」

「そうだな。いや、最後の手段が残っている。もうこれしかないな」

俺は完成したばかりのマナポーションに『理想を現実に《インリアリティ・ジ・アイデアル》』の魔力付与をかけてみた。

すると薄いライトグリーンだったマナポーションの色がオラン味の果実水特有の橙色に変化した。

「お？　これならどうだ？」

「飲む～」

アリエルは完成したマナポーションをコクコクと喉を鳴らして飲み出すと、今度は全部飲みきってしまった。

「どうだ？」

「美味しい。ちゃんとオラン味になってる」

どうやら成功したみたいだな。魔力もしっかり回復している。

とはいえ、やはりチートに頼らないと味一つ変えることはできないみたいだな。

「そういえば主様」

「ん、どうしたんだ？」

「ポーションってスキルパワーと魔力と体力に分かれてるけど、同時に回復するのは作れないの？　いちいち分けないといけないのは面倒だよ」

「ああ、確かにな。言われてみれば同時に込めるのはやってなかったな。よし、明日家に帰ったら試してみるとするか。今夜は遅いからもう寝よう」

「は〜い、お休みなさい」

◆第178話　バイタルポーション

俺は屋敷に戻った後、アリエルの一言をヒントに新たな実験を始めることにした。

今まで魔力とスキルパワーを同時に込めるってやってこなかったな。

なんでこんな簡単なことに気が付かなかったのか。

「魔力とスキルを両方回復するポーションって存在するのか？」

「はい。バイポーションという種類がありますが、調合が難しい上に回復量が微々たるものなのであまり実用的ではありませんわ」

「そうか。そんじゃとりあえず魔力とスキルパワーを目一杯入れてみるか」

俺は水の入った小瓶に魔力とスキルパワーを同時に込めてみた。

まずは手加減なしのフルパワーだ。

力いっぱい込めた両方のパワーが発光しポーションに変わる。

「どうだ？」

「さすがですわ。ちゃんとバイポーションの色になっています。いえ、これは色がもっと濃いですわね。普通のバイポーションは淡い紫ですが」

「鑑定してみるか」

俺はできたばかりのポーションに鑑定をかけてみた。

――『バイタルポーション』

「んん？　なんか名前が違うな。なんだろう、バイタルポーション？」

「バイタル……バイタリティーのことでしょうか」

バイタリティーって、要するに、精力剤…？

「ちょっと飲んでみるか」

「あ、お兄様」

俺はできたばかりのバイタルポーションを一気に飲み干した。

普通のポーションより若干苦みがキツい。

味もなんだかマムシ的なドリンクのあれに似ている気がする。

「どうですか、お兄様」

「……」

「……？　……お兄様？」

なんだか身体が熱いな。

なんというか、こう……尾てい骨の奥の方からせり上がる何かがあるかのような。

股間が痛い……。

俺は徐々に息が荒くなっていき、ズキリと痛む下半身に目を向ける。

すると俺のズボンをパンパンに押し上げているご子息がいつもより余計に盛っておりましたとさ。まる。

「お、お兄様、そ、それは」

「しゃぶってくれ」

「はい♡」

静音は疑問よりも先に俺の命令に従った。こういう所は適応が誰よりも早いのが静音の凄い所だな。

「ぺちゃ……ん、れる。ちゅるる、ちゅぷ」

口から突き出した舌先を尖らせて竿の根元を丁寧になめ始める静音。

心なしか表情がいつもよりうっとりしている気がする。

「うふふ、お兄様のおち○ぽ、いつもよりバキバキのギチギチですわ。苦しそうでお可哀想。静音のお口で慰めて差し上げますわ……ん、んちゅる」

竿の全体をキスしながら徐々に上へと登って行く。

やがてカリ首の敏感な所へさしかかると、静音はあえてそこを避けて再び下方へ下がっていく。

俺は焦らされて感じるもどかしさにある種の快感を感じるが、いつもより充填された血液が多くて張り詰めており段々と痛みすら感じるようになった。

「静音、く、苦しい。今にもはち切れそうだ。頼む、もっと強く」

「ふぁい、分かりましたわ…あむっ…じゅるるるる、グポッ……ずぞぞぞぞぞ」

おおおおう、静音の口内がみっちりと吸い付いて身体の中身ごと持って行かれそうな快感が……。

静音は口の形をすぼめてひょっとこのように伸ばす。

ち○こを掃除機で吸い上げられているような（やったことないけど）強烈な吸い付きがヌラヌラの唾液で絡みつき肉棒を刺激する。

金玉の中身がまるごと吸い上げられている感覚を覚えいつもより快感が強烈だ。

「ぐぅううう、で、出る」

「んぐぅ、ん、ずる、ずぞぞぞぞ、じゅるるるるるぐぶっ、じゅるるるるうるるるるるるる」

とどめとばかりバキュームフェラで吸い上げられて限界を迎えた我慢の末、静音の口の中へ解き放つ。

「くぁあああ、もうダメだ」

どびゅ、ビュクビュルルル、ビュバッビュク、ビュルルルル、ビュビュ
「んぐぅ、ん……こく……こく……こく」

静音は涙目になりながらも俺の腰に手を回して竿を喉奥へ押し込み、喉輪を蠢かせベロのざらざらした部分でカリ首の一番敏感な部分を擦り上げた。

「ぐう、ま、また出そうだ」

俺は追撃された刺激で尿道に残っていた精液を吐き出すと一瞬で性感が復活し再び静音の喉奥へ上ってきた射精感を我慢することなく解き放つ。

びゅばばば、びゅるびゅるるる、ビュククク
「ん、んんん、んぐっ」

静音はそれでも俺のチ○ポを離さずに銜え込み続けた。

決して離すまいと誓うかのように俺の腰の後ろに手を回し、更に奥へと自分の喉にペニスを押し込んだ。

肉棒全体が喉の粘膜に包まれてあり得ない快感が脳髄を駆け抜ける。

腰がガクガクと震えそれでも上がり続ける快感の渦に俺もとうとう理性の箍が外れた。

「静音、まだまだ物足りない。このまま『使う』ぞ」

「コクコク」

静音は喉にペニスを銜え込んだまま首を縦に振る。

俺は静音の頭をつかんでゆっくりと前後させる。

静音は嘔吐くことなく喉粘膜でペニスを包み込み、むしろ捻りを加えて擦り付けると共に玉に手を添え優しく揉み始める。

心地良い刺激だったがもどかしさを我慢できず、つかんだ頭を乱暴に動かしガシガシと喉の奥へとペニスを突き入れた。

「んぐぅ、ん、がぼ、ぐぼっ、が…んぐぅ」

苦しそうに呻く静音に気遣う余裕はなく、俺は獣欲の赴くままに銜え込んだ喉ま○こを犯しまくった。

だが苦しそうな声とは裏腹に、スピリットリンクで伝わる彼女の感情はもっと乱暴にしてほしいという思いがびんびん伝わってくる。

静音は乱暴に扱われた方が感じる方ではあるがここまでではなかったはず。

しかし今という時においてはありがたかった。女の子が嫌がることはできるだけしない主義だが今は余裕がない。

「んぶぅうう、んぶ」

激しい水音がじゅっぷじゅっぷと響く中、三度立ち上る射精感を我慢することなく吐露した。

俺の射精を感じ取った静音は腰に回した腕をギュッと引き締め更に喉の奥へと押し込んだ。

長い竿が静音の口内へ全て収まってしまい、俺はかつてない快感を味わいながら静音の胃へ直接精液を流し込む征服感を味わっていた。

◆　◆　◆

「はぁはぁ…お兄様、気持ち良かったですか？」

「ああ、すまなかったな。喉は痛くないか？　かなり乱暴にしてしまった」

「問題ありませんわ。わたくしも練習していた甲斐がありましたわ」

「練習？」

「いずれディープスロートに挑戦したくて、喉を鍛えておりました」

「静音ってやっぱり凄いな」

俺は静音を褒めながら髪を撫でてやる。するとうっとり顔で目を細める静音。

結局あの後、我慢が効かなくて静音をベッドに押し倒し二〇発ほど中出しをキメて、先ほどようやく落ち着いた所だった。

静音の秘部からはスキルですらも吸収仕切れなかった精液がゴポゴポと流れ出している。

息も絶え絶えになり今日の仕事は全部キャンセルにさせてしまった静音には申し訳無いことをしたが、とても嬉しそうな静音はそんなことは全く気にしていないようだった。

◆第179話　大変なものを作ってしまいました（汗）

「ふう……このバイタルポーションってやつは危険だな」

ポーションを新たに作る実験で、魔力とスキルパワーを同時に込めることで精力剤が出来上がり、それを飲んだ俺は静音相手に盛大に発情した。

いつも以上にハッスルしてしまった。

しかも勃起力が半端じゃなく上がるみたいだし、俺は精力無限のおかげですぐに回復したが、普通の人が使うと腰が砕けるかもしれん。

しかもこれ、獣欲も強くなって理性が効きにくくなる効果もあるらしい。

「あれ？」

「どうしましたお兄様？」

「なんだか身体の調子が前よりいいな」

創造神特性のこの肉体は基本的に疲労を次の日に残すことはない。

しかしその時その時はしっかりと疲労感を感じるのは確かで、自動回復スキルで回復した時より今は調子がいい気がする。

「アイシス、このバイタルポーションを詳しく解析できるか？」

――『既に解析済みです。こちらをどうぞ』

――『【バイタルポーション】　男性が飲むと精力が枯れていても一時的に全盛期の三倍になる。個人差あり。一晩で効果が切れるが服用後の副作用なし。女性が飲むと快感度合いが上がり、排卵をうながして妊娠しやすくなる。また、どちらも飲んだ後には新陳代謝が良くなり、肌年齢が若返り、老廃物を除去し、健康な身体になる。ただし、二四時間以内に一定量以上飲んでも重複効果はない』

「凄いなこれは」

「これは、売れますわ。貴族に取って子作りはなによりも重大な課題です。子供が作れなかった老貴族ならどれだけ金貨を積んでも欲しいはずですわ」

「なるほど。これはとんでもないものを作ってしまったかもしれんな」

「お兄様、早速実験を。今回はフルパワーで行いましたが、どのくらい込めれば同じものができるか試してみないと」

「そうだな。アイシス、どのくらいを込めれば最大効果のものが出来上がるか計算できる？」

――『可能です。こちらで出力を調整できますので凍耶様はその感覚を覚えてくだされば大丈夫です』

「さすが優秀ＡＩのアイシスさんだ。頼りになるな」

――『恐縮です』

「それではお兄様、今度は生命数値も加えてみましょう」

「ああ、そうか、三つ同時に込めるともっと凄そうなのができるかもな」

「ええ。とりあえず生命数値と魔力で試してみましょう」

「よし。ではいくぞ」

俺は生命数値と魔力を瓶の水に込めて放つ。今度は最初からアイシスに出力をコントロールしてもらっている。

「できた。なんだろう。黄金色になったな」

「これはもしや」

――『【霊薬エリクシールハイネス】体力全快、スキルパワー全快、魔力全快、怪我完治、一部欠損部位修復（全身の３０％まで）、一定時間自動回復効果付与、呪い以外の状態異常全完治、肉体年齢を5％回復』

「おいおい、これは」

「伝説の霊薬エリクシールですわ。しかも、通常のものより遙かに効果が高いみたいです」

「全部回復もヤバいけど、肉体年齢五％回復って凄くないか？」

「ええ。これは世界中が存在を追い求めていた歴史的発明ですわ」

「生命数値と魔力でこれならスキルパワーも加えるとなにができてしまうんだろうか？」

「世に出すかはともかくとして、探求はするべきですわね」

「よし、では始めるぞ」

俺はいよいよ最後の実験を開始する。

込められた力が小瓶の水を満たしていき、徐々に色が変わってくる。

そうだ、ついでに神力も入れたらどうなるだろう？

俺は込められた水に更に神力を加え同じ量へと調整する。

光り輝く黄金に変わったかと思えば、虹色の輝く綺麗な水へと変化した。
だが、俺はここでとんでもない音が脳内に響くのが聞こえてしまった。
――『創造神の悪戯発動』
「アイシス!!　ブロック！！！」
――『了解!!』
俺は強烈に嫌な予感がしてとっさに叫ぶ。
できるかどうかも分からないし、何が良くないのかも分からない。
しかし本能的に、本当に反射的に俺は叫んでいた。
――『霊薬エリクシールハイネスを超絶強化。ポーションの究極系を作り出します』
虹色に変わったポーションは今度はキラキラと煌めく透明色の水へと変化する。
まるでその水自体が光りを放っているかのように綺麗な透明をしたポーションが出来上がった。
――『ギリギリセーフでした。とんでもないものが出来上がる所でしたが、寸でのところでせき止めました』
「お兄様、これは」
「いや、ちょっと神力も込めてみたら、創造神の力が発動したんだけど、なんか音声違ったんだよね」
――『どうやら創造神様はいずれこの機会が巡ってくるのを見越して仕掛けをしていたようです。今回出来上がったポーションの究極系ですが、素晴らしい効果です。こちらをご覧ください』
――『【　　】回復薬の究極の姿。全てのステータス全快。死亡以外の全状態異常完治。欠損部位修復（50％)。一時的に肉体年齢を全盛期に回復。更にパラメータ10倍。寿命＋10％　飲む度に肉体年齢8％回復　男性精力15倍　女性妊娠率100％』
「これは、つまり飲み続けることで永遠の命を手に入れることができるってことか？」

――『残念ながら寿命のプラス効果は一定数飲むと効かなくなるようです。しかしながら、それを省いてもとてつもない効果です』
「確かに凄まじいですわ。それにしてもお兄様、一体どうしてあんなに慌てていたんですの？」
「それがな、いつもなら創造神の祝福発動って聞こえるはずの声が、悪戯って聞こえたんだ。それでものすっごくイヤな予感がしてな。とっさに叫んでいた」
――『凍耶様、この霊薬に名前をつけてください』
「確かに名前が空白になっているな。よし、『ヘブンズエリクシール』でどうだ」
――『命名受諾【ヘブンズエリクシール】を適応します。間一髪でしたね。とんでもない名前をつけられる所でした』
「悪戯ってのはふざけた名前でもつけるつもりだったんだな」
――『肯定します。末代までの恥になるとんでもなく下品な名前です』
「そこまで下劣なのかよ。逆に見てみたくなるな」
「一体なんと名付けられる予定だったのですかアイシス様？」
――『こちらが本来付けられるはずだった名前です』
アイシスが表示したその名前に俺と静音はポカーンと口を開けてしばらく放心していた。
「こ、これはさすがに恥ずかしすぎますわ」
「良かった！　ほんとに良かったよ!!　ありがとうアイシスゥ」
俺はその名前をその通り墓の下まで持っていくことを誓ったのだった。
【あの娘《こ》の子宮に直撃ＤＱＮ♡　絶対孕ませチ○ポーション☆】
ＤＱＮはテメェだクソ女神!!

◆第180話　女王へのプレゼント

【あの娘の子《こ》宮に直撃DQN♡　絶対孕ませチ○ポーション☆】

創造神の悪辣な悪戯によって途轍もなくエグい名前のポーションができてしまうところであったがすんでのところで防ぐことができた。

これは絶対に創造神の嫌がらせに違いないと思い、俺はこの事実を徹底的に隠蔽するようにアイシスに厳命した。

アイシスもあの少女神の悪辣さにうんざりしながら『遵守いたします』と誓ってくれた。

安ッいエロゲーみたいなタイトルだ。

わざわざ伏せ字を使っている辺りに奴の悪意を感じる。

まあ、これが数カ月前に起こった出来事だ。

あれからしばらくポーションの実験を続けた結果、様々な派生アイテムを作り出すことに成功し、現在佐渡島商会から更なるヒット商品を生み出すことに成功した。

これが貴族の隠居したお歴々。つまりご老人方に大変好評なのである。

隠居して悠々自適な生活を送っているのはいいが、いかんせん肉体は衰えている。

若かりし頃の隆盛を一晩だけでも取り戻したいと考えるだろう。

その通りバイタルポーションにはその願いを叶える力があるのだ。

それは肉体の、特に精力の部分だけを一時的に強化し、バリバリの絶倫に変えてしまうのだ。

隠居して、金が有り余っていて、且つ若かりし頃の精力を取り戻したご老体はどうするか？

それはそれは猛烈にハッスルされるのだ。

女王おつきの爺さんであるジークムンクなぞはそれで六人いる妻のうち三人を既に孕ませている。

しかも魔法で調べたところによると一人は待望の男児らしく、むせび泣いて喜ぶ爺さんが顔面放送事故状態でハグしてくるもんだからこっちが泣きたい気分だった。

嬉しそうだったから引き剥がす訳にもいかずしばしの地獄を味わった。

ちなみにこのバイタルポーションだが、アイテムエボリューションのスキルによって効果を変化させて単に肉体的にセックスだけができる身体を作るヴァージョンと、本当に生殖能力を超強化するヴァージョンに作り分けることができる。

つまり、敵対勢力の貴族達には前者のヴァージョンを売ることによって家の繁栄を防ぐことができてしまう。


しかして、老人達は再びセックスの快楽の誘惑もありこのバイタルポーションを求め続ける訳だ。

そして俺が作ることができる回復アイテムには、更に更に上がある。

ある意味で究極の秘薬と言っていいかもしれない。

それは霊薬『エリクシール』だ。

体力、魔力、スキルパワー、あらゆる状態異常や病を治癒すると言われる伝説のアイテム。

ドラムルーにおいては王家の秘宝とされ、代々大事に保管されてきた。

女王が若い頃のシャルナロッテに使ったのはそのうちの一本だったらしい。

そして、俺がそのエリクシールを更に発展させてしまったのが、【エリクシールハイネス】である。

普通のエリクシールよりも更に効果が高い。

そして極めつけ。【ヘブンズエリクシール】

アイテムエボリューションによって妊娠率一〇〇%を取り除いたヴァージョンも作り、通常の回復薬としても使用できるようにした。

今日はこれらのポーション類を持って、女王へ謁見しに行くつもりだ。

あいつへの更なるお土産を持ってな。

◆第181話　再び逢えた親友

俺は女王へお土産を持って一人で城へと赴くことにした。

アポイントメントは取っていないがあいつは俺がいつ会いに行っても文句は言わないし、いつでも来いと本人からも言われている。

アイシス、女王は今どうしてる？

――『今日の公務は全て終了した模様』

よし。時間も丁度いいし城へと赴くとしますか。

俺は飛行スキルで城の上空へと飛び、女王の私室がある城の塔へと向かった。

奴の私室は全部で三つほどあって、テラスが見える所と塔の上、そして謁見の間の裏側だ。

今日は塔の上にいるらしい。まだ日は高いから茶でも飲みながら話すとしよう。

「よう、邪魔するぞ」

「おうおう凍耶かぇ。婆の部屋に真っ昼間から夜這いとはとうとう爺さんに捧げた操を奪われてしまうのう」

「そのやりとり毎回やるのかよ。あと昼間なのに夜這いってどうよ？」

「いつも通りの冗談じゃや。それで今日はどうした？　本気で逢瀬に来たならいつでも脱いでやるぞえ？」

「気色悪いこと言うんじゃねぇよ。今日はあんたに土産を持ってきた」

「ほっ、土産か。御主が持ってきたならきっととんでもないものなんじゃろうな」

「まあ、見てくれ。これだ」

俺はエリクシールを一つ、ストレージから取り出して机の上に置いてみせた。

「これは、もしや？！」

「エリクシール」

「なんと！　これを一体どこで手に入れたんじゃ」

「作った」

「つ、作った？　霊薬エリクシールをか!?」

「ああ、マナポーションの要領で色々込めたらできた。王家の秘宝なんだろ？　やるよ。とりあえず一五〇本ほどあるから宝物庫にでもいれておけ」

「いやいやまてまて、いくらなんでも多過ぎじゃ。一本でも貴重なものを一五〇じゃと!?　一体どれだけ作ったというのだ」

「以前の魔王軍総攻撃みたいなことが今後起こった場合に備えてとりあえずうちの共有ストレージには一〇〇〇本ほど作り置きしてある」

「そ、そんなにあるのか。伝説の霊薬じゃぞ？」

「あんたのそんな顔見られるのは珍しいな。だがこんなので驚いていたら身が持たんぞ」

「なに？　まさか、まだ上があるのか？」

「ああ、これだ」

俺はエリクシールハイネスを取り出してコップに注いで見せた。

「な、なんじゃこれは」

「まあ飲んでみろ」

女王は黄金に輝くポーションを口に含み恐る恐る飲んでいく。

因みにだが、エリクシールシリーズは総じてすんげぇマズかったのでアイテムエボリューションでトロピカルジュース味に変えてある。

お子様ご老人でも安心して飲めるよ。

「ふむ、ウマイのう。これは一体…？」

「エリクシールハイネス。霊薬エリクシールの上位版だ」

「ゴホッ、な、なんじゃと、エリクシールハイネス？　エリクシールに上があると言うのか？」

「現存するかどうかは知らんが、なんかできたのは事実だな」

「まったく魔王を倒したことといい、御主は最初から規格外じゃがここまでとはおもわなんだわ。それで？まだあるんじゃろ？」

「くっくっく。いいね。珍しく狼狽するあんたを見られて楽しくなってきた」

「ほっほ。寿命が縮んで死んだら化けて出てやるわ」

「それ飲むと肉体年齢が五％回復するからまだまだ生きるんじゃないのか？」

「ほう？　そうかえ。ならがぶがぶ飲んでわしの全盛期の肉体見せてやろうかい」

「…」

「なんじゃ」

「いや、まあ肖像画で見たことあるからな。そうなったらおもしろそうだが、元があんただと分かっているだけに」

「へっへっへ。なんじゃわしの全盛期を見て欲情したか？　どうじゃ？　抱きたくなったかぇ？」

そう、俺は城の宝物庫に飾られている女王の若かりし頃の肖像画を見せてもらった。

気高く、意思が強く、そしてなにより途轍もなく美しかった。

同世代に出会っていたら間違い無く惚れていただろうな。以前から思っていたがこいつの目はとてもキラキラ輝いていて昔は美人であったろうことがありありと分かる。

それがある故に今のこいつとのギャップが凄すぎて困惑するのだ。

まあ昔からお転婆だったらしいから、ジークムンクの爺さんの苦労が分かるってもんだ。

たとえて言うならドー○一家のばあさんみたいな……分かるかな？

余談だが、ジークムンクの爺さんの肖像画も見せてもらったのだが、めっちゃ美形だった。

若い頃はめちゃくちゃモテたという。しかし女王のおつきだった故に結婚が遅くなり妻との間に男の子が生まれなかったのが悩みの種だったそうだ。

ついでに言うと、俺が更新するまでジークの爺さんがこの国で最も早くオメガ貴族に昇進した、言わばギネスの持ち主だったそうだ。

有能なんだな。

なんであんな美形が筋肉ゴリラの爺になってしまうのかねぇ。

「ああ、ぶっちゃけて言うと嫁に欲しいくらいだ」

俺が真剣な顔でそう宣言すると、ばあさんはいつもの妖怪ババアから女王の顔になった。

「そうね。本当に若返ることができるなら、この国ごとあなたに渡してしまいたいくらいよ」

「国なんていらねぇよ。俺は嫁達と平和に暮らせる場所が欲しかっただけだからな。領地だってそのための土壌だ」

「そう。それで？　話は以上かしら？」

女王は何故か少し残念そうにため息をつきながらそう言った。

「いや、まだあるよ。これだ」

俺は最後のエリクシール。ヘブンズエリクシールを出してみせた。

「察するに、さっきのハイネスの、更に上って所かしらね」

「その通りだ。一時的にだが全盛期の肉体に若返ることができる。その上寿命が一〇%加算される。無限ではないがな」

「はぁ、本当にあなたは規格外ね。いえ、もしかしたら、神の御使いなのかしら」

御使いどころか破壊神なんだけどね。

「飲んでみるか？」

「やめておくわ。今若返ったら、あなたをベッドに押し倒してしまいそうよ」

「それは困るな。嫁達に怒られてしまう。そういえば、あんた後釜はどうするんだ？　跡継ぎはいるのか？」

「ええ、夫との間に子供は生まれなかったから養子だけど三人ね。三人とも良い子だし、この国を任せられるほど優秀なんだけど、敵対する貴族に取り込まれてしまって困っているの」

「それって、アトマイヤ家のことか？」

「え？　ええ、そうよ」

「そいつならもう潰してきたぞ」

「な、なんですって!?」

「兵士集めてクーデター起こそうとしてたみたいでな。うちの諜報部隊が報告を上げてきたらさっき潰してきた。どうやらその息子の娘を人質に取って無理矢理に神輿に担ぎ上げて王座をかすめ取ろうとしたらしい。あ、でも殺してないよ。ちゃんととっ捕まえてジークの爺さんに引き渡してきた」

「あ、あはははは、もう、あなたは本当に、もう…」

女王は頭を抱えて笑い出した。

話が急展開でついていけない人もいるだろうから、一応説明しておこうか。

俺は女王へのプレゼントはなにが良いかと考えた。

ただ渡すだけじゃもったいない。最高のシチュエーションを用意してやりたかったのだ。

なんだかんだこいつには恩が沢山ある。それを返すためになにが最適かを考えた。

「あなたは私になにをさせたいのかしら？」

「そろそろ引退してもいいんじゃないのか？　もういい年だろ？　隠居生活で茶飲み友達と毎日語り合う余生を過ごせば良いじゃないか」

そう、もうそろそろ引退しても良い頃なのだ。既に国のトップは後進に譲って良い年齢はとっくに過ぎている。

敵対貴族に自分の後釜の子供達を実質人質に取られているためにしたくてもできなかっただけなのだ。

「そうね。そうしたい所よ。でも、私にもう友と呼べる人はあなたとマリアしかいないわ。こんな偏屈老人と毎日しゃべっていたら疲れてしまうでしょう？」

女王は椅子へうなだれるように座り込んだ。

色々と悩みが多そうだとは思っていたが、気苦労の絶えない立場なのだろうな。

だからだ。

俺は女王には引退してもらうことに決めた。

そして、残る余生を面白おかしく生きてもらうために、最高のプレゼントを用意した。

さて、そろそろ良いだろう。

「いや、もう一人いるだろ」

「え？」

女王が不思議そうな顔で俺を見つめる。

俺の表情を見てなにを言いたいのか分からないといった様子だった。

だがその時である。

『ウォオオオオオオオオオオオオオン』

突如部屋に響く遠吠えに部屋全体が揺れ動く。

ビリビリと家具が音を立て、調度品の入った棚がカタリと揺れる。

女王は目を見開いた。俺の不敵に見えるだろう笑い顔を見て窓の外へと足を向ける。

『ウォオオオオオオオオオオン』

はるか遠く、俺の屋敷がある方向から見える山のように大きな狼。

その巨体は城からそれなりに離れた距離にもはっきりと肉眼で確認することができた。

「あ、ああ。そんな、まさか」

俺は女王へ手を差し出して足下に跪く。

「女王陛下、お手を」

「…………ええ、お願いするわ」

俺は女王の手を取って引き寄せ、お姫様抱っこで抱えて屋敷に向かって飛び上がる。

そして高速で飛行し徐々にその姿がはっきりと肉眼に捉えると、女王の瞳から大粒の涙がボロボロとこぼれ落ちた。

「ああ、本当に、本当にあなたなのね……」

やがて女王を視界に捉えた巨大な狼は姿を光りに包み込んで徐々に小さくなっていく。

「あれは?」

「行けば分かるさ」

俺は小さくなったフェンリルの元へと降りていく。

しかし、その姿を視界に収めた女王が突然かぶりを振った。

「だめ、やっぱりダメよ」

「どうしたんだ？」

「だって、こんなしわくちゃのおばあちゃんになってしまった私と彼女じゃ、釣り合いなんて取れないわ。余計惨めになるだけじゃない」

「へんなこと気にするんだな」

「だって、んん!?」

俺はそれでも何か言おうとする老婆に対してその皺のよった唇に自らの唇を押しつけた。

驚いた老婆だが、俺ががっちりと抱き締めているので抵抗することができない。

そして口の中へ液体を流し込まれた彼女の喉が鳴り、その姿が徐々に変化して行く。

やがて光りに包まれた女王の姿は、若く、凜々しく、そして宝石のように輝いた瞳を持った、美しい女へと変貌していった。

「これって」

「ヘブンズエリクシール。一時的に全盛期の肉体年齢に若返る秘薬中の秘薬だ。これで対等。文句はないだろ？」

俺は予め口に含んでおいたヘブンズエリクシールを彼女の口へ流し込んだのだ。

転移魔法の応用で唇を入り口にして流し込んだのだ。

まあ、瓶を直接口に突っ込んでもよかったのだが、演出だな。

「あなたは、本当に、もう」

見た目一六歳くらいの女王ヒルダガルデは色艶を取り戻した桃色の髪を俺の胸に擦りつけながら顔を隠してしまった。

◆◆◆

屋敷の中庭へと降り立つとそこには薄紫のロングヘアをたなびかせたドレスの美女が立っていた。

俺はヒルダガルデを下ろし、にっこりと笑うシャルナロッテに向かって歩き出す。

「紹介しよう。俺の嫁。シャルナロッテのシャルナだ」

「お久しぶりですねヒルダガルデ。懐かしい姿ですね。あの頃のままだわ」

「しゃ、シャルナ、本当にシャルナロッテなの？」

「ええ。凍耶殿の元へ馳せ参じるために、黄泉路から戻って参りました。今は凍耶殿の妻として、そして、あなたと再び友人になるために、ここにいます」

ヒルダガルデの涙腺は決壊した。

大声を上げてシャルナに飛びつくヒルダガルデを彼女は優しく受け止める。

「あらあら、しばらく見ない間に随分泣き虫になってしまったのね」

「だって、だってぇ、シャルナぁ」

「うふふ」

まるで二人は姉妹のように抱き合って、涙を流すヒルダガルデを優しく髪を撫でながら微笑むシャルナを見ていると、本当に姉妹のように見える。

再会は成功したようだな。

――『ヒルダガルデ＝エシャロット＝ドラムルーの恋愛感情がＭＡＸ　所有奴隷に追加　【極上の《レイディアント・》至福を貴女に《プレシャスリング》】を自動生成しました』

これは予想外すぎだろ……。

◆第182話　ヒルダガルデの決意

「女王を引退するわ」

強い意思のこもった瞳で、ヒルダガルデはそう言った。

「引退して、残った余生を恋に生きる。うん。最高の老後ね。引退してしまえば後はお茶を飲もうが若返ろうが自由だもの」

「うふふ、そうですね。凍耶殿に可愛がってもらいましょうね」

既にリングが発生した以上、彼女に関しても責任は取らねばなるまいて。

「そうね。私のキスを奪った責任取ってもらわなきゃ。旦那以外に奪われたのは初めてよ。そうだわ。凍耶の結婚式には女王として参加しないといけないから無理だけど、個人的に結婚式はしてもらおうかしら」

「いや、なんとかなると思うぞ」

「どういうこと？」

「ティナ」

「呼ばれて飛び出てじゃじゃじゃじゃーん…」

無表情の淡白声で某大魔王のセリフを吐きながら異空間ゲートで登場するエルフに呆然とするヒルダガルデ。

「あなたは確か、ハイネスエンシェントエルフの？」

「そう。トーヤの愛玩奴隷、ティルタニーナ。女王ヒルダガルデ、あなたもティナ達と一緒にトーヤと結婚式挙げるといい」

「どういうことかしら？」

「こういうこと。アストラルソウルボディ」

ティナの魔法の詠唱と共に俺達の前に現れたのは老婆のヒルダガルデそっくりの人形だった。

ティナは精霊魔法を高めた結果、このようにドッペルゲンガー的なものを作り出すことに成功し、研鑽を重ねて自由に動かせるようになっている。

「これで結婚式を行えば、若い姿のあなたも出ることができるわよね？」

「!?」

ヒルダガルデは自分の分身が喋り出したことに驚く。

実は最近ティナの精霊魔法は凄いことになっており、他人のコピーだろうが自分のコピーだろうが自由に作ることができる。

そしてご多聞にもれず、俺もその魔法をコピーして更に魂魄魔法を駆使して魂の情報をコピーしたものをボディに入れ込むことで擬似的に分身の術が可能となったのだ。

いや、どちらかというとこれは分裂に近い。

能力は魔力を注ぐほどに強いボディが作れるので、嫁達の夜のお相手が不足する問題が無くなったのだ。

人数がかなり多くなって来たため、これまたご多聞にもれずに欲求不満の子が増えやすい。

なので俺が増えることで彼女達が寂しがることは無くなった。

コピーとはいえ人格は完全に俺だし、記憶の統合もできるため混乱することもない。

この話はいずれ語ることにしようか。

今はヒルダガルデだ。

「ヒルダガルデ、お前は女王としてか、ヒルダガルデとして結婚式に参加するか、どっちにする？」

「あ、あははは。もう驚くのも馬鹿らしくなってきたわ。そんなの決まってるわ。女王役、お願いできるかしら？」

「ええ、勿論よ」

――『創造神の祝福発動　ヒルダガルデ＝エシャロット＝ドラムルーの肉体年齢を一六歳に逆行、固定します』

「あら？　身体が……それに今の声は？」

「どうやらあんたも祝福されているらしいな」

ヒルダガルデの身体が本当に若返ってしまったらしいな。

相変わらず自重しない。しかし、今という時においては、なかなか粋なことをするじゃないか。

これで女王の引退に憂いは無くなったというわけだ。

「随分と懐かしい顔がいますね」

マリアは客間に招かれたヒルダガルデに対してお茶を出しながらそう言った。

「そうね、あなたはそれほど驚いていないようだけど」

「御館様ならば、その程度のことはできて当然です」

いやいや、随分持ち上げてもらって悪いけどこの間までできなかったからねこれ。

「ふふ、そうね。凍耶のやることにいちいち驚いていたら身が持たないわ」

「その指輪。どうやらあなたもこちら側になったようですね。まあスピリットリンクで知っていましたが」

「これから色々と教えてもらうことになりそうだわ。妻の先輩としてね」

「あなたならばすぐになれますよ。かの天才女傑といわれたヒルダガルデなら、御館様をこの世界の支配者にすることも可能でしょう」

「こらこら、物騒なこと言わないで。俺世界とか獲る気ないよ。何度も言うけどさ」

ぶっちゃけやろうと思えばできるんだろうけど、支配者とか面倒くさいだけでやりたくないよ。領主だってなんだかんだで忙しいんだもん。

静音達が殆ど動かしてくれてるから、難しいことは考えなくていいんだけど、領主として貴族と会談したり視察に行ったりでなんだかんだやることは多い。

元が万年平社員の社会の歯車に過ぎなかった俺が領主になんてなっちまったもんだから、「あの領主って実は凡人じゃゃね？」って思われないように取り繕うのが結構大変なのだ。

静音達ブレイン陣がいてくれるおかげで回っているようなものだからな。

「さて、それはともかく、御館様の妻となる者は全員一度はメイドとしての研修を受けてもらいます。女王を退位したら忙しくなりますから覚悟しておくように」

「あらら、そういうことなのね。分かったわ」

「いいのかよ」

「郷に入りては郷に従えとも言うしね。夫に献身的な妻になる訓練と思えば良いわよ」

そのことわざ異世界にもあったんだな。

ヒルダガルデはその後、アストラルソウルボディの応用で老婆の姿へ擬似的に変身し城へと戻った。

引退するまでの公務はその姿で行うそうだ。

そりゃあ女王がいきなり若返ったら大騒ぎになるだろうしな。

◆　◆　◆

「ああ、気持ちイイわね。この疾走感、とても懐かしいわ」

『ええ、私もこうしてあなたを背に乗せて駆ける日が再び来ようとは思いませんでした』

俺達はミトラ平原をフェンリル形態のシャルナに乗って、ヒルダガルデと共に駆け抜けていた。

風を切って走る二人は、昔ながらの親友らしく、様々なことを語り明かしたのだった。

後日、女王は引退宣言をし、後進に王位を譲ることを発表した。

俺の嫁達との結婚式で国民に正式に発表し、新たな王の戴冠式もその時に行われる予定だという。

まあ、しばらくは引き継ぎなどで忙しい毎日になるだろうけどな。

そしてその結婚式当日には俺も知らされていなかった凄まじいサプライズが宣言されることになる。

これはまた後に語ることになるだろう。

◆第182・5話　ヒルダガルデとの一夜

ヒルダが俺の嫁に加わって数日。

ある日のこと彼女が俺の部屋へとやってきた。

「凍耶、私決めたわ」

「どうしたんだヒルダ」

「うん。二度目の結婚をした以上は、私も覚悟を決めないとね。佐渡島凍耶の妻として、私はあなたに抱かれにきた」

決意を込めたヒルダの瞳。

その輝きの奥には消えることのない激しい炎が渦巻いているように見える。

「ああ。俺もお前を愛すると決めた」

「女王も引退して恋に生きる。そのために、あなたという人をもっと知りたいの。だから、抱いてちょうだい」

無理をしなくても、なんて野暮なことは言えなかった。

彼女が俺をベッドへと導き、膝の上に乗っかりながらキスをする。

「あむっ、ちゅ、ん、ふ、ぁ、ん……これ、スゴイ幸福感ね。他の子が夢中になるのも分かる気がするわ。思えば、あの日路地裏であなたに接触したことが運命の始まりだったのかもしれない」

「そうだな。まったくもって想像の外だったが」

「私もよ。ねえ凍耶」

「なんだ？」

「私は前の旦那以外知らないわ。あなたにそれを忘れさせることができる？」

「忘れさせる必要なんてないさ。お前は旦那を愛してるんだろ？　だったらそれは忘れちゃいけない大切な想い出だ」

これは偽りのない本心だ。

俺は愛する女性達の全てを受け入れると決めた。

「あなたって人は、本当にスゴイ奴だわ。普通は嫉妬するんじゃないかしら」

「重要なのは今の気持ちだよ。沢山の女性を愛するんだ。その全てを受け入れるって決めたのさ。これが俺の覚悟だ。どんな過去を持っている女性も、俺にとっては愛する人という点においては変わらない」

ヒルダの炎の色が変わった気がする。

決死の思いを秘めた決意の炎が、柔らかく揺らぎ始める。

部屋の明かりを魔法で暗くし、幻想的な月明かりに演出されたヒルダを改めて見つめた。

「綺麗だ」

「ふふ、おばあちゃんにもキスできちゃう人なのに、やっぱり若い女のほうが良いわよね」

「大事なのは心、って言いたいところだけど、やっぱり若くて綺麗な方がときめくのは偽れない事実だな」

「うふふ、さっきと言ってること逆よ」

悪戯っぽいいつもの笑顔。

したり顔でキスを続け、舌を絡め始めたヒルダは下半身を擦りつけながら徐々に衣服を脱ぎ始める。

「ん、ぁあ、あなたの手に触れられるだけで、幸せな気持ちが溢れてくる。これが幸福感を増大させる凍耶の力」

幸福感増大スキルや快感を付与する力によってヒルダの身体が急速にほぐれていく。

俺ははだけたヒルダのみずみずしい肉体をたっぷりと楽しむ。

弾力に富んだ若い肌。

下着を取り払い、丸みを帯びた曲線の一つ一つを愛おしく愛撫する。

「んはぁ、ん、いいわ、これ。好きになっちゃう、んぁ、じゃあ、私が奉仕するわ。王家の女の奉仕、見せてあげる」

そういってヒルダは身体を滑らせベッドに座る俺に跪きながら下半身に手を這わせた。

蠱惑的な視線を俺から外すことなく、その気高い瞳を保ったまま女の顔を見せてくる。

「あぁむ、んちゅ、れる、む、んぁ、ふぁん」

うねりながら這い寄ってくる蛇のような動きで舌をペニスに絡みつけ、ヒルダの口内に飲み込まれる。

プルプルした柔らかな感触が全体を包み込み吸い付いてきた。

「んぶっ、ん、ちゅ、れえろ、ん、ふぁん」

やばいっ、なにがヤバいってその半端じゃないテクニックがだ。

口全体が別の生き物のようにペニスを吸い上げて離さない。

強く吸い付きながらも竿に絡みついたベロを動かす。

速度と強弱のバランスが絶妙にマッチして性感を刺激するが、その微妙な力加減は今までに味わったことのない強烈な快感を生み出した。

ただ強くしただけでは生み出されない本物のテクニックが俺を翻弄する。

誰かと誰かと比べて最高だというのは俺の主義に反するが、これは間違いなく他の女の子達では到達できていない熟練の技だった。

「うぁああ、これ、すげぇ」

「んぶ、ん、凍耶、感じてるのね。いいよ、そのまま出しちゃってッ！」

ヒルダのお許しが出たのが最後の堤防だった。

睾丸の奥底から凄まじい勢いの噴火が始まる。

その瞬間、彼女は頭を大きく突き出して喉奥にペニスを飲み込み亀頭を喉輪で締め付ける。

「ぐぶっ、ん、ぐぅ、んぶっう」

射精の瞬間、筋肉を収縮させバキュームのように吸い上げられて俺は味わったことのない強烈な快楽に息を漏らした。

「はぁ、はぁ、はぁ……これが、王家のテクニック……」

語彙力の下がった俺はそんな単調な感想しか漏らすことができなかった。

ヒルダは舌先でなおもチロチロと亀頭を擦りこそばゆい感触を与えてくる。

すると不思議なことに神ボディが作用するより先に俺のペニスはみるみる復活してしまう。

ちゅ、ちゅとキスを甘勃起した先端にキスを繰り返され、その気すらも復活した俺は彼女の手を掴んでベッドへと引き上げる。

「うふふ、もう欲しくなったの？」

「ああ、頼む、お前を抱かせてくれ」

「仕方ない子ね。ハーレムの王だといわれてもまだ子供なんだから」

「俺四〇歳超えてるんだが」

「私から言わせればまだまだ子供よ。ほら、お〇んぽがもう甘えてきてるじゃない」

ヒルダの言うとおり俺のムスコは既にガチガチのバキバキになっており、早く女を求めよと訴えかけるように痙攣を起こしている。

ヒルダはそのいきり立つ利かん坊を慈しむように撫でさすりゆっくりと自らの中へと導いていった。

「んくっ、大きいわね」

天を衝いている陰茎はヒルダの広がった肉ビラに徐々に飲み込まれ、その締まりの良さに俺は息を漏らした。

「ヒ、ヒルダ」

「どうしたの？　ひゃっ」

俺はたまらずヒルダを抱きしめる。

突然の行動に戸惑ったようだがすぐに深い笑みを浮かべて頭を抱きしめ返してくれた。

「凍耶、あなたやっぱり母性を求めてるのよ」

「母性……」

「そうよ。あなたの境遇は聞いたわ。家族を失い、辛い年月を孤独に過ごしてきた。だから家族を失った子供達を放っておけなかったんじゃないかしら」

「ああ、皆にも言われたよ」

「沢山のお嫁さんはその反動かもね。彼女達はあなたを確かに埋めてくれた。でも、たった一つだけあなたを満たしてくれなかったものがある」

「それが……母性？」

「そう。多分、無意識だろうし、気がつかなければそれはそれで問題なかったでしょう。でも、私の役目がいま分かった。シャルナもそうだけど、あなたに母性を与えるための運命だと思う。いいえ、そう思うことにするわ」

「う、ぁ、ヒルダ」

ヒルダはそう言うと少しずつ腰を使い始める。

うねるように腰使いによる快楽と、彼女の慈しむような抱擁が俺の心をたまらない安息感に導いてくれた。

「ヒルダッ、俺は……」

「んっ、いっぱい頑張ってきたのね。あなたには、ぁ、感謝しているわ」

桃色の髪を振り乱したヒルダの両手が俺の頬を包み込む。

「ん、ちゅ……あふっ、ん、ちゅ」

唇同士を重ね合わせ溢れる愛を俺に注いでくれるかのように腰をくねらせる。

「つぅ、あ、ん、この国を、この世界を絶望の淵から救ってくれたこと。多くの民を救ってくれたこと。あなた自身は大したことには感じていないかもしれない。でも私は、ぁあ、あなたに最大限の感謝を捧げたいの」

「ヒルダ、俺はッ」

だんだんとストロークを強くする彼女の腰使いは欲情と愛情が入り交じった心地よい高揚感をもたらしてくれた。

「私はあなたの家族になりたい。本当の意味で、ぁあ、凍耶、好きよ。あなたに一生を捧げるわ」

「ヒルダ、俺も、お前が好きだ。この国で俺をもっとも信用してくれたヒルダが、俺も愛しい」

「ぁあ、ん、ぁあ、嬉しいッ、凍耶、好きよ、好きッ」

肉壁を締め付けて絶妙な腰使いが俺を翻弄する。

それと同時に俺もヒルダを情熱的に求め始める。

母性を感じているのは確かだろう。俺はなんともいえない突き上げられるような衝動に駆られて夢中で腰を振った。

「ヒルダッ」

「ひゃんっ、いいわ、いくらでも応えてあげる。だからもっと強くついてっ」

ベッドに仰向けになったヒルダの腰を掴み、熱情に突き動かされるままに身体全体で彼女を求めた。

「ぁあ、あぁあぁ、っぁん、凍耶、いいわ、もっとちょうだいッ」

高まり続ける快感に腰は止まらなくなる。

それを受け入れてくれるようにヒルダの足は俺の腰に絡みつき、子宮の奥が開いて亀頭を包み始めた。

「ああ、ヒルダッ、もう、出そうだ」

「んぁああ、出してッ、あなたの子種を沢山ちょうだいっ、凍耶、好きよっ、愛してる」

「俺も好きだ、ヒルダッ、イクよっ」

「来てぇ、凍耶、ぁあぁあぁ、イク、イクぅうううう」

高まりきった熱量が解き放たれヒルダの膣内を満たしていく。

限りなく広大で、限りなく無辺の愛に包まれた俺の心は感じたことのない安らぎに満ちていた。

「ヒルダ……」

「凍耶。あなたはもっと多くの人を救っていくでしょう。でも、疲れたら私が癒してあげるから、いつでも甘えなさい」

優しげな瞳で微笑み、彼女の唇が重なる。

俺は急速に癒されていく心地よさに身を委ねて、ヒルダの胸に顔を埋めた。

「良い子ね凍耶。眠りなさい。神であっても王であっても、あなたはまだ若くて幼い未熟な子だから。傷ついたら私が癒してあげるからね」

ヒルダは自分の乳首を口に含ませる。

俺は突き出される桃色の突起に吸い付き、急速に広がる安らぎと眠気に包まれた。

「お休みなさい凍耶。愛してるわ」

小さく呟くヒルダの声をどこか遠くで聞きながら俺は眠りに落ちていった。

その日、俺は久しぶりに母の夢を見たのだった。

◆第183話　ブルムデルド魔法王国　女王リリアーナ

ヒルダが嫁に加わってしばらく経ち、俺達の結婚式が後一週間に迫ったある日、俺は家でのんびりしていた。

嫁達は相変わらずメイド仕事に冒険者と、忙しそうにしている。

俺はといえば、今日はなんとなく家でだらけたい気分であり、真っ昼間を回ってもベッドでゴロゴロしていた。

シーツの中には先ほどまで俺に抱かれていたエルフのビアンカとルルミーが寝息を立てている。

この頃性欲が強くなって昼間でも嫁達とベッドでいちゃこらしたくなってしまう。

破壊神に目覚めた辺りからだと思うが、時折やたらと女が欲しくなる時がある。

そういう時は屋敷の愛奴隷達全員集めて夜通しレッツパーリィになってしまうので次の日が大変である。

優秀なメイド達のおかげで俺が起きる前には既に後始末はほぼ終わっているため皆には悪いことをしている自覚はある。

なんだけど衝動が強くてどうしようもないときがあるから仕方ない。

そんなクズ野郎みたいなことを考えていると、アイシスを通して静音から通信が入った。

『お兄様、お兄様聞こえますか？』

「静音か、どうしたんだ？」

『お休みの所申し訳ありません。至急ドラムルーの王宮までお越しいただけませんか？』

「王宮に？　どうしたんだ？」

そういえば昨日から女王に呼ばれて出かけていたな。

なんでも召喚された国であるブルムデルド魔法王国からの客人が来ているのでその対応のため出かけていたんだったか。

よく分からんが静音の呼び出しによってドラムルー王宮に呼び出された俺は同じく休みで暇そうにしていたティナや美咲、ザハークにルーシアを誘って城へと赴くことにした。

で？　この歓迎は一体なんだ？

「貴殿がオメガ貴族の佐渡島凍耶殿ですね。一手、お手合わせ願います」

何故だか俺は大勢の女性騎士に取り囲まれ剣を向けられていた。

異様に殺気立った彼女達はどう考えてもこちらの言うことを聞いてくれそうもないくらい既に臨戦態勢だ。

「ちょ、ちょっとなによあんた達」

「いきなり無粋な奴らだな」

「こ、ここ王宮だよ？　国際問題になるんじゃ」

美咲やザハークもいきなりのことに困惑しているが相手が武器を取っているので油断なく武器を構えた。

「我らを辱めたこと、忘れたとは言わさんぞ」

「え？」

「わたしも、初めてだったのに」

「んん？」

なんだか雲行きが怪しくなってきた。

「そうよ。いきなり刃を首に当てられて無理矢理」

「あんな目に遭わせておいて覚えてないって言うの？」

「え？　え？」

「ちょっとあんた、どういうこと？」

「またぞろどこぞの女を手篭めにしていたのか？」

「またってなんだ、またって!?」

謂われのない濡れ衣を着せられそうになって困惑する俺をよそに数十人からなる女性騎士からは次々に非難の声が上がる。

その悲痛ともいえる訴えにこっちの女性陣は「あーあ、またかこの男は」みたいな顔をしている。

信用ゼロか俺は？

「我らブルムデルド魔法王国女性騎士団一同、佐渡島凍耶殿に責任を取ってもらいたい」

「ええ？　全員ってどういうこと？」

「お兄ちゃん……いくら何でも無理矢理はダメだよ」

「まってーな、誤解やねん」

あきれ顔のルーシアに俺は弁解を続ける。

全く身に覚えがない。

なんなのこの状況。

一体どういうことなんだ？

「やめい」

異様に殺気立つ女性陣が今にも飛びかかってこようとする中、凛とした声が響き渡り全員が一斉に振り返る。

「か、母様」

「そのものは敵ではない。皆武器を収めよ」

殺気立つ女達を制したのは一二歳くらいの女の子だった。燃えるような赤い髪が腰の下辺りまで伸び、貴族の令嬢が着るようなきらびやかな赤いドレスを身にまとうその姿は幼い少女とは思えない。

しかし彼女の纏う荘厳な雰囲気は年齢以上の威厳を醸しだしている。

え？　この子が母様？

母様ってことはこの子達の母親？

いやいやいくらなんでも多すぎだろ。

幼く見えるが、人族ではないのかな、もしかして、ティナやミシャのように見た目は幼女でも実年齢は高いというパターンなのだろうか。

子供の見た目ではあるがどこか大人びているのは口調のせいだけではなさそうだ。

「すまなかったな。血の気の多い連中での」

「い、いや、良いンだが、あんたは？」

「御主が来るのを待っておったぞ佐渡島凍耶」

「え…俺を？」

「左様……ずっと逢いたかったのじゃ」

「お兄ちゃん、知り合いなの？」

「いや、知らない。はずなんだが」

「あんたってどこでも女たらし込むわね～。知らないうちに手篭めにしたんじゃないでしょうね」

一層のあきれ顔に「しかたないなぁ」といった具合のため息をつく面々。

「マリアさんに新しいメイドの報告しておいた方がいいかな。お兄ちゃんって手が早いし」

酷い言われようだ。だが俺の能力を考えるとあながち否定仕切れないところがあるから困る。

「さて、改めてここにいるもの達に自己紹介をしようか。わしの名はリリアーナじゃ。リリアーナ・シルク・ブルムデルド。よろしく頼む」

リリアーナと名乗った少女はスカートの端をちょいとつまんで優雅に礼をしてみせた。

あまりに様になる仕草に全員が感嘆のため息をついた。

「可愛い」

「ブルムデルドってことは、あんたはブルムデルド魔法王国のお姫様ってことか？」

「否、女王じゃ」

「え？　女王なのか」

「お兄様、そのお方はブルムデルド魔法王国の女王リリアーナ様ですわ。わたくしの召喚主でもあります」

いつの間にかやってきていた静音が俺に教える。脇にはシャルナも控えている。

「そうか、静音の知り合いってことか。そっちの二人は？」

俺は静音の脇にいる見覚えのない二人を見た。

「ブルムデルド魔法王国、第一王女、アッシェルネ＝ティフォン＝ブルムデルドです」

「同じく第二王女のルルシエラ＝ファニン＝ブルムデルドなのよー」

しかし、まあ。この二人はえらく対照的だな。

片方の青い髪の子はしっかりとした口調でハキハキとしゃべる。もう片方の緑の髪の子はおっとりとした口調でのほほんとした雰囲気だな。

しかし、二人の胸元に思わず視線がうつり、そのあまりの落差に思わず凝視してしまう。

緑の子はなんというか、とにかくボリュームがスゴイ。静音やルーシアを遥かに凌ぐ双頭の巨峰が高く高くそびえ立っている。シャルナやアリシア並だ。片方の青い子はどこまでも続く地平線のような果てしない平原が広がっていた。

「なぜだか途轍もなく不愉快な視線を感じます」

「胸のあたりが妊娠しそうなのよー」

「お兄ちゃん」

凝視してしまったので慌てて視線を外し二人に向き直る。

しまったな。第一印象が最悪の形になってしまった。

自業自得だけど。

「うおっほん。失礼」

ここは下手に言い訳をせずに素直に謝罪しよう。けしからんおっぱいでも初対面の女性に対してすることではなかった。

俺の悪い癖だ。

「ところで凍耶よ。まだわしが誰なのか分からぬのか？」

「と言われてもな」

こんなキャラの濃い「のじゃロリ」超絶美少女に一度会ったら忘れることなんてできそうもない。

やはり彼女とは会ったことは無いと思う。でもなーんか初めて会った気がしないのはなんでだ？

何処かで逢って俺が忘れているのか？

「冷たいのう。あれだけ濃密な時間を二人で過ごした仲だというのに。あの熱いひとときのことは一日たりとも忘れておらぬぞ」

その爆弾発言に女性陣が一斉に俺を方を向く。

「はぁ。ちょっとあんたどういうことよ。やっぱりあたし達の知らない間にたらし込んだんでしょ？」

「ち、違う。そんなことしてねぇ」

「さすがはお兄様。雄の本能に忠実なその姿。濡れますわ」

「おまえちょっと黙ろうか!!」

「どうじゃ？　わしの身体は美味かったか？　歯止めがきかなくなるほど激しく女を求めたはずじゃ」

「お兄ちゃんやっぱり……」

「全くもう……」

「まてまてまて、全く身に覚えがないぞ!!」

リリアーナはそんな否定する俺に追い打ちを掛けるように身体を抱きながらくねくねと身をよじらせ頬を赤らめてのたまった。

「スゴかったぞ凍耶は。雄々しくそそり立ったライトブリンガーをわしの口に強引にねじ込み何度も何度も灼熱の塊を爆発させて喉奥に流し込むのじゃ。わしが振り払おうとしてもがっちりと押さえ込まれてしまってな。その強烈な熱量で脳を溶かされて屈服させられてしもうわい。後にも先にも斯様な強烈な体験はあれが最後じゃった」

「うわ」

「最低」

誰だよその鬼畜は!!　そんなハードプレイは静音くらいしかやったことないぞ。

ザハーク、美咲といった性癖ノーマルな女性陣は完全にゴミを見るような目で後ずさる。

「素晴らしいですわお兄様。今度わたくしにもその超イラマチオプレイを是非。今度はもっと激しくお願いしますわ」

「トーヤ、ティナには縛りと目隠しをオプションで」

……約二名を除く。

俺はいつの間にそんな鬼畜なプレイをこの可憐な少女にしてしまったというのか。それともなにかの比喩なの？

落ち着け俺。やはりこんな美少女一度あったら絶対に忘れるはずがない。

「わ、分からん。一体誰なんだ。せめてヒントをくれ。全く身に覚えがない。このままではいわれのない罪で精神的に死ぬ」

「そうじゃな。では凍耶、遺跡の宝は有効活用できておるか？」

「なに？　遺跡の宝だと？」

「そうじゃ。ほれ、その刀という武器。それがあるということは、頂点の宝玉を手に入れたということじゃろう。それだけの雌を従えておって知らぬとは言わせんぞ。毎晩美少女をブイブイ言わせてウハウハじゃろうが」

「その存在を知っているのは、え？　ま、まさか、まさかお前は!!」

「やっと気が付いたか。久しいの凍耶。龍の霊峰以来じゃな」

俺は思ってみなかった人物との再会を果たした。いや、こいつは人ではなかった。

「お前、帝王、なのか？」

「帝王？」

全員が首をかしげる。その中でアッシェルネとルルシエラだけは得意げに鼻を鳴らしていた。

「そうじゃ。わしの名はリリアーナ。そして、かつての二つ名は」

リリアーナはきらめく炎のような赤い髪をさらりとかき上げて色っぽい流し目を作る。

「霊峰の帝王」

◆第184話　転生の龍帝

「れ、霊峰の帝王。本当にお前なのか!?　その姿は一体どういうことだ」

「霊峰の帝王って。伝説の高難易度ダンジョン龍の霊峰の大ボスの名前じゃない。あのひとたび動いたら世界が滅ぶって言われる」

「それは大げさじゃな。全盛期のわしでもさすがに世界を滅ぼすほどの力は無かった。せいぜい大陸全土くらいが限界じゃ」

「あなたは凍耶と戦ったっていう霊峰の帝王なの？」

「その通りじゃ」

――『凍耶様。彼女から発する生体のヴァイブレーションの一致を確認。彼女の言うことは本当のようです。ただし以前の霊峰の帝王に比べて数値は激減しています』

「どうやら本当らしい。だが以前のお前に比べると力が随分落ちているようだな」

「この身体になってからかつての力は殆ど失ってしもうての。構造的にブレスも吐けんし。じゃが魔力はとても多くてな。一部の魔法は使えたのでそれを駆使しながら魔物狩りをしてレベルを上げたのよ。ここまで戻すのにも相当苦労したがの」

「とりあえず最初から説明しろ。なんでお前人間になってるんだ。生きていたのか」

「その表現は少し違うな。わしは確かに一度死んだ。否、死んだと思った。じゃが、次に意識を取り戻したとき、わしはこの娘の身体に転生しておった。王家の地下墳墓で目が覚めたのじゃ。だが、このからだの本来の持ち主であるリリアーナ・シルク・ブルムデルドは既に数年前に亡くなっておる。わしはそのからだと記憶を引き継いだというわけじゃ」

◆　◆　◆

時は遡り、凍耶がリリアーナと邂逅する日の前日。

静音とシャルナロッテは女王ヒルダガルデに呼び出されドラムルーの王宮へと赴いた。

「ヒルダガルデ、今日はどのような御用向きですか？」

「いきなり呼びつけてすまないわね。実はあなた達にどうしても逢いたいって人物が訪ねてきているの」

客間に通された二人は女王の他に三人の女性が座っているのに気が付いた。

燃えるような赤い髪をした幼い容姿の少女がこちらを向くと、二人に向かって口を開く。

「静音、久しいの。そしてそこにいる女は銀狼皇シャルナロッテじゃな」

「「え？」」

二人は顔を見合わせて首をかしげる。

しかし静音はその少女の顔を見てハッと思い至る。

「え？　あなたはまさか…でもそんなはずは、それにその髪と姿は一体」

「……あなた、そう、そういうことなのね？」

疑問を呈する静音となにかを納得したようなシャルナロッテ。

「あなたは、リリアーナ様？　でも、髪の色が違いますわ。それにその幼い姿はいったい」

「私から説明いたします」

「分からないのも無理はないのよー」

脇に控えていた二人の少女が前へと出た。

静音はその二人にも見覚えがあった。

「あなた方は、アッシエルネ様とルルシエラ様、なのですか。その髪の色は」

静音はその二人にも見覚えがあった。しかし自分の記憶にある人物との相違点が大きすぎて本当にそうなのか分からなかったのだ。

「静音さん、こちらはリリアーナ様。ブルムデルド魔法王国の女王リリアーナ様ですよ」

「やはりあなたはリリアーナ様なのですね。ではそちらの二人も」

「あなたの認識に間違いはありません」

「お久しぶりなのよー勇者様」

「どういうことですの？　リリアーナ様もアッシェルルネ様もルルシエラ様も、病気でお亡くなりになったはず。わたくしの手で荼毘に付したのをはっきりと覚えていますわ」

「静音よ。その通りじゃ。わしは御主の知っておるリリアーナとは厳密には違う。そこなアッシェとルルも同じじよ」

「私達はアッシェルルネ＝ティフォン＝ブルムデルドとルルシエラ＝ファニン＝ブルムデルド、それにリリアーナ＝シルク＝ブルムデルドの魂と、別の魂が融合した存在なのです」

「別の魂？」

「ふむ、そうじゃ。わしの別名を教えよう。わしは霊峰の帝王と呼ばれておった存在じゃ」

「れ、霊峰の帝王！　それは、お兄様が倒したという」

「そう、御主の主、佐渡島凍耶にかつて倒された、龍の王じゃ」

「それが一体どうして？」

静音は訳が分からないといった感じで首をかしげる。

しかし、そこへ助け船を出したのは意外にもシャルナだった。

「静音さん、恐らくですが、私と同じです」

「シャルナ様と？　じゃあまさか」

「そうじゃ。わしは破壊神となった凍耶の眷属となるために転生を運命付けられた。そのことに目覚めたのはつい最近じゃがな。シャルナと少し違うのはわしは凍耶と戦い命果てた直後には既にブルムデルドに転生しておった。そしてこのリリアーナの身体で再生したのじゃ」

「そこが分かりませんわ。何故、霊峰の帝王がブルムデルドのリリアーナ様の身体で転生されますの？」

「はっきりとしたことは分からぬ。じゃが、わしらは全員、龍の霊峰で凍耶と戦い命果ててから、気が付けばブルムデルドに転生しておった」

「私達だけでなく、現在ブルムデルドを守っている騎士団は全員龍の霊峰の龍族です」

静音が聞かされたのは現在のブルムデルドの様子だった。

かつてブルムデルドで友人だった三人を亡くし、興味を失った静音は国を出た。

その後のブルムデルドは魔王軍に襲撃されることもなくしばらくは平和だったが、隣国のカイスラー帝国に戦争をしかけられ国が乗っ取られようとしていた。

そこで突如かつて死んだはずの王族三人が甦る。

それだけでなく、国の各地で戦争で死んだはずの人々が次々に甦り、一時は混乱したという。

しかし、甦った三人率いる人々と騎士団を結成しカイスラー帝国を強力な戦闘力で撃退。

甦った人々は全員龍の霊峰の龍族が転生した姿であり、戦闘力が桁違いに上がった騎士団を中心に戦線を押し上げていった。

そしてついにはカイスラー帝国を撤退に追い込み、停戦条約を結んで今に至る。

国の平和を守り、国家の繁栄を取り戻すべく再び王族として君臨したのだという。

「そういうことですの。この世界で起こる不思議なことにいちいち疑問を呈するのも馬鹿らしいですわね。分かりましたわ。ではリリアーナ様の性格が随分違って見えるのは、霊峰の帝王としての意識の方が強いからということでしょうか」

「そうじゃ。アッシェとルルに関しては元々の性格が似ておるからそれほど変わってはおらんのではないか？」

「ええ、そうですわね。髪の色以外は口調も性格も容姿もほぼそのままですわ」

「わしだけはどうも条件が違ったようでな。記憶はあるがリリアーナ本人の記憶とわしの記憶は混ざっておらず別種の魂が身体に二つ内在しておる」

「では、元のリリアーナ様も？」

「……残念ながら転生してから本来のリリアーナの意識は一度も目覚めておらん。今のわしは霊峰の帝王じゃ。厳密に言うなら御主の知っておるリリアーナとは別人じゃ。すまぬ」

「そう、ですの。いえ、結構ですわ。生きていてくださっただけで十分です。今そこにリリアーナ様の魂が存在するなら希望はまだある。それに、あなたはリリアーナ様の意識があるからこそブルムデルドを再興しようと思ったのでは？」

「正解じゃ。時折あやつの意識がわしに訴えるのじゃ。ブルムデルドを守ってほしいとな。アッシェとルルに関してはわしの娘でもあるし、ブルムデルドの王女でもある。そのこともあってわしはあの国を守るための力となったのじゃ」

「そうですか。では礼を言わねばなりませんわね。ありがとうございます」

◆　◆　◆

「という訳じゃ。さて。つもる話もあるであろうが、今話すべきことを話そうか。わしは確かに霊峰の帝王じゃ。そして、そこな二人。アッシェルネとルルシエラも、わしと同じよ」

「え？」

俺は二人に向き直る。

「二人の本来の人格はまだ死んでおらん。というよりは、二人の意識が強すぎて転生してきた人格と融合してしまったというべきかの」

「んん？　ちょっとまて。よく分からん」

「アッシェ、ルル。自己紹介をせい」

「はい、私はアッシェルネ。転生前はサファイアカイザードラゴンと呼ばれていました」

「私はエメラルドカイザードラゴンなのよー」

「えええ？？　じゃあ、お前らってまさか」

「そうです。あなたには狂気のそこから救っていただいた恩義があります」

「その節はお世話になったのよー」

なんと二人は帝王の子供で、サファイアカイザードラゴンとエメラルドカイザードラゴンだった。

つまり二人がリリアーナを母様と呼ぶのはそういう意味もあったのか。

「じゃあ、二人には、ドラゴンの人格も宿っているということ？」

「そうです。ですが、私達の場合は龍の記憶と力が融合したという感じでして」

「だから髪の色もかわっちゃったのよー。でも以前よりも魔力も体力も随分上がったのよー。そのおかげで生き残ってこられたのよー」

「私達は転生した時に、あまりに強い意思を持っていたために取り込まれた形です」

「そうなのよー。だからドラゴンの転生には感謝しているのよー。皆を残して死ぬわけにはいかないのよ」

「ということは。元の人格の二人でもあるということなんだな」

「そうです。国の民を思うと死んでも死にきれなかった。だから転生してきたドラゴンに身体を明け渡す代わりに強い力を求めたのです。結果として私もルルも人格は残りドラゴンの記憶と融合しました」

「混乱しないのか？　二人分の記憶と人格があるっていうのは」

「最初は大変だったのよー。でもなれたのよー」

「元々の性格が近かったのもあるのでしょう。時間と共になじんで今では混乱はありません。母様の娘でもあるし、ブルムデルドの王女でもあります」

彼女達はここ数ヶ月の間のカイスラー帝国による熾烈な戦争を民を守りながら生き抜いてきたという。

「そしてな。まだ続きがあるんじゃよ凍耶。ここにいる女達は全員、おぬしに救ってもらった者達なんじゃ」

「なに？　ってことは、まさか」

「そう、ここにいる女達は全員龍の霊峰にいた龍達の生まれ変わりじゃ。本国にも防衛のために残っておるが、なぜだか全員龍の力と人格を引き継いで転生しての。カイスラーとの戦争で死んだブルムデルドの女達の身体に転生した。一部には記憶を引き継いでいた者もいるが、わしらのように完全に覚えておる者は殆どいなかった。今日までのいきさつはザッとこんなとこじゃ。破壊神の眷属となるために転生したのは確かじゃが、何故わしらが『この身体』に転生してきたのか。それは分からん」

「なにか心当たりみたいなものはないのか」

「強いてあげるなら、一つだけあります。というより、それより他は考えられないといったところでしょう」

アッシエルネがリリアーナの話を補足する。ルルシエラもそれに同意した。

「それはなんだ？」

「名前、なのよー」

「名前？」

「わしらの生前の名前も同じだったんじゃよ」

「なに？　お前って、霊峰の帝王って名前じゃないのか」

「それは二つ名というておろうが。わしの本名はリリアーナじゃ。龍だった頃からリリアーナなんじゃよ」

「いやいやギャップありすぎだろ。なんでそんな女の子みたいな名前なんだよ」

「なんか勘違いしておるようじゃから一応言っておくが、わしもアッシェもルルも、ここにいるのは全部元々雌じゃ。まあ龍の雌雄を人間に見分けろというても酷な話じゃろうから無理もないがの」

「え？　じゃあなにか？　俺が倒した龍の霊峰の龍達って全部雌だったのか？」

「そうなのよー。龍の霊峰は母様が族長で雄は一〇〇年に一回の繁殖期にしかやってこないのよー」

「それも生半可な男では母様が返り討ちにしてしまいますからね」

「カイザー以外は繁殖が必要じゃからな。まあそんなわけで、霊峰から転生してきたのは間違いなく全員元々雌。女じゃよ。転生できたのはインペリアルの一部じゃったがな」

「そうだったのか」

じゃあ、あれか？　ここの女達がやけに俺に、辛辣なのは霊峰の龍族を俺が殲滅したからなのか。

「えっと、じゃあさっき彼女達騎士が俺にやけにつらく当たったのも」

「記憶がうっすらと残っておったのじゃろう。それで殺されたインパクトが強くて女性として穢されたと感じておったのではないか？」

「ひでぇ誤解だな。こっちは死なないように必死だっただけだっての」

なるほどな。あれが全部雌だったとは。全然分からなかった。

遺跡の彫刻の部屋で霊峰の帝王と会話した時もえらく低くて威厳のある声だから年季の入った爺さんかと思ったからな。

「他の眷属達はおそらく、わしの魂に引っ張られて転生してきてくれたのではないかと思うておる。その証拠に、転生できたのはわしに特に忠誠心の高い者達だけじゃった」

「そうか。具体的な理由は分からないってことか。ところで、さっき俺にずっと逢いたかった、と言っていたな。あれはどういうことだ」

「以前からおぬしの力は感じておったよ。遠い地で途轍もない力を持ったものがあばれ回っておる。わしにはすぐにおぬしだと分かった。なにしろ主の力の奔流はわしの体内にたっぷりとそそがれておったからな」

「ああ。そういえば」

「お兄ちゃん一体」

「ってまてまて、慌てるな。こいつが言っているのは戦っている最中の話だ」

「うむ。そうじゃ。凍耶のそそり立ったライトブリンガーをわしの口に強引に」

「だから卑猥に聞こえる言い方をするな!!　お前わざとやってるだろ!?」

思った以上に悪戯好き過ぎて気苦労が絶えないないなこいつ。

「炎のブレスを耐えながらに口の中に飛び込んでエクスプロードを放ったんだよ。ライトブリンガーを伝って体内に熱を直接流し込んで身体を爆発させたんだ」

「そうだったんだ。こんな小さい子に鬼畜なプレイをしたわけじゃないのね」

「最初からそう言ってたよね！　誤解が解けてなによりだよ」

その後もことあるごとに卑猥な言い方をする帝王に俺の寿命は縮む一方だった。

◆第185話　可及的速やかに

「それでな凍耶」

「なんだ？」

「頼みがある。ここにいる女達をまとめ上げ、わしらの王になってくれ」

「改めて感じました。あなたにはその資格があると思います」

「そうなのよー。龍は強いものに従うのよー」

「え？　いや、急にそんなこと言われても」

「龍帝の宝玉を受け継いだおぬしならできるはずじゃ。体内に三つも宿しておる。これ以上の適任はおらぬ」

「待ってください母様。わたしは反対です。得体の知れないものを我らの王になど」

話が勝手に進んでいく中、先ほど刃を向けてきた女性達が次々に反対の意見を唱える。

「おぬしらは覚えておらんか。狂気に飲まれた我らを救ってくれた英雄だぞ」

「かすかに記憶はあります。しかし、それがこの男だという証拠はありません」

「わしの言うことが信じられんか？」

「じゃあ自分で確かめてみればいいのよー」

話が勝手に進んでいるな。俺はまだ王になるとは一言も言ってないが。

「いいでしょう。そこの男、改めて私達と勝負しろ」

「どうしたらいいんだあれ」

「屈服させてやってくれ。でもできれば殺さんでくれ。あれでもわしの可愛い眷属達じゃ」

「はあ。分かった。とりあえず黙らせよう」

先ほど俺に刃を向けた女騎士達が再び殺気立つ。

「ここにいる全員を相手に耐え切れたら認めてやろう。貴様があの時の男であるなら容易いはずだ」

「分かった。まとめてかかってこい。いつでもいいぞ」

俺は素手で彼女達に対峙した。いくらなんでも素手で屈服させられれば納得せざるを得ないだろう。

「素手だと？　我らを愚弄するか。人間ごときが。いくぞ」

まず一人が真っ直ぐ飛びかかってきた。猪突猛進に見えるが真後ろにピタリと張り付くようにもう一人が向かってきている。

一人をいなして油断したところを、ってつもりだろう。

よく連携が取れている。あの時の戦いを思い出すな。当時は余裕がなかったが、改めて思い出してみるとインペリアルナイトドラゴンとの戦いは非常に連携が取れていた気がする。

「はあ!!」

最初に飛び出した女性騎士が斬りかかってくる。俺はできるだけ力の差を見せるため避けることはせずに振り下ろされた剣を指で摘まんでみせた。

「なッ!?」

そのまま腹を蹴り飛ばし後ろに迫ってきたもう一人に向かって吹っ飛ばす。

驚いた後ろの一人は前の一人を受け止めながら足を止めた。

俺はそのまま正面に向かって走り出す。

しかし左右からあと二人飛び出し、更に飛び上がって背後に回った一人が一斉に斬りかかってくる。

しかもその間にあと二人が死角に向かって動き出したのが見えた。

ザハークの知識がなければもっと翻弄されていただろう。

俺は全員の動きをよく観察し全方向の攻撃を闘気で強化硬化した両手両足で受け止めた。

驚愕に目を見開く騎士達だが、すぐさま切り替え更に力を込めて俺を押さえ込もうとする。

「パワーストライド」

一瞬で背後に回り一人ずつに攻撃を加える。

瞬間的に動きを止めざるを得ないほど攻撃を加えられた騎士達はその場で崩れ落ちる。

そして死角に入ろうとしていた二人に対して手刀を加え意識を飛ばす、更に復活して剣を構えた最初の二人にも蹴りを放ちその場に崩れ落ちた。

俺は殺気だって飛びかかってくる女達を次々にいなし、できるだけ傷の残らない場所に拳を打ち込んでいく。

手加減しながら攻撃をよけつつ打ちのめしていった。

一〇〇人近くを制圧するのに一〇分もかからなかった。

「くっ。これほどとは」

「気が済んだか？」

「まだだ！　まだ我らは本気を出しておらん」

まだやるのかよ。元気だねぇ。

アイシス、どうしたらいいと思う？

――『生体データ分析したところ、彼女達は全員人族の身体に龍族の魂を受け継いでいます。ですから種族的には龍人族と同義ですから龍族支配と龍族眷属化スキルをオンにした状態で屈服させればよろしいかと』

なるほど。それしかないか。

それじゃあスキルをオンにした状態でもう一度やりますか。

俺がもう一度彼女達に向き直ろうとしたその時、同じブルムデルドの騎士団の格好をした女性が息を切らせながら走ってきた。

「か、母様、大変です！　本国から通信があり、カイスラー帝国が停戦条約を破って再び進軍してきました。既に国境線を突破された模様！」

「なんじゃと!?　奴らめ、わしらが留守にした途端にこれか。防衛に残った騎士団はどうなっておる？」

「奮戦しているものの数が多すぎて対処仕切れていない模様。それに、何故か魔物も混じっており大型のグランドカイザーやエボリューションタイプを使役しているとの報告が上がっています」

「一体どういうことじゃ。おのれ。凍耶、話は後じゃ。わしらはすぐに本国へ戻らねばならん」

「戻るってお前、ここからブルムデルドまで結構かかるんじゃないのか？」

「そうですわ。歩いて行ったら数ヶ月はかかる道のりを今から戻っていては間に合いませんわ」

「しかして放っておく訳にはゆかぬ。止めてくれるな。龍でなくなったわしらには歩いて行くしか方法がないのじゃ」

「慌てるなって。誰も止めやしないさ。素早く行く方法があるからちょっと待ってろ」

俺はリリアーナを制してアリシアに通信を行った。

「アイシス、アリシアに繋いでくれ」

――『了解』

「アリシア、聞こえるか？」

『はい、なんでしょうか凍耶様』

「ブルムデルド魔法王国へ行くことになった。転移魔法を使いたいが俺はいったことがない。アリシアはどうだ？」

『申し訳ありません。魔王軍時代にはあの国はドラムルーの次に攻略する予定だったので私は行ったことがありません』

くそっ。ダメか。そうなると全員を悠久の翼で飛ばして行くしかないか。

時間はかかるが歩くよりはましか。

せめて他人の記憶にある場所もいける仕様であれば良かったんだが……。

――『創造神の祝福発動　転移魔法がパワーアップ。正式愛奴隷限定で他人の記憶にある場所へ転移が可能となりました。記憶の共有方法は口づけによってのみ行われます』

ご都合主義先生ありがとうございます！

キス限定ってところが『らしい』っちゃらしいが、嫁達になら全く問題ない。

「静音」

「はい、お兄様」

俺は無言で静音を引き寄せ唇を合わせる。

「んん!?　……ん」

困惑しつつもちょっと不意打ちでキスされた嬉しい気持ちがスピリットリンクから流れてくる。

こんな時でもブレないな静音は。

「はぁ、お兄様、何を」

「これでブルムデルドにいけるようになった。時間がない。転移魔法で一気に飛ぶぞ」

「て、転移魔法じゃと？　古代民族の超高度魔法まで使えるのか」

俺は驚くリリアーナ達を横目に転移ゲートを開く。

一〇〇人以上一気に移動しないといけないから思い切り広めに扉を開き城の中庭には静音の記憶から覗いたブルムデルド魔法王国の景色が広がっていた。

「おお、こ、これは」

「この向こうがブルムデルドのハズだ。どうだ？」

「ええ、間違いありませんわ。ブルムデルド魔法王国にある王宮の庭です」

「よし、行くぞ。皆の者わしに続け!!」

リリアーナの号令で女騎士達は一斉に動き出す。

「静音、美咲、ルーシア、ティナ。一緒に行ってやってくれ。どうも敵戦力が上がってるっぽい」

「分かりましたわ」

「ＯＫ！」

「任せてお兄ちゃん」

「ん、任せる」

「ザハーク、お前も一緒に行って指揮官にアイシスによる戦況把握を伝えるのと敵と戦う作戦立案をしてやってくれ」

「うむ、任せよ」

「お兄ちゃんは？」

「一旦屋敷に戻って皆を連れてくる。恐らく広範囲の戦闘になるはずだ」

「凍耶殿、それでしたら私を連れて一旦領地へ行ってもらえませんか？」

「どうするんだ？」

「広範囲の移動には速い『足』が必要でしょう。プリシラとシラユリと共にフェンリル達を集めておきます」

「ナイス提案だ。よし、ゲートを閉じたら一旦領地へ行くぞ」

俺はシャルナと共に領地へと移動することにした。

「皆、頼んだぞ」

なんだろうな。なんか、なにか悪い予感がする。

◆　◆　◆

ドラムルーより西に位置するブルムデルド魔法王国。

カイスラー帝国との最前線では数多くの兵士達が魔物と帝国軍の混成部隊に蹂躙されていた。

「くっ、何故だッ。何故帝国軍が魔物を従えているんだッ」

ブルムデルド兵の叫びは誰かに届くことはなく、その命は無慈悲に刈り取られる。

ブルムデルドとカイスラーの戦線は大量の魔物達による一方的な虐殺となり、もはや戦いという様相を呈していなかった。

そして、その元凶となる男がカイスラー帝国の帝城に鎮座し愉快そうに笑い声を上げていた。

その玉座には本来座るべき皇帝ではなく、一人の男が座っていた。

「ひゃはははっ。世界を混沌に陥れるって最高に楽しいねぇ。早くリリアーナとかいう女を手に入れたいぜぇ」

年の頃は二〇代そこそこ。端正な顔立ちを醜く歪めて邪悪に笑うその男。

彼はこの世界の人間にはあまりメジャーではない黒目黒髪。

そう、それは凍耶と同じ日本人男性のそれである。

「異世界チート無双最高〜。さあ、世界をぶっ壊してやるよ」

かつてないほど醜く歪んだ邪悪な牙が、凍耶達の喉元に突き立てられようとしていた。

《つづく》

あとがき

世間はウイルス騒動で大変な最中、皆様お元気でお過ごしでしょうか。かくろうです。

まずは、早い段階で続刊が決まっていたのにお届けするまでに長期間かかってしまったことをファンの皆様にお詫びいたします。すべては私の不徳の致すところでございます。

さて、おかげさまで四度目のご挨拶となりました。ここまできて初めましての方は恐らくいないかと思いますので、ここからはいつもより少しラフにお話しさせていただきます。

単なるアラフォーサラリーマンだったかくろうがこうして物書きとして自分の作品を皆様にお届けできるのはひとえに多くの方々の応援と支えがあったからに他なりません。本当にありがとうございます。

今回の第四章はかなりの大長編となっており、ラストをご覧いただいた通り次回に続く内容となっております。

次巻では物語の大きな節目を迎えることになり、それをお届けするまでは死んでも死に切れない（笑）

そしてそこでは終われないッ！　本編の最終回まで絶対書籍化してやるんだ!!

なので皆様、どうかかくろうを応援してくださいっ。具体的にはコミックスをお手にとって頂いたり（ぶっちゃけ買って欲しい）、書籍やウェブ作品をお友達やＳＮＳで拡散して頂いたりなんてしてくれたら飛んで喜びますっ。

とまあ、そういう生々しいのは抜きにして、皆さんが応援したくなるような文章を、これからも一意専心の精神でお届けしていきます。

ウェブの方でも多くのご支持をいただいている作品ですので、できる限り続けていきたいと思っています。できたら新作のお届けや新しい書籍化なども狙って行きたい。

私の作品を楽しんで頂けるように多くのコンテンツをお届けしていきますと共に、自分の文章力も磨いていきたいと思います。

今回は前編ということで短めのご挨拶とさせていただき、思いの丈は第五巻の後書きで語りたいと思います。

なのでどうか第五巻の後書きも書けるように応援してくだされ〜ッ！　そんなわけでこれからもかくろうと「神てち」をよろしくお願いします。

二〇二一年一月二九日　かくろう

オルギスノベル
ORGISNOVEL

神の手違いで死んだらチートガン積みで異世界に放り込まれました❹

2021年2月25日 初版第一刷発行

著　者　かくろう

発行人　長谷川 洋

編集・制作　一二三書房 編集部

発行・発売　株式会社一二三書房
〒101-0003 東京都千代田区一ツ橋2-4-3 光文恒産ビル
03-3265-1881

印刷所　中央精版印刷株式会社

作品の感想、ファンレターをお待ちしております。

〒101-0003 東京都千代田区一ツ橋2-4-3 光文恒産ビル
株式会社一二三書房
かくろう 先生／能都くるみ 先生

ISBN 978-4-89199-671-0